Na Ubook você tem acesso a este e outros milhares de títulos para ler e ouvir. Ilimitados!

Audiobooks Podcasts **Músicas** **Ebooks** **Notícias** Revistas Séries & Docs

Junto com este livro, você ganhou **30 dias grátis** para experimentar a maior plataforma de audiotainment da América Latina.

Use o QR Code

OU

1. Acesse **ubook.com** e clique em Planos no menu superior.
2. Insira o código **GOUBOOK** no campo Voucher Promocional.
3. Conclua sua assinatura.

 ubookapp
 ubookapp
 ubookapp

ubook
Paixão por contar histórias

MARIANNE CANTWELL

A GAROTA DA CASA AO LADO

TRADUÇÃO
UBK Publishing House

Copyright © 2019, Phoebe Morgan
Copyright da tradução © 2020, Ubook Editora S.A.

Publicado mediante acordo com The Darley Anderson Literary, TV and Film Agency. Edição original do livro, *The Girl Next Door*, publicada por HarperCollinsPublishers Ltd.

Todos os direitos reservados. Nenhuma parte deste livro pode ser utilizada ou reproduzida sob quaisquer meios existentes sem autorização por escrito dos editores.

COPIDESQUE	Vânia Cavalcanti de Almeida
REVISÃO	Lígia Alves e Roseli Carlos Baessa
DIAGRAMAÇÃO	Know-how Desenvolvimento Editorial
PROJETO GRÁFICO	Bruno Santos
CAPA	Lukas Puchrik / shutterstock

Dados Internacionais de Catalogação na Publicação (CIP)
(Câmara Brasileira do Livro, SP, Brasil)

Morgan, Phoebe
  A garota da casa ao lado / Phoebe Morgan ; tradução UBK Publishing House. -- Rio de Janeiro : Ubook Editora, 2020.

  Título original: The girl next door
  ISBN 978-65-5875-004-8

  1. Ficção policial e de mistério (Literatura inglesa) I. Título.

20-45304   CDD-823.0872

Ubook Editora S.A
Av. das Américas, 500, Bloco 12, Salas 303/304,
Barra da Tijuca, Rio de janeiro/RJ.
Cep.: 22.640-100
Tel.: (21) 3570-8150

Para minha família e para Alex.

Prólogo
CLARE

Segunda-feira, 4 de fevereiro, sete horas

Não vou voltar para casa hoje à noite. O pensamento me vem assim que acordo, fazendo meu cérebro crepitar, como um daqueles pirulitos que estouram na boca que mamãe comprava na loja da Ruby. Não vou dormir nesta cama, não vou usar este pijama vermelho e branco, não vou ficar sozinha.

Está tão frio lá fora; vejo a condensação que turva as janelas da nossa casa, o quarto tem uma atmosfera escura e úmida porque Ian é um maldito pão-duro com o aquecimento. Debaixo do edredom, esfrego os dedos dos pés para me aquecer e estendo o braço para alcançar meu iPhone, carregando ao lado da cama como sempre. Três novas mensagens — duas da Lauren e uma dele. O sorriso se abre no meu rosto enquanto as leio e sinto um pequeno arrepio de antecipação. Hoje é o dia. Guardei meu segredo o fim de semana inteiro, mas hoje à noite vou contar a ele. Ele já esperou demais.

— Clare, já saiu da cama?

Mamãe está me chamando lá embaixo. Ouço Ian batendo em alguma coisa, fazendo muito barulho como sempre. O quarto deles fica no fundo do corredor depois do meu, mas nunca entro lá. O chuveiro está ligado, o som da água bate no azulejo, então começa o assobio — desafinado como sempre. Vai ser assim até ele bater a porta da frente e sair para o trabalho; enquanto isso, sua voz alta preencherá a casa, deixando mamãe ansiosa. Tenho um despertador, claro, mas ela insiste em gritar me chamando todas as manhãs como se eu tivesse seis anos, não dezesseis. Relutando, jogo as pernas para fora da cama, piscando enquanto as tábuas geladas do assoalho tocam meus pés. Meu celular, ainda na mão, vibra novamente e sinto outra bolha de excitação na boca do estômago. Só preciso deixar o dia passar e então vai ser o momento. Mal posso esperar para ver o rosto dele.

Capítulo 1
JANE

Segunda-feira, 4 de fevereiro, 19h45

Estou sentada à janela com uma taça de vinho branco gelado, vendo as luzes da casa ao lado se acenderem, uma por uma. Está escuro lá fora, as noites de fevereiro não oferecem nada, e a casa dos Edwards brilha contra a escuridão. As paredes são creme — uma cor que eu não escolheria — e o jardim acompanha a rua, paralelo ao nosso. No interior, imagino a casa deles como um espelho da minha: quatro quartos espaçosos, uma cozinha ampla e clara, vigas do século XV emoldurando a escadaria. Nunca estive lá dentro, não exatamente, mas todos sabem que nossas propriedades são as mais cobiçadas da cidade — as maiores, as mais caras, as que todos querem.

Ouço um rangido lá em cima — meu marido Jack andando pelo nosso quarto, desatando a gravata, o barulho dos sapatos caindo dentro do closet. Ele bebeu esta noite — a garrafa de uísque aberta está sobre a bancada de mármore, gotas pegajosas derramadas na superfície.

Em silêncio, para não acordar as crianças, fico de pé, afasto-me da janela e começo a limpar a bancada, colocando a garrafa de volta no armário, removendo a pequena mancha circular sobre o mármore. Limpando as evidências da noite, das coisas que ele me disse e que prefiro esquecer. Sou boa em esquecer. A pedra ficou limpa. A prática leva à perfeição, afinal de contas.

A casa está arrumada e silenciosa. O buquê de lírios que Jack me deu na semana passada continua viçoso junto ao parapeito, suas grandes pétalas cor-de-rosa vigiando a sala. Flores de desculpas. Eu poderia abrir uma floricultura, se não fosse uma ideia tão cafona.

Um som lá fora atrai minha curiosidade, e vou até a janela da frente, abrindo a grossa cortina cinza para olhar o jardim dos Edwards. A luz do alpendre deles se acendeu, iluminando a entrada de cascalho, o fundo da garagem do lado oposto e o chafariz de pedra, à frente, congelado sob o frio de fevereiro. Sempre achei que um chafariz fosse um pouco demais, mas as pessoas têm gostos diferentes e os de Rachel Edwards nunca se alinharam muito com os meus.

Nunca fomos próximas, Rachel e eu. Não particularmente. Eu tentei, é claro. Quando ela e o primeiro marido, Mark, se mudaram, há alguns anos, fui dar as boas-vindas levando uma garrafa de vinho — branco, caro. Estávamos sob o calor de julho, e imaginei nós duas sentadas no jardim dos fundos, eu a informando sobre quem é quem na cidade, ela meneando a cabeça admirada quando lhe mostrasse as glicínias que recobrem o muro dos fundos, os lindos móveis de jardim no grande pátio delimitado pelo mosaico. Pensei que seríamos amigas, tanto quanto vizinhas. Eu a imaginei olhando para mim e para Jack com certa amargura, até mesmo com inveja — aparecendo para o jantar, admirada com a cozinha luxuosamente equipada e, quando pensava que eu não a observava, constatando com as próprias mãos a riqueza dos lindos castiçais prateados. Riríamos juntas sobre os acontecimentos na escola, os maridos que ficam mais saidinhos quando estão em Londres, as crianças. Ela se juntaria ao nosso clube do livro, talvez até à associação de pais e mestres. Trocaríamos receitas, contatos de babás e quem sabe sapatos.

Mas não fizemos nenhuma dessas coisas. Ela aceitou o vinho que levei, naturalmente, mas sua expressão era fechada, fria até. Achei-a muito bonita; a rainha do gelo como vizinha.

— Meu marido está lá dentro — disse. — Está quase na hora do jantar, então... talvez eu possa retribuir a visita outra hora...

Atrás dela, tive um vislumbre de Clare, sua filha; ela parecia ter mais ou menos a mesma idade de Harry, meu filho mais velho. Vi a luz do cabelo loiro, as pernas longas enquanto ela parou na escada observando a mãe. Rachel nunca retribuiu a visita, é claro. Durante semanas me senti magoada por isso, e depois a mágoa virou irritação. Será que ela se achava boa demais para nós? As outras mulheres me disseram para não me preocupar, que não precisávamos dela no nosso pequeno grupo.

— Você não pode forçá-la — disse minha amiga Sandra. Com o tempo, deixei para lá. Bem, mais ou menos.

Quando Mark morreu, fui ver Rachel, tentei novamente. Achei que ela devia estar terrivelmente solitária, perturbada naquela casa grande, só ela e

Clare. Mesmo assim, ainda havia uma distância entre nós que eu não conseguia atravessar. Havia algo de estranho no sorriso dela.

E então, é claro, ela conheceu Ian. O marido número dois. Depois disso, parei de tentar definitivamente.

Vejo Clare de vez em quando; ficou ainda mais bonita nos últimos anos. Jack acha que não percebo como seus olhos a seguem quando ela passa. Eu percebo. Noto tudo.

Ouço passos no cascalho e recuo da janela enquanto uma figura aparece, caminhando em direção à porta da frente. Abro-a antes que batam, pensando nos meus filhos mais novos, Finn e Sophie, aninhados lá em cima, sonhando, alheios.

Rachel está à minha porta, mas não se parece com Rachel. Seus olhos estão arregalados; seu cabelo, solto ao vento, encobre o rosto.

— Jane — ela começa. — Desculpe incomodar, eu só... — Espia ao meu redor, seus olhos miram o vestíbulo onde os casacos estão pendurados, de forma ordeira, em cavilhas pretas ornamentadas. Meu Barbour, o casaco de inverno de Jack, o casaco com capuz de Harry, de que eu gostaria que ele se livrasse. As sacolinhas vermelhas e azuis de Finn e Sophie, com botões de madeira na frente. Nossa pequena família perfeita.

O pensamento me faz sorrir. Nada mais longe da verdade.

— Você viu a Clare? Ela está aqui?

Eu a encaro, surpresa. Clare tem dezesseis anos, é aluna do ensino médio de Ashdon. Um ano abaixo de Harry, penúltimo ano. Eu a vejo pela manhã, saindo para a escola, usando uma daquelas mochilas pretas sedosas com alças nada práticas, em que ela não consegue colocar todo o material.

Como eu disse, nós não nos relacionamos muito com os Edwards. Não conheço Clare muito bem.

— Jane? — A voz de Rachel é de desespero, pânico.

— Não! — respondo — Não, Rachel, desculpe, não a vi. Por que ela estaria aqui?

Ela deixa escapar um gemido, quase animalesco. Lágrimas se formam em seus olhos, ameaçando desabar sobre a face. Por um momento, quase sinto uma fagulha de satisfação ao ver a máscara gelada derreter, mas afugento a ideia imediatamente. Ela nunca ter sido uma vizinha amistosa não significa que eu também não devesse ser.

— Ela não está com Harry ou algo assim?

Eu a encaro novamente. Meu filho está fora, em uma noite de pizza depois de um jogo com o pessoal do time de futebol. Ele levou Sophie e Finn para a escola hoje para mim; a noite é sua recompensa. Para ser honesta, sempre achei que Harry poderia ter uma queda por Clare — tal pai, tal filho —, mas, até onde sei, ela nunca lhe deu a mínima. Não que ele fosse me contar se ela agisse de um jeito diferente, suponho. Sua principal forma de comunicação hoje em dia são grunhidos.

— Não — esclareço. — Não, ela não está com o Harry.

Rachel fica ofegante, quase sem ar.

— Quer entrar? — pergunto rapidamente. — Venha, tome alguma coisa e me conte o que aconteceu.

Ela meneia a cabeça, e eu me sinto momentaneamente contrariada. A maioria das pessoas em Ashdon mataria para ver como minha casa é por dentro: os móveis caros, as obras de arte refinadas, o senso de estilo sem esforço cujo acesso o dinheiro torna tão fácil. Bem, não é totalmente sem esforço, é claro. Não sem alguns sacrifícios.

— Não estamos conseguindo encontrá-la — informa. — Ela não voltou da escola. Ah, Jane, ela sumiu. Ela sumiu.

Olho para ela outra vez, tentando entender o que está dizendo.

— O quê? Tenho certeza de que ela está com uma amiga — digo, colocando a mão em seu braço sob o batente, e sinto sua figura trêmula sob os dedos.

— Não — continua —, não. Já falei com todas elas. Ian subiu e desceu a rua principal procurando. Ela normalmente está em casa às quatro e meia, a aulas terminam logo depois das quatro. Não conseguimos falar com ela no celular, tentamos várias vezes e as ligações só caem na caixa postal. São quase oito horas.

Jane fala esfregando as mãos e os pulsos, piscando nervosamente, tentando controlar o pânico.

— Não sei o que fazer — acrescenta.

— Você quer ajuda? — pergunto. — As crianças já estão dormindo, Harry não está em casa e Jack está lá em cima.

Se ela estranhou que meu marido não tivesse descido, não disse nada.

— Rachel! — grita Ian, o já mencionado maridão número dois. Ele aparece na minha porta segurando um enorme iPhone. Tem o rosto vermelho e parece um pouco arfante. É um homem grande, ex-militar, pelo menos é o que dizem. Trabalha na cidade, pega o trem para Liverpool Street quase todas as manhãs. Sei disso porque o vejo pela janela. Dirige o próprio negócio, engenharia ou coisa parecida. Sempre jovial. Já o ouvi gritar com Clare à noite; nunca consigo entender o que ele está dizendo. Suponho que deve ser difícil ser o substituto. Sei que eu não gostaria disso.

— Notifiquei a polícia — informa ele, e Rachel desmorona em seus braços, que se estendem para aninhá-la.

— Se houver algo que eu possa fazer — digo, e ele acena para mim agradecendo sobre a cabeça da esposa. Posso ler o medo nos olhos dele e fico momentaneamente surpresa. É preciso muito para desestabilizar um militar. A menos que ele saiba mais do que está deixando transparecer.

Ele nunca se deu bem com Clare.

Capítulo 2
SARGENTO MADELINE SHAW

Segunda-feira, 4 de fevereiro, 19h45

— É a minha enteada, Clare. Ela não voltou para casa depois da escola.

A ligação chega à delegacia de polícia de Chelmsford logo após as quinze para as oito da noite de segunda-feira. A equipe está dividindo uma caixa de bombons que sobrou do Natal; o sargento Ben Moore está aspirando o perfume dos de creme de morango enquanto a sargento Madeline Shaw se ocupa dos de caramelo. É o inspetor chefe que atende o telefone e levanta a mão para silenciar a sala.

Quando vê o olhar de Rob Sturgeon, Madeline pega seu headset. A voz de Ian Edwards é rouca, mas ela consegue perceber a urgência que ele transmite. Imediatamente ela sabe quem ele é — a família Edwards vive em Ashdon, em uma das grandes casas isoladas da Ash Road. Sua esposa, Rachel, trabalha em uma imobiliária na Saffron Walden e tem uma filha do primeiro casamento, Clare. Madeline mora a três ruas deles, são praticamente vizinhos.

— Ela normalmente está em casa muito antes desta hora, pois a escola termina às quatro e dez — diz Ian, com palavras afobadas. — Minha esposa está ficando preocupada. Nós dois estamos — completa, depois de uma pausa.

A sargento Moore faz uma careta e mergulha de volta no chocolate, mas Madeline escuta com atenção. O inspetor está fazendo perguntas com a voz calma: Quantos anos tem a Clare? Quando você a viu pela última vez? Qual foi a última vez que teve notícias dela?

— Tentamos o telefone de Clare dezenas de vezes — continua Ian. — Só dá caixa postal. Ela não costuma fazer isso... — Ele para de falar.

Madeline está prestes a entrar na conversa para dizer ao sr. Edwards que pode dar uma passada por lá — afinal, é caminho de casa de qualquer maneira —, mas a porta da sala da equipe de investigação criminal se abre e Lorna Campbell aparece já vestindo seu casaco, apesar de normalmente trabalhar até as onze.

— Detetive... — chama Madeline, tirando os fones. — Está tudo bem?

Lorna levanta as sobrancelhas.

— Acabamos de receber um aviso de um corpo encontrado em Ashdon, no campo atrás do Acre Lane. Vítima do sexo feminino. Um sujeito chamado Nathan Warren informou que estava fazendo uma caminhada e tropeçou no corpo. Prontos?

A expressão do inspetor muda. Em silêncio, Madeline segue Lorna para fora da sala.

A garota está deitada de costas em Sorrow's Meadow. No verão, apesar do nome tristonho, o campo fica cheio de borboletas, flores amarelas reluzindo ao sol, mas no inverno é escuro e árido. O cabelo dourado de Clare Edwards é mais claro ao redor do rosto, parecendo uma auréola. A grama congelada está ensopada do sangue que jorrou de seu crânio. O feixe de luz da lanterna de Madeline alcança os lugares escuros e realça o rastro prateado de saliva congelada na bochecha da menina. A temperatura está abaixo de zero. Clare veste o uniforme da escola: pulôver e saia, com uma jaquetinha acolchoada por cima.

— Chame a perícia — pede Madeline a Lorna, enquanto sua respiração se condensa no ar, criando pequenos fantasmas brancos acima do corpo.

— Já está a caminho — diz Lorna. — O inspetor também.

— Clare — Madeline chama em voz alta, mas é inútil; quando ela se dobra para tocar o pescoço da garota, seus dedos enluvados constatam a falta de pulso sob a pele gelada. Por um momento, a policial olha para o lado. Nunca teve um caso em que conhecesse a vítima, e, mesmo que sua relação com Clare Edwards fosse distante e com interações breves, elas se conheciam. Madeline foi convocada pelo chefe para dar uma palestra sobre rotinas de segurança, em um congresso escolar em dezembro do ano anterior. A garota se aproximou de Madeline depois, queria saber mais sobre seu trabalho, uma carreira na polícia. Ela a surpreendeu na época. Agora, essa lembrança a deixa consternada. O futuro de Clare se foi, acabou antes de começar.

A equipe da perícia chega e começa a interditar a área, seus uniformes brancos brilhando na escuridão.

Suavemente, Madeline levanta o cabelo loiro, expondo a ferida na parte de trás da cabeça de Clare.

— Ela parece tão jovem — Lorna murmura, com a voz abafada, e Madeline assente.

A lanterna ilumina a mochila, uma bolsa preta de couro sintético, tiras estreitas. Dentro há uma pilha de livros escolares; seu nome estampado em tudo, a caligrafia azul e elegante de Clare enfatizando a juventude da garota.

— O celular não está aqui — Lorna anuncia enquanto entrega a carteira com um zíper roxo da Accessorize. Cuidadosamente, Madeline examina o conteúdo: a habilitação provisória, um cartão fidelidade de uma lanchonete, uma nota fiscal de uma livraria, já bem antiga.

— Shaw. Eu estava ao telefone com a mãe. Me atualize.

O inspetor Rob Sturgeon posta-se ao lado dela; rapidamente, Madeline começa a colocar os livros em sacos de provas e vira-se para ele.

— Você já deu a notícia?

Ele meneia a cabeça.

— Não, não até que nós tenhamos identificado a menina formalmente. Merda! — exclama e passa a mão na cabeça. — Alex está aqui?

Ambos olham em volta e avistam o sargento Alex Faulkner a poucos metros de distância conversando com um dos membros da equipe da perícia.

— Faulkner!

Ao chamado do inspetor, Alex se volta com uma expressão sombria.

— Parece que alguém bateu a cabeça dela no chão várias vezes — diz ele, olhando para Madeline. — A parte de trás do crânio não é uma visão bonita.

Há uma mancha de tinta azul em toda a mão esquerda de Clare, e suas unhas sem esmalte estão sujas, presumivelmente por terem mexido no chão.

— Você não acha que havia uma arma? — indaga o inspetor.

— Para mim não parece — responde Alex, meneando a cabeça.

— Então podemos pensar que não foi planejado — acrescenta Madeline, e ele assente.

— Muito possivelmente — ele confirma. — Um ataque de fúria, talvez. Crime passional.

Houve uma pausa.

— Bem, vamos averiguar se houve estupro, é claro. — Ele engole em seco, agitando as mãos na semiescuridão. — Ou então *foi* planejado, e o nosso assassino apenas decidiu dispensar o intermediário. Assim sobram menos provas.

— Alguém que confia na própria força, nesse caso — diz Rob.

Os caras estão colocando marcadores no chão gelado, sinalizando os lugares onde há sangue de Clare. *Alguém que confia na própria força*, ela pensa. Nove em cada dez vezes o culpado é um homem.

— Você disse que Nathan Warren telefonou para avisar sobre o corpo? — Madeline pergunta a Lorna, franzindo a testa.

— Sim, isso mesmo — confirma Lorna. — Você o conhece? — indaga, percebendo a expressão no rosto da colega.

— Sim — responde Madeline, lentamente, dando um passo para o lado quando começam a erguer uma pequena tenda branca sobre o corpo, olhando para onde a escada leva à via que desemboca no centro da cidade — Eu o conheço. Sei exatamente quem é.

Clare Edwards é declarada morta às 20h45. Madeline fecha os olhos, apenas brevemente, lembrando o dia em que a garota falou com ela na escola, a conversa delas em uma das salas de aula vazias, a curiosidade em seus olhos enquanto perguntava a Madeline como era ser policial. Como pode aquela menina estar deitada aqui, no chão, pálida e sem vida?

As duas imagens conflitam na mente de Madeline.

— Quero você comigo, Shaw — diz o inspetor, interrompendo suas lembranças. — Vamos terminar com isso logo, pelo amor de Deus. Mantenha a tenda aí — ordena enquanto seus olhos escaneiam o campo. — Não queremos que ninguém veja.

Mãos usando luvas escrutinam o chão em busca do telefone de Clare, enquanto lanternas identificam manchas de sangue entre as folhas. O sangue na cabeça dela agora está mais escuro e seco, enegrecido. O pensamento de Madeline se voltou para o sr. e a sra. Edwards, batendo na porta da frente deles, pronta para lhes dar a pior notícia de suas vidas.

— Podemos ir andando até lá — ela sugere, finalmente. — São só dez minutos.

— Certo — concorda Rob. — Campbell, Faulkner, me atualizem assim que puderem. Mandem um carro para nós na casa. Vamos precisar de um oficial de apoio familiar. Quero todos nisso. Jesus, dezesseis anos. A imprensa vai ter muito assunto amanhã.

Madeline orienta o caminho através do Sorrow's Meadow, para fora da área arborizada e descendo a Acre Lane em direção ao local onde a Ashdon High Street encontra o rio. A pequena cidade está tranquila nessa noite de segunda-feira. Dirigindo por ela, ninguém teria visto ou ouvido nada. Eles chegam à casa dos Edwards, que fica um pouco afastada da rua, e o inspetor coloca a mão no braço dela. Uma trilha de cascalho ladeada por prímulas, enrijecidas sob o frio. Há um chafariz à esquerda, a água congelada no ar de fevereiro. Madeline olha para a casa ao lado, separada da dos Edwards por uma fina faixa de grama. Luzes apagadas, exceto uma. É a casa dos Goodwin. Ambas são enormes em comparação com a dela; os sistemas de segurança reluzem na escuridão. Atrás das portas das garagens escondem-se carros caros e silenciosos.

— Só vamos falar o essencial por enquanto — orienta Rob —, até termos o cenário completo.

— Vamos mencionar Nathan Warren?

A pergunta de Madeline fica sem resposta; a porta se abre antes mesmo de alguém bater e, então, lá estão eles, enquadrados, diante da polícia, pela luz cintilante da casa, Rachel Edwards e seu marido, Ian. Rachel se parece com Clare — aquele mesmo rosto marcante, linda sem artifícios. Os dois a reconhecem da cidade; ela consegue ver o clarão de esperança em seus rostos. Madeline dá um passo à frente.

— Sr. e sra. Edwards. Este é o inspetor Rob Sturgeon, meu colega da Polícia de Chelmsford. Temos notícias sobre a sua filha. Podemos entrar?

Capítulo 3
JANE

Segunda-feira, 4 de fevereiro, 21 horas

A cortina é grossa e quente entre meus dedos na janela da sala de estar, de onde a vista é privilegiada. Assim que fechei a porta para Rachel e Ian, mandei uma mensagem para Harry voltar para casa, os dedos um pouco atrapalhados na minha pressa. Queria não ter tomado vinho antes da visita dos vizinhos, queria que minha mente estivesse mais clara, mais afiada, pronta para ajudá-los. Ainda não há sinal da polícia. Por que está demorando tanto?

O que aconteceu, Harry respondeu. *Por que eu preciso voltar pra casa?* Eu disse a ele para entrar pelos fundos, e para voltar o mais rápido que pudesse. Quero todos os meus filhos debaixo do meu teto, onde eu possa vê-los.

Enquanto espero por ele na janela, luzes azuis se derramam repentinamente sobre o pavimento, iluminando nossa casa em seu brilho mórbido. Meu coração dispara. *Pode ser uma boa notícia*, penso. Mas ninguém aparece para começar as buscas; não ouço o zumbido dos helicópteros. Apenas dois detetives estão aí, seguidos por uma terceira mulher que saiu rapidamente da viatura. Depois, o barulho da porta da frente dos Edwards, a iluminação cintilante das luzes em sua sala de estar. Ainda assim, penso, nunca se sabe. Continuo repetindo isso mentalmente, embora não saiba direito o que pensar. No fim, como não há sinal de mais movimento, fecho as cortinas, bloqueando minha visão do carro da polícia, depois vou ver Sophie e Finn em suas camas, escuto a respiração deles por um minuto inteiro. Meus bebês. Não vou para o quarto principal; Jack fechou a porta. Não quero perturbá-lo agora, não adianta. Meu marido não aceita bem ser incomodado.

— Mamãe — a voz de Harry me assusta; a aspereza sempre me soa estranha; quão rápido ele perdeu os tons da infância. Só tem dezessete. Ele se aproxima no corredor. Deve ter subido as escadas atrás de mim, pisando silenciosamente no tapete branco grosso.

— Não ouvi você entrar — digo, gesticulando para ele voltar ao pavimento inferior, longe do restante da família adormecida.

Lá embaixo, tranco todas as portas e janelas enquanto Harry enche o copo com água duas vezes e bebe avidamente, da mesma forma que fazia quando tinha dez anos.

— O que está acontecendo? — ele quer saber. — Vi o carro da polícia lá fora.

— Nada — respondo de pronto. — Alarme falso na casa dos vizinhos. Tem alguma coisa a ver com o sistema de segurança deles.

Não faz sentido preocupá-lo, não neste momento, não quando nem eu sei a história completa. As casas deste lado da cidade estão acostumadas a coisas como essa; temos agora sistemas de segurança de última geração que, apesar do custo, são acionados desnecessariamente com mais frequência do que antes. Uma pequena irritação para os ricos. Meu filho nem percebe mais.

Observo Harry de perto enquanto ele abre a geladeira e analisa as prateleiras.

— Você não comeu pizza? — pergunto com suavidade, colocando a mão em suas costas, e ele se vira para mim com um raro sorriso.

— Bem, sim. Mas você me mandou vir para casa antes que eu pudesse terminar a segunda. O que estava acontecendo?

— Ah — respondi —, foi quando o alarme da vizinha disparou pela primeira vez. Pensei que fosse um perigo real. Não quis ficar sozinha, por assim dizer.

Uma das casas do outro lado da rua foi assaltada no ano passado; dois homens usando toucas. É o único crime de que já ouvi falar em Ashdon. Coisas ruins geralmente não acontecem aqui.

— O papai não está? — ele pergunta enquanto se afasta.

— Ele está dormindo, chegou com um pouco de dor de cabeça, coitado — respondo depois de uma pausa de um microssegundo.

Meu filho grunhe, mais atento às sobras de macarrão na geladeira. Meus olhos pousam na meia garrafa de vinho branco ao lado, mas me viro para Harry e aviso que vou subir para dormir um pouco. Afasto os olhos das janelas, sem querer ver o que pode ou não estar acontecendo na casa ao lado.

Quando entro no quarto, Jack está dormindo, seu corpo curvado em forma de S, o cabelo escuro vívido no travesseiro. Permaneço observando meu marido por dois minutos antes de me deitar ao seu lado. O cheiro de uísque no seu hálito me enjoa. *Ele não queria falar daquele jeito*, continuo dizendo a mim mesma, *foi o calor do momento. Simples assim.* Depois de um tempo, coloco meus protetores auriculares e viro o rosto para o edredom. Neste momento não posso ajudar Rachel Edwards. A polícia está aqui, está fazendo o seu trabalho. Penso no que Jack me disse quando nos mudamos para Ashdon. *Você vai adorar isto aqui.* Uma cidadezinha linda na zona rural de Essex. Um lugar onde coisas ruins não acontecem. Um lugar para consertar o nosso casamento.

Adormeço com os dedos das duas mãos cruzados por Clare.

Capítulo 4
JANE

Terça-feira, 5 de fevereiro

O dia amanhece cinzento e frio, e, por um segundo, esqueço os acontecimentos da noite passada, penso apenas no travesseiro macio sob minha cabeça e nos lençóis de algodão escovado sob meu corpo. *Só o melhor para minha esposa,* disse Jack quando os apresentou a mim no dia da mudança, como se o tecido egípcio pudesse compensar a costela quebrada que ele me infligira em nossa casa antiga. Ele me implorou e eu sabia por quê: se eu registrasse uma queixa, ele nunca mais trabalharia como clínico geral. Então eu não registrei, e aqui estamos nós. Ainda sou a esposa do médico. Meus filhos têm um pai, uma mãe, um lar feliz. Todos nós fazemos sacrifícios, e, além disso, os lençóis são lindos. Passo a mão por eles, macios e frios debaixo dos meus dedos. O quarto está muito silencioso; Jack já levantou.

Então me lembro, e isso me atinge: *Clare não voltou da escola para casa.* Imediatamente, saio da cama e corro para os quartos dos meus filhos, acendendo as luzes. Deparo com um grunhido de Harry, o edredom cobrindo a cabeça, o cheiro de adolescente permeando tudo. Finn e Sophie são o oposto — já acordados e cheios de alegria ao me verem, suas mãozinhas estendidas tentando me alcançar para um beijinho matinal.

Decido ir para a casa dos Edwards esta manhã, assim que levar as crianças à escola. Harry prefere ir sozinho, geralmente sai antes de nós, logo depois de Jack. Suponho que ninguém de dezessete anos ainda precise que a mãe o leve pela mão. Não consigo me concentrar enquanto preparo o café; minhas mãos tremem levemente quando despejo leite no cereal das crianças, meus olhos se desviam constantemente para a janela como se esperassem ver Clare acenando para mim atrás do vidro. Mas a rua está silenciosa, como sempre. Eu me permito um lampejo de esperança. Rachel provavelmente vai ligar a qualquer minuto, creio eu, embora eu ache que ela nunca tenha me ligado; ela vai telefonar para me dizer que foi tudo um alarme falso, e vamos dar boas risadas falando sobre o pesadelo que os adolescentes podem ser, que eles deixam nossos cabelos grisalhos antes de nos darmos conta.

Jack estava com os olhos cansados quando saiu para o consultório. Ele se revirou muito na cama durante a noite; já eu fiquei imóvel como uma pedra. Hesitei um minuto antes de ir até a casa dos vizinhos, mas dificilmente conseguiria deixar as coisas como estavam. Como poderia? Pelo que sei, Clare poderia estar aconchegada na cama, no sono profundo de uma ressaca. Não ouvi nada por causa dos protetores auriculares. Como eu disse, ainda pensava que poderia estar tudo bem.

No alpendre dos Edwards a atmosfera é de choque. Noto os tênis de Clare na sapateira, perto da porta da frente — pretos com listras cor-de-rosa. Por um momento, imagino que ela deve estar em casa sã e salva e sinto uma enorme onda de alívio, a tensão abandonando meu corpo. Dura apenas por um segundo. Ian é quem sai para falar comigo, sua voz abafada.

— Rachel não está em condições de falar, Jane — começa. — Nossa Clare foi encontrada ontem à noite.

Encontrada.

Ela não é a Clare dele, não mesmo. É filha de Mark. Houve muito disse-me-disse quando Rachel se casou novamente; as pessoas comentavam que era cedo demais, inapropriado. Mark morreu de câncer de pulmão há cerca de três anos.

Senti meu rosto mudar conforme ele me contava, o choque penetrando em minha pele.

— Eu sinto muito, sinto muito, Ian — consigo dizer. As palavras parecem inadequadas, inarticuladas.

Ele me olha fixamente. Tem a aparência de quem passou a noite em claro e seu hálito cheira a álcool, não que eu possa culpá-lo por isso.

— Já sabem o que aconteceu? — pergunto, mordendo o lábio.

Ele me conta, as palavras pingando de sua boca feito veneno, que quem a encontrou foi Nathan Warren, o homem que mora perto do rio. Ela estava usando o uniforme da escolar, diz ele. Estão achando que alguém a atacou, bateu a cabeça dela no chão. Ela estava sozinha. Fazia dois graus abaixo de zero. A polícia interditou Sorrow's Meadow. Um agente foi designado para dar assistência à família, e está na cozinha agora.

Estremeço e tento evitar que ele perceba. Sorrow's Meadow se estende pelos limites de Ashdon, cercando o bairro, prendendo a todos nós como em uma armadilha. Eu levava Sophie até lá às vezes, para deixá-la brincar com as flores. Não consigo me imaginar fazendo isso novamente. E Nathan Warren, esse nome me dá calafrios. Todos conhecem Nathan; ele vive sozinho na casa que era da mãe, trabalhava como zelador na escola. Aparentemente, foi demitido há alguns anos, depois que uma das mães fez uma reclamação. Ela relatou que Warren tinha seguido a sua filha na volta para casa. Mas, até onde sei, nada ficou provado. Tudo isso foi antes de nos mudarmos para cá. São boatos. E boatos podem ser perigosos, destrutivos.

Eu me pergunto se Ian e Rachel sabem disso, se a polícia tem algum registro a respeito. Começo a ser tomada por uma náusea e, por um momento, entro em pânico só de pensar que vou passar mal ali, bem na porta deles. Vejo a mim mesma vomitando sobre os tênis de Clare.

— Por favor — digo a Ian —, me avise se houver algo que eu possa fazer. Por qualquer um de vocês. Nós estamos logo aqui ao lado. Vocês não estão sozinhos.

Ele acena com a cabeça, a boca reduzida a uma linha tensa. Uma mulher aparece atrás dele; jovem, cabelo castanho e curto. Não é exatamente bonita, mas tem olhos gentis.

— Esta é Theresa — informa Ian. — Ela é a nossa agente de apoio.

— Apoio familiar — completa Theresa, estendendo-me a mão. — E você é...

Não gosto desse tom.

— Sou Jane Goodwin — apresento-me. — Moro aqui ao lado.

Ela sorri para mim, e imediatamente sinto como se tivesse percebido que seu tom não me agradou.

— Os Edwards têm sorte de ter bons vizinhos — ela me diz em voz baixa. — É em momentos como este que as pessoas realmente se unem na comunidade.

— Com certeza — assinto. — Meu marido e eu estamos à disposição para ajudar.

Lembro de mim mesma na noite passada, deitada na cama, cruzando os dedos pela pobre Clare. Não ajudou em nada, é claro. Àquela altura ela já estava morta.

A polícia ainda não falou conosco, embora eu imagine que venha a qualquer momento. A notícia se espalhou rapidamente, e todos estavam comentando na escola. Ninguém menciona a palavra "assassinato", ainda não, mas ninguém acha que foi um acidente.

— Ouvi dizer que foi Nathan Warren que a encontrou — Tricia comentou comigo esta tarde, perto dos portões da escola. — Eu me pergunto o que a polícia pensa sobre isso. Lembra daquela confusão alguns anos atrás, quando ele foi despedido?

Faço que sim com a cabeça. Sempre tive um pouco de pena dele; as pessoas diziam que tinha sofrido um acidente havia alguns anos que afetara um pouco a sua mente. *Ele estava pintando o telhado para a mãe,* Sandra tinha dito, *caiu da escada, bateu com a cabeça na pedra.* Mas outras pessoas insistem que sempre pareceu estranho, que há algo muito sinistro sobre ele. *Aquele jeito que tem de olhar para as pessoas,* uma mãe me falou uma vez, *eu jamais o deixaria sozinho com minha filha.*

Eu não queria perder as crianças de vista hoje, queria abraçá-las e nunca me separar delas. Mas Jack disse que tínhamos de continuar nossa rotina, não entrar em pânico até que mais informações fossem liberadas. Não gostei da maneira como ele me olhou quando falou isso, como se eu fosse paranoica, superprotetora.

Graças a Deus, pelo menos não demoraram muito para encontrá-la disse a Jack quando ele chegou em casa esta tarde, mas não tive resposta. Ele explicou que havia tido um dia difícil no consultório. Respondi que estava tudo bem, que entendia que estava cansado, que sabia que não tinha falado de propósito na noite anterior. Eu me perguntei se ele tinha esquecido em meio ao drama todo sobre Clare.

Harry ficou passado com a notícia; falei com ele assim que chegou da escola.

— Sinto muito, querido — eu disse. — Sei que isso deve ser um choque terrível, ela tinha quase a mesma idade que você. A polícia está fazendo tudo o que pode.

Seu rosto estava pálido; peguei um biscoito de chocolate do armário, geralmente reservado para ocasiões especiais. A última coisa de que preciso é de várias idas ao dentista. Coloquei a mão no braço dele, mas meu filho se encolheu, se afastou de mim e subiu a escada.

— Deixe — disse Jack. — Dê tempo ao Harry. Ele vai se recuperar.

Olhei para meu filho enquanto ia para o andar de cima e fiquei pensando. Ele se fechou para mim nestes últimos meses; ele menciona nomes de amigos de escola, mas nunca garotas. *É normal que os meninos nessa idade sejam fechados,* Tricia me disse há algumas semanas. *De qualquer maneira, você provavelmente não iria querer saber o que se passa na cabeça dele!* Ela riu, como se fosse uma piada. Mas eu quero, sim, saber. Quero saber de tudo.

Capítulo 5
JANE

Terça-feira, 5 de fevereiro

Nós nos sentamos em volta da mesa da cozinha da minha amiga Sandra, todas nós na terceira taça de vinho, tinto para elas, branco para mim. Mais fácil de limpar. Sou atenta com essas coisas. Ela mandou uma mensagem para Tricia, e eu precisava de um vinho esta noite, é uma emergência. *Acho que estamos todas em choque,* dizia a mensagem. *Nos vemos aqui em casa por volta das sete?*

— Vocês vão obedecer ao papai, certo? — pergunto às crianças antes de sair, apertando seus corpinhos contra meu peito.

Não queria deixá-los, mas Jack me disse para ir, e algo em seus olhos me fez vestir o casaco, pegar a bolsa, fechar bem a porta atrás de mim. Senti uma pontada numa costela enquanto caminhava os dez minutos até a casa de Sandra, uma construção semigeminada, com uma calçada ladeada por lavandas que leva até a porta da frente. No verão, o perfume é maravilhoso; agora são apenas cascas de aspecto tristonho, sem cheiro, murchas.

Sandra segura minha mão na sua enquanto fala, buscando algum conforto, mesmo consciente de que uma parte dela ama essas fofocas, ainda que sejam tão mórbidas. Nossas alianças de casamento batem uma contra a outra. Tricia enche nossos copos, embora já tenhamos bebido demais. Todo mundo bebe demais hoje em dia, até os membros da associação de pais e mestres. Isso diminui a culpa.

— Antes era seguro aqui — diz Sandra, bêbada, seus lábios escuros com a bebida. Outro motivo que me levou a escolher o vinho branco. Ela recolhe a mão que agarrava a minha e a leva ao peito magro, espalmada sobre o centro, onde as pessoas acham que está o coração. Elas estão erradas, obviamente, em geral por uns bons centímetros. Pelo menos é o que Jack diz.

— Meu coração — continua ela — está dilacerado por aquela menina. Estou exagerando? Mas estou mal mesmo.

— Eu sei — afirmo.

Também pensei que esta *fosse* uma cidade segura, um lugar agradável, uma comunidade de gente de bem. Foi assim que meu marido me vendeu a ideia de nos mudarmos para cá. Um lar para nós, para a nossa família. *Você vai adorar isto aqui*, disse, seus lábios tocando os meus. Uma lembrança invade minha mente, de pouco antes de nos mudarmos: a queda da escada íngreme na casa antiga, os lustres no teto acima da minha cabeça enquanto eu estava deitada, minha costela quebrada. A maneira como olharam para mim no hospital antes que eu esclarecesse tudo.

— Conte novamente como aconteceu, sra. Goodwin — eles me pediram, e assisti às enfermeiras observarem meu marido com atenção enquanto faziam anotações.

— Talvez a senhora se sentisse mais confortável sem o sr. Goodwin aqui no quarto — sugeriu uma delas, mas Jack estava bem ao lado e então neguei com um meneio de cabeça, disse que estava tudo bem.

— Eu escorreguei — declarei. — Escorreguei e caí quando estava levando a roupa limpa das crianças lá para cima. Quando será que eles vão aprender a fazer isso?

A enfermeira mais jovem riu disso, sorriu gentilmente para mim, ajeitou meus travesseiros. Quase consegui sentir a bondade irradiada por ela, a pureza. Eu também queria ser assim. Por um breve momento, quando Jack foi ao banheiro, quis estender a mão para segurá-la e lhe contar a verdade. Mas pensei nas crianças, seus olhinhos piscando para mim, e não o fiz.

— Um novo começo — disse ele no caminho de volta do hospital para casa — para nós dois.

Pouco tempo depois, nos mudamos para cá.

Sandra toma mais um gole de vinho e enfia um punhado de batata frita de pacote na boca. O gesto mancha um pouco o seu batom, mas ninguém diz nada.

— Não consigo imaginar como você está se sentindo, Jane — comenta. — Ela era sua vizinha. — Estremece de leve. — Não dá para acreditar, não é mesmo? — Baixa a voz, olha para mim e para Tricia, seus olhos escurecem um pouco. — Você não acha... bem, você não está pensando no óbvio, né? — Está quase sussurrando agora, e eu sei o que vai dizer antes mesmo de abrir a boca, seus dentes brancos cintilando na luz da cozinha. Ela usa tiras de clareamento; eu vi no seu banheiro. Dezenove e noventa e nove o pacote, dentes brancos brilhantes para a vida inteira. — Você não acha que ela foi *estuprada*?

A palavra muda a atmosfera, como se as paredes estivessem se aproximando levemente umas das outras, enclausurando-nos. Levo a mão à garganta, pensando nas pernas longas de Clare, nos olhos do meu filho em seu cabelo loiro dourado.

— Acho que devemos deixar a polícia cuidar disso — declaro —, mas espero em Deus que isso não tenha acontecido.

— Seria um motivo, não seria? — Sandra insiste, sem se importar com meu desconforto. Em vez de responder, tomo mais um gole de vinho e aperto meu estômago com a mão, sentindo-o roncar de fome. Ainda não jantamos. Calorias líquidas.

— Eu sei o que você quer dizer — Tricia se anima, seus olhos brilhando com a promessa de mais mexericos. — Parece estranho, não é, ela ser atacada assim, sem um motivo? — Ela estremece. — E, como foi Nathan Warren quem a encontrou, bem, isso não chega a tranquilizar, né? Coitadinha da Rachel. Já perdeu o Mark. — Faz uma pausa. — Espero que ela não esteja pensando em fazer alguma besteira.

— Levei uma lasanha para ela hoje à tarde, depois que a polícia saiu — revelo, e as duas fazem um sinal com a cabeça em aprovação. *Pensei* em levar, o que é quase a mesma coisa. As cortinas da janela do quarto de Rachel e Ian estavam fechadas quando saí para vir à casa de Sandra; não pude ver o interior. Um dos lados do quarto deles dá para o meu banheiro; quando estou no chuveiro, posso devassá-lo com uma visão completa da cama do casal, o armário dele e o dela, o terno que Ian separa antes de uma reunião importante. Eles não me veem, acho que não. De qualquer forma, uma lasanha iria incomodá-los. Seria invasivo.

— Você é uma vizinha tão boa, Jane — comenta Sandra, soluçando enquanto toma outro gole de vinho.

Sorrio, olho em volta. A casa dela é uma bagunça; os brinquedos das crianças espalhados no chão.

— Vamos superar isso — afirma Tricia, acenando com a cabeça positivamente. A cena perde um pouco do efeito quando um fio de vinho escorrega de sua taça, salpicando sua blusa creme cara. — Todos nós vamos superar. Esta cidade precisa ficar unida. Nós somos uma comunidade.

O relógio acima da lareira é de um estilo antigo, como a minha avó teria. Sandra nunca teve muito talento com decoração.

— É melhor eu ir — digo. — Jack está esperando.

Olho para meu relógio e sinto uma onda de ansiedade quando o imagino procurando mensagens no telefone, irritado porque já passou da hora em que eu disse que voltaria. Abrindo uma cerveja, o estalo suave da tampa da garrafa se soltando. *Jack tem sorte de ter você*, um velho amigo me disse uma vez. Como essas palavras são verdadeiras agora.

— Ah, diga a ele que mandamos um beijo — pedem as mulheres, quase em coro, e eu aceno, começando a pegar minha bolsa.

— Aah! — exclama Tricia quando estou quase na porta — Quase esqueci de comentar, por causa de Clare. Você já soube da Lindsay Stevens? — Ela abaixa a voz, mesmo sendo nós as únicas pessoas na casa além dos filhos de Sandra lá em cima. — Parece que os papéis do *divórcio* dela chegaram. Estão dizendo que ela está arrasada.

— Meu Deus — respondo, tentando fingir choque, forçando uma expressão entre a empatia e a tristeza. — Isso é horrível.

Tricia assente.

— Pensei em preparar um assado para ela, levar lá na próxima semana. — Ela olha para mim com expectativa.

— Posso te ajudar — acrescento, bem na hora certa, e ela me dá um pequeno aperto no braço.

— Obrigada, Jane, você é ótima. Vejo você amanhã na hora de pegar as crianças! E volte para casa sã e salva, viu? Mande uma mensagem para nós quando chegar. Deus, não vou conseguir dormir até saber quem fez isso com a Clare — arremata, parecendo preocupada, e sinto um frio repentino que tento afastar. É uma caminhada de dez minutos até em casa e, para ser sincera, já enfrentei coisa pior.

Fecho a porta silenciosamente atrás de mim, pensando em Lindsay. Não posso dizer a elas o que realmente sinto sobre o divórcio. Não posso dizer a elas que, no fundo, uma parte de mim a inveja. É muito cedo para as duas saberem a verdade.

Caminho para casa pela rua tranquila, usando a lanterna do meu iPhone novo para verificar o chão à minha frente, mesmo conhecendo a pavimentação como a palma da mão. Passo pelas escolas à direita, a primária e a secundária, uma ao lado da outra, possibilitando todas as nossas crianças a ficarem a apenas um metro e meio de casa pela infância inteira. Minha lanterna ilumina as fitas amarelas amarradas na fileira de arvorezinhas do lado de fora, providenciadas assim que surgiu a notícia sobre Clare. A tristeza se espalha rapidamente. E rapidamente eu afasto uma das tiras e tropeço de leve. Estou mais bêbada do que pensava.

A casa dos Edwards está iluminada, com as luzes brilhando. Quando me aproximo, meu coração começa a bater forte. Há carros em frente: dois da polícia, um preto. Não posso passar tudo isso para Harry como uma falha na segurança novamente. Não vai demorar muito para a imprensa aparecer. Estremeço ao pensar no horror de ontem à noite. Vejo mentalmente a imagem da minha filha Sophie, no doce biquinho cor-de-rosa de seus lábios, na maneira como suas meias brancas escorregam pelos tornozelos. Se alguma coisa acontecesse com ela, eu morreria. Ela é nossa única filha, embora eu sempre quisesse mais. Não tenho irmãs, Jack não fala com a própria irmã, mais velha que ele, Katherine, e acabamos tendo dois meninos. Não que eu quisesse mudar Harry e Finn, por nada neste mundo. Bem. Talvez eu preferisse que Harry fosse um pouco mais comunicativo, um pouco menos interessado em meninas loiras.

Passo rapidamente em frente à casa dos Edwards, mantendo a cabeça baixa, sem tentar ver se há alguém dentro dos carros estacionados. As chaves estão frias na minha mão. Pressiono o metal, cada vez com mais força até a palma doer. Nossa porta da frente é pesada, um bloco de madeira emoldurado por uma cobertura de palha. Se acontecer um incêndio, não vai sobrar nada. Talvez fosse uma coisa boa. Ele já sugeriu isso mais de uma vez. Gritou, na verdade. Por sorte as crianças estavam ouvindo Harry Potter, o audiolivro ocupando seus ouvidos. Abafando a voz do papai. Suponho que Harry possa ter ouvido.

Dentro de casa, pressiono as costas contra a porta, forçando-me a respirar fundo. Harry está em casa esta noite; seus enormes tênis pretos estão no corredor da entrada. Eu me inclino para pegá-los, guardá-los direitinho na sapateira, buscando algum senso de ordem para aliviar minha mente confusa. Espero que ele esteja se sentindo melhor. É inquietante demais ter isso acontecendo tão perto de casa. Eu sei que é horrível, sei que deveria estar concentrada nos vizinhos e no sofrimento deles, mas, sendo bem egoísta, não quero que a polícia venha xeretar a minha família e exponha as trincas do meu casamento. As coisas ainda podem mudar, a qualquer dia, agora. Ele geralmente se arrepende. Fica tão arrependido. E, afinal de contas, os hematomas desaparecem rápido. Nunca fez sentido envolver mais ninguém. Não nesta fase.

Jack está sentado na sala, assim como imaginei, suas pernas esticadas no grande sofá cinza que nos custou mais de três mil dólares. *Três mil*, eu queria dizer a ele, *três mil teriam enviado Sophie para a escola particular em Saffron Walden*. A televisão de 52 polegadas está tremeluzindo na frente dele, o volume baixo. Ele coloca um dedo nos lábios quando me vê. Meu estômago se aperta.

— As crianças estão dormindo. Bem, o Harry está jogando Xbox, eu acho, no quarto. Mas Sophie e Finn desabaram há mais de uma hora. — Ele está me encarando. Sem piscar.

— Obrigada — respondo mecanicamente, movendo-me pela sala até a cozinha, os espaços contíguos marcados pelo arco escuro de vigas. Na pia, pego um copo de água fria. A cuba é profunda, a torneira de ouro no alto. Moderna. Atual. A cozinha fica de frente para a casa dos Edwards. Será que Jack também olha para lá?

— As crianças estão bem? — pergunto.

— Tudo bem — diz ele — Sophie queria ouvir uma história, Finn queria mais suco. Harry grunhiu para mim. Nada muito cansativo.

Não consigo perceber em que estado de espírito ele está. As palavras ficam suspensas entre nós, todas as coisas que não dizemos.

Ele gesticula para mim e eu vacilo em sua direção, com os dedos presos ao redor do copo d'água. Ele sorri, franzindo os lábios na forma de um beijo, num gesto que costumava significar que queria sexo; eu aperto o copo ainda mais e, tentando por um momento recriar a velha magia, faço com meus lábios o mesmo que Jack faz com os dele.

Mais tarde. Varri o vidro quebrado, mantendo um caco embrulhado em papel toalha, num lugar alto onde guardo os fósforos para que as crianças não alcancem. Só para prevenir. Tenho essas armas escondidas pela casa, "em caso de emergência, quebre". A faca na última prateleira de livros em nosso quarto, terceiro da esquerda para a direita, dentro de *Wolf Hall*. O envelope com notas de vinte escondido entre os livros de receitas. Minhas rotas de fuga. Ele não sabe, acho que não sabe.

Na cama, nós nos voltamos um para o outro; eu escovei os dentes, ele não. Ainda sinto o ligeiro vestígio do álcool na língua, sinto as batidas do meu coração nos ouvidos. Imagino Rachel e Ian deitados na cama deles, na casa ao lado; não consigo pensar que estejam dormindo. Talvez nem estejam em casa, e sim na delegacia. Talvez a polícia esteja revistando a casa. Penso neles recolhendo as coisas de Clare, os olhos absorvendo cada pequeno detalhe. Tenho assistido muito *CSI*.

— Como estavam as garotas? — Jack pergunta, e eu sorrio, mesmo contra vontade. Garotas. Nós temos 45 anos.

— Os papéis do divórcio da Lindsay chegaram — comento. — Tricia derramou vinho na roupa. Sandra disse que o coração dela está doendo.

— Isso é impossível — diz, e eu reviro os olhos na escuridão. Sempre o médico. — Por que ela está se divorciando?

Eu me viro de costas. A cortina branca roçou meu braço, fantasmagórica na escuridão. Estamos nos esforçando tanto para sermos normais que chega a doer.

— Não consegui descobrir.

Quase consigo sentir o cinismo, embora ele não tenha expressão nenhuma.

— Sorte dela —comenta ele e, após uma pausa, continua — Jane, sobre ontem à noite...

Eu espero. Acho que espero por um pedido de desculpas, mas desta vez não vem.

Quem dera eu pudesse fazer dos travesseiros uma barricada entre nós para me proteger durante o sono. Quero falar mais sobre Clare, mas não consigo; em vez disso, olho para a parede e penso nos meus filhos, nos seus rostinhos doces e gorduchos, seus cílios escuros e encantadores, na suave inalação e expiração do seu hálito no quarto ao lado. Penso em Harry, seu corpo adolescente espalhado por baixo do edredom, sua barba recém-adquirida. Meus bebês.

Não adormeço antes de Jack. Estou assustada demais.

Capítulo 6
SARGENTO MADELINE SHAW

Terça-feira, 5 de fevereiro

Ashdon é uma cidade pequena, com 3.193 habitantes. A placa da cidade fica no centro, em frente às escolas primária e secundária e ao lado do rio Bourne. Nela há três fazendeiros, uma ovelha e uma espiga de milho estranhamente grande. A cidade tem um médico-cirurgião, um pub, uma igreja, uma banca de jornal, uma casa de cerâmica e muitas mães de classe média. Não é o tipo de cidade onde coisas ruins acontecem, e a morte de Clare Edwards causou uma grande comoção.

Madeline mora aqui há pouco mais de dezoito meses. Quando o inspetor a designou formalmente para trabalhar no caso Clare Edwards, ela estava em sua mesa, tomando café sem açúcar para cortar calorias, e reproduzindo a gravação do telefonema de Nathan Warren para Lorna, feito depois que ele deu de cara com o corpo de Clare. Ela tem conhecimento da alegação contra ele de alguns anos atrás: o relato segundo o qual o sujeito teria seguido uma menina da escola até a casa, e já perguntou a Ben Moore sobre isso. O sargento Moore encolheu os ombros e fez um aceno com a mão.

— Se você quer minha opinião sincera, foi tudo um absurdo — disse ele. — A população de Ashdon, bem, a impressão que eu tenho é que eles não gostam de ninguém que não seja como *eles*. A tal mãe nunca prestou queixa; algumas pessoas disseram que ela estava inventando por causa de uma confusão na escola. Eles se mudaram não muito tempo depois, para Saffron Walden.

Madeline assentia com a cabeça enquanto anotava tudo.

— Eu quero você nisto, Shaw — diz o inspetor. — Você conhece a cidade, conhece as pessoas. É uma vantagem. Não me decepcione, Madeline — conclui enquanto a encara.

Ela range os dentes, não muito feliz. Passou a noite pensando no olhar de Rachel quando lhe deram a notícia; o som dos joelhos da mulher batendo no chão, a maneira como os braços do marido a enlaçaram pela cintura delgada. Em sua experiência, a família nunca é tão inocente quanto parece, mas aqueles dois estão fazendo um bom trabalho até o momento para convencê-la do contrário.

— Sinto muito pela sua perda — disse aos dois, as palavras soando rígidas em sua boca. Ela lhes entregou a lista dos objetos pessoais de Clare, aqueles que a polícia recolheu como prova. O relógio, o elástico de cabelo encontrado em volta do pulso da garota, as coisas da escola e a bolsa.

— Ainda estamos procurando o celular da Clare — informou Madeline aos pais. — Suspeitamos que a pessoa que a atacou levou o telefone.

— Vocês não conseguem rastreá-lo? — indagou Rachel, a respiração entrecortada, congestionada.

— Minha equipe está trabalhando nisso — afirmou o inspetor —, e nós também vamos averiguar os registros telefônicos, descobrir com quem Clare falou recentemente, eliminando as pessoas da nossa lista de investigação.

Ambos voltaram a olhar para a lista.

— E o colar dela? — Rachel perguntou, levando a mão à garganta, grudando-se ao pescoço como se quisesse quebrá-lo em dois. Ian se levantou, segurou a mão da esposa na sua e puxou Rachel suavemente de volta à mesa.

Os policiais trocaram olhares.

— Colar?

— Ela ganhou no aniversário de dezesseis anos — esclareceu Ian. — Nós demos de presente. Foi há duas semanas, 14 de janeiro. É de ouro, tem uma medalha com o nome dela.

Madeline lembrou da visão da garota no chão, seu cabelo loiro brilhando sob a luz da lanterna, quando tateou o pescoço de Clare à procura da pulsação. Não havia colar.

— Há alguma chance de o seu pessoal não ter percebido? — Ian perguntou, olhando para todos, seu rosto ficando vermelho.

— Não — asseverou Madeline —, isso é improvável. Tudo o que foi recuperado da cena está nesta lista.

— Mas nós vamos checar outra vez — acrescentou Rob assim que Rachel recomeçou a soluçar, o som ecoando pela cozinha.

— Ela é uma boa menina — o padrasto repetia sem parar enquanto a polícia saía, louça do café da manhã ainda amontoada na pia da cozinha, uma pilha de roupas de Clare recém-lavadas em uma das cadeiras. — Uma boa menina a nossa Clare.

— Nós vamos entrar em contato — garantiu Madeline — assim que pudermos, sr. e sra. Edwards. Amanhã bem cedo estaremos aqui.

Mas ela tinha checado a lista naquela manhã, ligado para o patologista para verificar se não havia mais nada junto ao corpo. Nenhum colar. Nenhum celular.

Os dois passam a manhã revistando a casa dos Edwards de cima a baixo. Os pais não parecem melhores do que ontem. Há uma garrafa de vinho na porta da frente, vazia, e outra pela metade no parapeito.

Alguém deixou um ramo meio enlameado de flores no gramado, rosas vermelhas, nenhum cartão.

Rob e Madeline sobem a escada, deixando Rachel e Ian sentados no primeiro andar com Theresa, a oficial designada para acompanhar a família, que chegou exatamente quando os colegas estavam saindo na noite anterior. É simpática, Madeline gosta dela. Simpática mas nova, boa para fazer o chá. Madeline disse a ela para informar a polícia sobre o comportamento dos Edwards na privacidade de casa. Theresa olhou para Madeline como se ela tivesse dito algo horrível.

— Você não está suspeitando deles.

— Theresa — respondeu Madeline —, num caso como este, não podemos descartar ninguém.

Ian Edwards tinha relatado que ele e a esposa estavam em casa naquela tarde, que ele saíra mais cedo do trabalho com a intenção de levar Rachel para jantar. Rachel confirmou que chegara do trabalho na Imobiliária Saffron Walden às quatro, depois de mostrar uma casa em Little Chesterford, doze quilômetros a oeste de Ashdon. O casal se reencontrara em casa.

— A família que foi ver a casa não se interessou — disse ela, entre soluços. — Eles não ficaram muito tempo, você pode conferir.

— Nós vamos — asseverou o inspetor, sua voz deliberadamente neutra.

O quarto de Clare está arrumado, tudo em seu lugar; edredom salmão, guarda-roupa abarrotado. Madeline passa a mão pelos cabides, os dedos enluvados escovando os vestidos e cardigãs de Clare. Seus olhos escaneiam as estantes, a mesa de cabeceira com um conjunto de presilhas e o desodorante roll-on. Há um amontoado de bijuterias, brincos e um bracelete de prata, mas nenhum sinal do colar de ouro com a medalha. Um varal de fotos está pendurado no espelho; polaroides preto e branco de duas meninas com a língua de fora. Uma delas é Clare.

Sem reconhecer a outra garota, Madeline puxa suavemente a tira de fotos e a segura na mão enluvada. Dois pares de olhos brilhantes a encaram.

— Ela era uma criança — Madeline pensa em voz alta. O inspetor não responde. — Não tem fotos do pai — diz, gesticulando pelo quarto. Também não há nenhuma no andar debaixo; Mark está completamente ausente da casa. Em vez disso, o rosto de Ian está lá, seus braços em volta de Rachel e de Clare. O substituto.

— Estranho não ter nada — comenta Rob.

Não há nada no quarto de Clare que sugira algo impróprio, mas eles fotografam tudo e, por via das dúvidas, guardam o laptop prateado da garota num saco de provas. De volta ao andar de baixo, Theresa lhes oferece canecas de chá recém-preparado.

Madeline mostra aos pais a fotografia de Clare e da outra menina.

— Lauren — Rachel diz imediatamente. — A melhor amiga de Clare.

Madeline assente.

— Obrigada. Precisamos falar com ela para ver se sabia alguma coisa sobre os movimentos da Clare no dia 4. Qual o sobrenome, por favor?

— Oldbury, Lauren Oldbury — informa Rachel, a voz falhando um pouco. Seu rosto está muito pálido, os lábios parecem quase sem sangue.

— Se importa se eu ficar com isto? — pergunta Madeline, a fotografia das garotas entre os dedos. O casal meneia a cabeça, mudo, os olhos fixos no rosto estático da filha.

— Sr. e sra. Edwards — diz o inspetor —, lamento dizer isso, mas vamos precisar que vocês reconheçam formalmente o corpo da Clare.

Ele olha para Madeline.

— Um dos meus oficiais vai acompanhá-los hoje à tarde.

Rachel deixa escapar um pequeno gemido. O cabelo, alcançando o pescoço, está sem viço; ela está usando a mesma roupa da noite anterior. Ian meneia a cabeça, trava os lábios em uma linha dura e reta. Ex-militar; Lorna olhou os arquivos. Há algo nele que não combina com a casa; ele é o estepe, o intruso, o segundo marido, não importa a história que as fotos tentem contar. Madeline se pergunta como Clare se sentia sobre esse casamento. Se é que tinha escolha.

— Obrigado — diz Ian, e o inspetor assente.

— Vamos mandar um carro.

Madeline pigarreia.

— Sr. e sra. Edwards, como vocês sabem, nós temos motivos para acreditar que a morte da sua filha foi premeditada, e, nesse contexto, eu preciso perguntar a vocês: conhecem alguém, daqui ou de fora, que possa ter razões para fazer mal a Clare? Ou, se não a ela, a vocês?

O rosto de Rachel está angustiado; as lágrimas começam a deslizar pela face, seguindo os sulcos que já estão lá desde o dia anterior. Madeline a observa. A mãe sem a filha. Privação desoladora.

— Não — ela sussurra —, não há ninguém. Ela tem dezesseis anos, é o meu bebê, nunca fez nada de errado, nunca... — Rachel desmorona, e Ian a enlaça num gesto protetor. A polícia observou os dois, nada na dinâmica deles indica algo.

— E o senhor, sr. Edwards? — pergunta Madeline. — Há algo que lhe venha à cabeça? Alguma coisa sobre as atitudes da Clare nos últimos dias, algum comportamento incomum?

O olhar entre eles é rápido, mas os olhos do inspetor se estreitam um pouco e Madeline inclina a cabeça para um lado.

— Não — diz Ian. — Não, nada. Ela era uma boa menina, detetive. Como eu disse ontem à noite. Todo mundo gostava dela.

Eles esperam um momento, mas Rachel continua a chorar, e Theresa coloca uma caixa de lenços de papel sobre a mesa.

— Tudo bem — diz o inspetor. — Nós agradecemos pelo seu tempo.

Eles se levantam, e Madeline entrega um cartão a Rachel.

— Se a senhora pensar em alguma coisa que possa ajudar, pode me ligar a qualquer hora. De dia ou de noite. Esta é a minha linha direta.

Os olhos de Rachel se fecham e se abrem, vidrados de lágrimas, mas ela luta para se manter firme e acena com a cabeça. Os policiais observam enquanto Ian segura a mão da esposa, o cartão de Madeline desaparecendo de vista.

Enquanto a polícia deixa a casa, Rob olha para Madeline.

— O que você achou?

Ela respira fundo. Não conhece bem os Edwards; Rachel evita companhia em Ashdon, tanto quanto possível. Não faz parte do grupo de mães — Jane Goodwin e as outras —, mas Madeline já a viu algumas vezes com Ian, tomando Chardonnay no pub Rose and Crown numa tarde de domingo. Durante o dia, ela vende casas novas e impecáveis para clientes meio ricos em Saffron Walden e viveu um luto há alguns anos: Mark, câncer de pulmão. Em algum lugar eles têm o relatório de um velho médico-legista a respeito. Ela se casou de novo com relativa rapidez.

— Não sei — ela diz finalmente —, mas quero uma checagem de antecedentes dos dois e também dos álibis deles na tarde de ontem. E quero falar com Lauren Oldbury. Clare tinha dezesseis anos; nessa idade, você conta mais coisas para as amigas do que para os pais.

O inspetor consulta o relógio.

— Um sanduíche rápido antes de falarmos com Nathan Warren?

Madeline faz uma careta.

— O único sanduíche que você vai conseguir por aqui é o da loja da Walker, acredite em mim, você realmente não vai querer.

Nathan Warren está sentado na sala 3 da delegacia de Chelmsford, com as mãos sobre a mesa, seus grandes olhos castanhos se movem pelo lugar como um animal aprisionado.

Madeline passa para o assento em frente a ele, entrega-lhe uma xícara de café. O inspetor se encolhe enquanto a mão de Nathan agarra o copo de plástico com muita força, espirrando líquido sobre a mesa revestida de cinza.

— Desculpe — diz ele imediatamente, gaguejando um pouco. Madeline pega duas toalhas de papel do canto da sala e limpa tudo.

Nathan Warren tem estado na esquina da Ashdon High Street quase todos os dias durante os últimos dezoito meses. Ele faz parte da cidade desde que alguém se lembra — era o zelador da escola e, antes disso, trabalhava como entregador do jornal *Essex Gazette*, deixando-o nas caixas de correio dos moradores (geralmente atrasado, mas ninguém nunca reclamou).

Agora, ninguém sabe *o que* ele faz. Madeline já o viu vagando pelo campo antes, às vezes vestindo uma jaqueta néon. Ele anda por aí carregando um cone de trânsito que sobrou de um acidente antigo; o Conselho faz vista grossa, afinal era algo para Warren fazer, isso o mantém fora de problemas, e a polícia nunca se preocupou em se envolver. Até agora, isto é tudo.

— Obrigada por ter vindo, Nathan — começa Madeline, sorrindo para ele.

As mulheres mais arrogantes desta cidade dizem que "*ele não bate bem*", mas ela só vai formar uma opinião depois que conhecer a história completa. As pessoas são capazes de fingir loucamente quando querem.

— Eu sei que você já deu uma declaração para a detetive Campbell na segunda-feira, Nathan, mas nós queremos repassar algumas coisas, se não houver problema.

Ele não fala, apenas olha fixamente para os dois, fechando e abrindo uma das mãos ansiosamente.

— Onde você estava na tarde de segunda-feira, 4 de fevereiro, Nathan? — o inspetor avança, e Nathan empalidece.

— Eu estava em casa — murmura.

— Alguém pode confirmar isso?

A polícia já sabe que não; Nathan mora sozinho, na casa que a mãe deixou quando morreu, há cinco anos. Até onde se sabe, ele não tem outros parentes.

— Nathan, você nos ajudaria informando o que fez naquela tarde, até depois de encontrar Clare Edwards em Sorrow's Meadow — Madeline diz gentilmente, olhando para Rob.

Ele coça atrás da orelha, um movimento rápido, ágil.

— Eu estava em casa — repete — e depois fui dar uma volta.

— E a que horas foi isso?

Ele parece em pânico, e Madeline vira ligeiramente o pulso, permitindo que o visor do relógio aponte na direção de Nathan, perguntando-se se ele estava preocupado com o tempo. O patologista acha que Clare morreu entre as dezessete e as dezenove horas.

— Umas sete — ele diz, então, acenando como se estivesse satisfeito por ter lembrado —, depois do noticiário. Sempre ando por lá. Eu gosto das flores.

— Não há flores em fevereiro — diz o inspetor, e Madeline cerra os lábios, respirando fundo. Ela não consegue evitar a sensação de que estaria lidando melhor com isso sozinha.

— Tudo bem, Nathan — diz. — Então você foi dar uma volta. E você viu mais alguém enquanto caminhava?

Ele nega com a cabeça.

— Só eu.

— E você viu a Clare deitada no chão?

Ele movimenta a mão, evita olhar para eles, começa a sacudir a perna esquerda embaixo da mesa. É um homem grande; suas mãos são enormes. Eles sabem que Clare pesava cerca de cinquenta quilos — ela teria sido derrubada como uma pluma se alguém do tamanho dele estivesse envolvido.

— E o que você fez quando a viu?

Ele olha para eles, e seus olhos parecem tristes, enormes em seu rosto. Sua pele é muito pálida, mas seus lábios são cheios como os de uma criança.

— Eu disse para ela acordar — murmura —, mas ela não acordava.

— E você tocou nela?

— Não, não, não — responde, e começa a mexer a cabeça rapidamente, de um lado para o outro, muito rápido.

— Não precisa ficar nervoso, Nathan — diz Madeline firmemente. — Nós só estamos tentando saber o que aconteceu antes da morte da Clare. Você está sendo muito útil.

O inspetor exala.

— Tem certeza de que não tocou nela, Nathan? — pergunta ele, inclinando-se ligeiramente em sua cadeira, unindo as mãos sobre a mesa. Seu anel de casamento refletindo a luz da lâmpada do teto, e Madeline sente uma pontada de desgosto. Só porque Rob Sturgeon quer esse caso resolvido o mais rápido possível, não significa que possam ligá-lo a Nathan.

Ele não responde.

— Vou dizer o que eu penso. Posso, Nathan? — O inspetor intervém, suavemente. — Acho que você pode ter seguido a Clare Edwards quando ela saiu da escola. Acho que você tentou falar com ela. Acho que, quando como ela não deu o que você queria, você não gostou. Você a empurrou. E então entrou em pânico. — Ele faz uma pausa. — Não seria a primeira vez que você seguiria uma menina da escola para casa, seria? — ele completa.

Madeline sente uma onda de raiva; o inspetor não tem o direito de trazer à tona uma velha, e possivelmente falsa, alegação. Eles precisam mostrar a Nathan Warren que estão do lado dele. Do contrário, segundo a experiência, as pessoas não tendem a falar muito.

Ele balança a cabeça ainda mais rápido, tampando os ouvidos com as mãos como se estivesse horrorizado com o que estão sugerindo.

— Não — repete ele —, não! Não toquei nela, não toquei nela.

Ele parece assustado, murmura alguma coisa.

Madeline inclina-se para a frente.

— Então como foi, Nathan?

— Ela era bonita — diz ele, sem os encarar, e Madeline sente uma onda de mal-estar.

O inspetor está exultante.

— Sim — recomeça —, ela era uma menina bonita, não era, Nathan? Você gostava disso nela?

Nathan solta um pequeno gemido. Olha para Madeline como se quisesse ajuda, e ela coloca a mão no braço de Rob, querendo que ele se acalme.

— É possível que você tenha estado em Sorrow's Meadow um pouco antes do que você pensou, Nathan? Se você nos disser, vamos poder te ajudar. Se não disser, as coisas podem ficar mais difíceis.

Uma pausa.

Ele continua a balançar a cabeça, para a frente e para trás, como um daqueles cachorrinhos de brinquedo que as pessoas colocam sobre o painel do carro. Madeline resiste à súbita vontade de estender a mão e bater no topo da cabeça dele com o lápis para ver se ela balança para o lado. Eles não estão avançando no caso.

— Vamos retomar isso em outra hora — diz Madeline.

Rob a olha de volta, e ela o encara. Ao saírem da sala, ela pensa mais uma vez em Ian segurando a mão da esposa, enlaçando a cintura dela. As pessoas podem dissimular muito bem. É muito cedo para saber em quem confiar.

Capítulo 7
CLARE

Segunda-feira, 4 de fevereiro, oito horas

Mamãe fez bolinhos para o café da manhã e eu como rápido, ansiosa para sair desta casa fria e deixar o dia começar. Sei que deveria dizer a Ian e à mamãe, falar que vou ficar na casa de Lauren ou algo assim hoje à noite, mas eles vão me aporrinhar e eu simplesmente não estou a fim de encarar isso hoje. A discussão de ontem já foi ruim o suficiente. Mandarei uma mensagem para mamãe mais tarde, quando for tarde demais para eles me impedirem.

— Tenha um bom dia hoje, Clare — diz mamãe enquanto como o último pedaço do meu bolinho e engulo mais chá, sentindo a língua queimar porque o bebi ainda quente, muito rápido. Aceno com a cabeça. — Lavei sua jaqueta azul e sua saia preta — continua, apontando para a pilha de roupa limpa em uma das cadeiras da cozinha —, para o caso de você querer usar esta semana. Eu sei que é a sua roupa favorita. E tirei a mancha da jaqueta.

— Obrigada — murmuro. Sinto mamãe me observando, seus olhos queimando no meu rosto. Ela provavelmente está chateada por ontem, azar dela. — Você também tenha um bom dia — respondo, um pouco relutante, e neste momento Ian entra assobiando daquela maneira irritante que ele faz logo de manhã, uma melodia repetitiva e grudenta que agora aparece na minha cabeça de repente ao longo do dia. O cabelo dele ainda está um pouco molhado do banho, e pequenas gotinhas de água brilham na barba.

— Bom dia, minhas duas lindas meninas! — diz, alegremente, enfiando um pedaço de torrada na boca e abrindo a geladeira. Eu endureço e me fecho, empurro a cadeira para trás, pego minha jaqueta azul da pilha de roupa e a dobro.

— Tenho que ir para a escola.

Ian fica parado na frente da geladeira; vejo mamãe olhar para ele, sua expressão quase suplicando. A porta da geladeira se fecha com uma pancada e Ian limpa a garganta, engole as torradas com manteiga de amendoim que antes enchiam sua boca e olha para mim.

— Ouça, antes de ir, Clare, eu estou... bem, nós lamentamos o que aconteceu ontem. Nós entendemos a situação sobre as provas. Sua mãe e eu conversamos e, bem, nós achamos que provavelmente estamos te pressionando um pouco demais, querida. É um momento estressante, não é? E nós sabemos que você está fazendo o seu melhor. — Ele para por um segundo, depois abre a boca como se estivesse prestes a dizer algo mais. Vejo manteiga de amendoim grudada em seus dentes.

— Desculpe, Clare — completa mamãe, e fico olhando para eles, surpresa com a súbita demonstração de união. Ainda sinto a língua estranha, parecendo uma lixa no lugar onde foi queimada pelo chá quente.

— Não se preocupem — digo finalmente, querendo que o momento termine. Dá para ver que Ian parece aliviado, um sorriso se abrindo em seu rosto enorme.

— Essa é nossa garota — responde ele, e, para meu horror, me puxa para perto, dando um meio abraço estranho, meu rosto pressionado contra sua camisa, o colar de ouro afundando no meu pescoço enquanto sou esmagada contra o corpo dele. Ian está com o cheiro do novo gel de banho que mamãe comprou no Natal, e desodorante Lynx. Quero que ele se afaste de mim.

— Comporte-se, Clare — diz mamãe, e solto um suspiro de alívio quando Ian me liberta e volta para a geladeira, sua já deficitária atenção reduzida ainda mais ao ser atraída pelo bacon.

Saio pela porta da frente em silêncio e tomo uma lufada de ar. Pelo menos eles pediram desculpas. Mais ou menos.

Fecho o portão do jardim atrás de mim e enfio as mãos nos bolsos, ignorando uma mensagem de Lauren perguntando se fiz a tarefa de inglês. Ela deve estar em pânico, sempre fica, mas vou deixá-la copiar a minha. Puxo o chapéu para baixo sobre meu cabelo louro e comprido, esperando que não pareça muito achatado quando eu chegar lá, e então parto pela Ash Road em direção à escola. É uma caminhada de dez minutos. Nunca consigo decidir se gosto da claustrofobia desta cidade; moro aqui desde que me lembro, desde que mamãe e papai saíram de Londres para um lugar menor, mais calmo, mais seguro. "Você vai adorar isto aqui", disse papai. Eles certamente conseguiram o que queriam — nada de perigoso já aconteceu na história deste lugar. Além do que aconteceu dentro das quatro paredes da nossa casa, é claro, mas ninguém fala sobre isso. Especialmente minha mãe.

Capítulo 8
JANE

Quarta-feira, 6 de fevereiro

Podemos comer o mingau como o papai faz da próxima vez? — Sophie, minha filha, está amuada, a colher enfiada na boca como se fosse a Cachinhos Dourados apanhada em flagrante. A tigela que fiz para o café da manhã está quase intocada; eu o preparo com água, Jack prefere usar leite integral. E pensar que um médico deveria conhecer os perigos do colesterol!

— Da próxima — respondo, usando um pano úmido para limpar o suco de laranja que Finn derramou na mesa. Meus olhos ardem de sono, minha boca está seca pelo vinho de ontem à noite com as garotas da associação de pais e mestres. Chequei meu telefone todas as vezes que acordei à noite, evitando que a luz incomodasse Jack. Queria descobrir se tinham feito alguma prisão no caso Clare Edwards. As notícias são escassas, os detalhes vagos. Coloquei um alerta para isso no meu telefone; se houver uma informação nova, vou saber imediatamente. Não suporto a ideia de ficar separada dos meus filhos hoje. Não quando isso aconteceu aqui ao lado. Quero trancar a porta, aconchegá-los em suas camas e jogar a chave fora.

Não consigo evitar olhar para a janela, para as paredes pintadas de creme da casa dos Edwards. Quando tomei banho esta manhã, limpei o vapor do vidro e olhei pelo vão que separa nossas casas. As cortinas do quarto deles estavam abertas, mas nenhum dos dois estava na cama. Enquanto observava, vi Ian entrar no quarto, ir até o guarda-roupa. Eu me movi levemente, certificando-me de que ele não pudesse me ver. Eu estava enrolada na toalha. A água escorria pelo meu pescoço. Ele se abaixou, pegou algo e enfiou no bolso. Então saiu do quarto. Esperei alguns segundos, mas ele não voltou.

No andar de baixo, tudo em silêncio. A policial que acompanha a família ainda está lá, ou pelo menos o carro dela está. As cortinas da cozinha também estão abertas, e noto que há garrafas de vinho no parapeito. Uma fileira estranhamente arrumada delas, três vazias, uma pela metade. Os homens da reciclagem vêm às quartas-feiras. Theresa deveria tê-las colocado lá fora.

Atrás de mim, ouço meu marido descendo as escadas. Volto para o fogão, onde o restante do mingau está borbulhando, esperando por Harry. Ele vai se atrasar para a escola.

— O que é isso que ouvi sobre o melhor mingau do mundo? — diz Jack, entrando no cômodo vestido para o trabalho: camisa azul, abotoaduras que comprei para ele no Natal passado. Pequenas tiras sobrepostas; o brilho prateado na luz filtrada pela janela da cozinha. Ele está fazendo a voz que usa para falar com as crianças. Olho atrás dele para ver Harry, mas não há sinal do meu filho mais velho.

Jack me beija no rosto, toma um gole da xícara de café que ofereço. Na caneca se lê "O melhor marido do mundo". Uma piada cruel, cortesia da Hallmark. Sophie está radiante, e estendo a mão para tocar seu cabelo, sinto os suaves cachos castanhos tocando a palma da minha mão. Os cachos foram uma surpresa quando apareceram; meu cabelo é liso, escorrido nas costas, ou costumava ser quando eu era mais jovem. Agora está na altura dos ombros, cortado uma vez por mês no salão da Trudie, na cidade. O nome me faz tremer cada vez que entro; o ápice do provincianismo.

A torradeira apita, jogo o pão num prato para meu marido e o vejo besuntá-lo com muita manteiga. Ele não engorda, nunca engorda.

— O que você vai fazer hoje? — Jack me pergunta, fazendo uma careta para Finn, e eu respiro fundo, tentando me controlar.

— O de sempre, Jack. Você não precisa se preocupar.

Ele não responde. Ambos sabemos que a segunda frase é uma mentira. A única pessoa que precisa se preocupar sou eu, já que sou casada com ele.

— Onde está o Harry? — pergunto, e Jack dá de ombros.

— Já deve estar descendo, eu acho.

Vou até o pé da escada e coloco a mão sobre o corrimão.

— Harry!

Enquanto estou ali, penso em quantas vezes já fiz isso, na familiaridade com a mesma cena. Rachel nunca mais vai chamar Clare, nunca mais sentir o desgaste de ter uma adolescente em casa, nunca mais vai suspirar e olhar impaciente para o relógio enquanto o café esfria.

— Harry!

— Já vou, já vou.

Eu o ouço antes de vê-lo, e então ele aparece; meu menino, o cabelo preto ajeitado propositalmente para alcançar o colarinho da camisa, o perfume de Lynx Africa emanando para mim. Arrasta a mochila atrás de si, batendo em cada degrau até ele parar na minha frente. Sua pele está pálida, os olhos parecem um pouco vermelhos.

— Querido — digo, estendendo a mão, sem conseguir evitar, para tocar seu maxilar e endireitar seu colarinho —, como você está se sentindo hoje? — Vejo a expressão disfarçada em seu rosto; eu via a maneira como ele olhava para Clare.

Ele se afasta de mim, só um pouco, o movimento é tão doloroso quanto sempre. Não é que não nos entendamos, Harry e eu, é que deixamos de nos conhecer em algum lugar do caminho. Mas ele é meu primogênito, meu bebê-surpresa, nascido anos antes dos outros, quando Jack e eu éramos jovens.

Foi ele que nos amarrou um ao outro.

— Estou bem — ele murmura sem me olhar nos olhos.

— O café está pronto — replico por falta de qualquer outra coisa, e ele finalmente me olha, faz um meneio de cabeça.

— Obrigado, mãe.

Observo sua mochila caída no chão e ele vai para a cozinha. Ouço o gritinho de Sophie quando o vê. O irmão mais velho é bom com ela, e com Finn. Só cresceu distante de nós, de mim e de Jack.

Enquanto ele puxa uma cadeira, vejo seus olhos cintilarem na direção da janela para a casa dos Edwards, silenciosa na fria luz de fevereiro. Ele olha fixamente por um segundo, dois, e desvia os olhos.

Depois do café, Harry sai com os fones de ouvido, como sempre, carregando a mochila no ombro direito. Na porta, eu o seguro, minha mão na manga de seu casaco.

— Harry — digo —, tenha cuidado, está bem?

Meus olhos se fixam nos dele. O momento paira entre nós, e de repente me sinto uma tola. Ele tem dezessete anos, mas Clare tinha dezesseis, entrando na idade adulta também. A idade nem sempre é uma proteção.

— Claro — diz —, sou sempre cuidadoso, mãe. — Um meio sorriso, um piscar de olhos e por pouco não perco o momento. — Não se preocupe.

Ele fecha a porta e eu o vejo atravessar a rua pela janela, suas bochechas imediatamente começando a ficar avermelhadas no ar frio. O céu está cinza, fechado. Enquanto observo, um carro encosta ao seu lado, depois desvia para a esquerda, parando no vizinho.

— Mamãe! — Finn me chama, querendo minha atenção — Não consigo achar meus sapatos.

Dez minutos depois, finalmente estamos prontos para sair. Sophie e Finn estão empacotados como dois bonequinhos de neve, suas sacolas da escola apertadas nas mãos. Jack ainda está sentado à mesa da cozinha; olho para meu relógio. Ele deveria ter saído há quinze minutos.

— Jack, você vai se atrasar.

O olhar do meu marido não se move, os olhos fixos nas tigelas de mingau, agora geladas, que ainda não recolhi. Sophie está olhando para mim, confusa. Rapidamente, forço um sorriso e dou um beijo em Jack, com um som estridente que faz as crianças rirem.

— Digam "tchau" ao papai! — peço, e todos nós acenamos para ele, dois bonecos de neve e uma esposa.

Afastando-me de Jack, eu saio, uma criança em cada mão, e é aí que as vejo: as flores. Elas estão no chão do lado de fora da casa dos Edwards, forrando a frente do gramado. Flores cor-de-rosa, flores vermelhas, amarelas, envoltas em celofane, mensagens manuscritas úmidas no frio da manhã. Todas juntas assim parecem um grande e grotesco urso de pelúcia, peculiar. Olhos brilhantes fitam os meus vagamente.

Depressa, levo as crianças para o outro lado da rua, enquanto uma van azul para devagar na nossa frente e encosta ao lado do carro que eu tinha visto. Ambos têm o logotipo da ITV News. Engulo em seco. Não demorou nada.

— Mamãe? —Sophie me chama, vendo a expressão no meu rosto, mas rapidamente me inclino e enrolo o cachecol dela ainda mais apertado e subo o zíper do seu casaco para que chegue até o queixo, evitando que ela veja a frente do gramado dos Edwards. Finn está distraído mexendo em alguma coisa no bolso. Eu os apresso pela rua em direção à escola, tentando desesperadamente não olhar para trás. Nossos pés escorregam um pouco na calçada; já deveriam ter colocado brita nela para evitar isso; está frio o suficiente.

Durante os dez minutos seguintes, escuto Sophie tagarelar sobre a aula de arte, absorvendo sua inocência, seu total alheamento do fato de que uma adolescente morta foi encontrada a menos de cinco minutos de onde estamos. Ela adora arte, é sua disciplina favorita. Tal mãe, tal filha. Às segundas-feiras, lavo seu uniforme com água quente, pois ele sempre volta sujo de tinta dessas aulas. Eu poderia reclamar com a professora, mas não quero chamar a atenção para nós. Não mais. Vi a maneira como a professora me olhava quando tive que cancelar o jantar da associação de pais e mestres no mês passado; a preocupação nos olhos dela, as perguntas sobre nossa rotina em casa. Lidar com certas situações não é muito fácil hoje em dia.

— Jane! — Sandra pega no meu braço depois que me despeço das crianças. Está usando um cachecol de lã grosso e muito rímel, e seu nariz está vermelho por causa do frio. Ela fica mais perto de mim.

— Você já viu os furgões da TV? Um deles passou pela nossa casa hoje. Vai ser isso agora. Eles vão estar em todos os lugares.

Ela treme e bate os pés no chão para aquecê-los.

— Deus, imagine, Ashdon na TV! Bem, todos nós já vimos como eles cobrem casos como este. Parecem abutres, não? — Ela me encara. — A sua casa pode aparecer no noticiário também. Pelo menos em alguma cena.

— Sandra — replico —, não me diga que você está com inveja disso. — Ela parece contrariada. Coloco a mão em seu braço. — Nem pense nisso, pelo menos por enquanto. A cobertura jornalística pode ajudar a polícia a pegar seja lá quem tenha feito isso.

— Você está certa — diz, seu rosto brilhando. — Você está certa, Jane. Nossa, espero que o peguem logo. O Harry já ouviu mais alguma coisa? Os garotos mais velhos devem estar devastados.

— Não — respondo —, Harry não conhecia Clare muito bem. — Sinto um aperto na garganta, ainda que muito suave.

— Clube do livro esta semana? — Sandra muda de assunto, e faço uma pausa, depois faço que sim com a cabeça. — Devemos continuar, agir normalmente — ela assente. — Talvez pudéssemos fazer na sua casa? Quase terminei o Zadie Smith.

Antes que eu possa responder, ela está acenando para mim com as mãos enluvadas e depois se vira para partir. Permaneço olhando para suas costas por um momento, vendo sua figura levemente atarracada atravessando a rua, parando para falar com outras mães. O convite do clube de leitura já terá alcançado metade da cidade quando ela tiver terminado. Sandra sabe tudo sobre todos ou acha que sabe, tanto faz.

Eu me afasto da escola, empurrando os fios de cabelo que escaparam do cachecol de volta para dentro do tecido cinza macio. É cashmere; Jack comprou para mim no último Natal. *Para aquela que amo*, dizia o cartão. Guardei o cartão na gaveta da cama, junto com a rosa que ele me deu quando começamos a namorar, agora já seca, e o bilhete de embarque amarelo desbotado da nossa lua de mel na Tailândia. Às vezes olho para eles, minhas pequenas lembranças, para me lembrar do seu amor. Às vezes é difícil lembrar. Não coloquei lá a pulseira de identificação do hospital; cortei-a do meu pulso no dia seguinte ao incidente na escada e a enterrei em uma bolsa velha, enfiada no fundo do nosso guarda-roupa. Não vale a pena ver algumas lembranças.

Pego o celular enquanto ando de volta pela rua principal e mando uma mensagem para Jack. *Indo trabalhar. Te vejo à noite.* Uma pausa. *Te amo.* Mantenho o telefone no modo vibração, para o caso de ele responder. No entanto, embora o pequeno tique me diga que ele a leu, o celular fica resolutamente silencioso e imóvel.

Quando chego ao trabalho, cinco minutos depois, Karen, minha colega e chefe, está ao telefone. Sua voz é sombria e seu rosto parece sério, mas, apesar disso, encontro a sensação de liberdade que me invade sempre que estou aqui, nesta loja cheia de luz, longe do meu marido, longe de casa. O lugar é pequeno, vendemos principalmente objetos de cerâmica e cartões; só aceitei o trabalho de meio período porque era algo para fazer. Eu trabalhava com publicidade quando morava em Londres, antes das crianças e de Jack, e parte de mim sempre desejou essa criatividade. Às vezes penso em mim mesma sentada em uma sala de reuniões de Londres, um MacBook na minha frente, e não me reconheço em nada. Quem diz que casamento e filhos não mudam você é um mentiroso. Eu diria que uma costela quebrada muda muitas coisas.

Nem sempre foi assim, Jack e eu. Quando o conheci, fui arrebatada. Jack apresentou uma vida que nunca pensei que pudesse ter: dinheiro, estabilidade, a casa e as crianças, tudo de uma vez. E durante um tempo foi perfeito. Melhor que perfeito. Éramos obcecados um pelo outro; eu era seu pequeno projeto, a garota que ele assumiu e melhorou. E, como qualquer bom projeto, fiquei à altura do desafio. Tornei-me a mulher que ele queria. Em pouco tempo, você nem conseguia ver a separação entre quem eu era e quem me tornara. E, se depender de mim, vai continuar assim. Não importa o que aconteça.

É só isso que estou tentando fazer.

— Bom dia! — exclama Karen, ainda ao telefone, e aceno para ela, desenrolo o cachecol do pescoço e o penduro na cavilha. Há um pequeno estúdio-escritório nos fundos onde Karen e eu trabalhamos, e tudo o que fazemos fica exposto na loja. Arte como terapia; pensei que algo assim me ajudaria a lidar com a vida em casa, e, de fato, às vezes ajuda. A chaleira borbulha alegremente e eu sintonizo o rádio enquanto pego minha xícara da prateleira: uma caneca de cerâmica que Sophie e Jack fizeram para mim no dia das mães do ano passado. Corações vibrantes enfeitam os lados da caneca e meu próprio coração se estica.

Faço um café. Quando conheci Jack, ele me avisou, bem, todos me avisaram sobre o que isso faz com seu ritmo cardíaco, o sistema nervoso, os níveis de cortisona. Mas, agora, ele quebra suas próprias regras. Posso quebrá-las também.

— Desculpe, Jane — diz Karen quando desliga o telefone. A loja pertence a ela, e nós damos duro juntas, embora eu ache difícil ficar tão estressada com a cerâmica quanto ela. A maior parte da nossa renda vem de Jack hoje em dia. O bom e velho Jack; Jack, o médico; Jack, o provedor. Não há nada de conto de fadas sobre o nosso casamento. *Mas é o que eu queria*, eu me lembro. *E ainda quero, mesmo agora.*

Eu me instalo ao lado de Karen e ligo meu computador. A proteção de tela pisca: Finn e Sophie na praia, Harry fazendo uma cara boba atrás deles; nossas férias na Cornualha no ano passado, que terminaram em uma das piores brigas que Jack e eu já tivemos. Não consigo nem me lembrar agora como começou. Na foto, a boca de Sophie está suja de sorvete. Amarelo brilhante; rapidamente, clico em um dos meus últimos desenhos e sinto alívio, pois ele substitui a imagem na tela.

— Imagine — digo a Karen, tomando um gole de café. Está muito quente, queima minha língua. Queimando o vinho de ontem à noite. Sinto novamente: o impacto do copo, a tristeza horrível quando vi o hematoma esta manhã. Roxo, a cor da lavanda. Vai ficar verde em pouco tempo.

— Era a Beth de novo, ligando da escola — diz Karen. — Ela não queria sair de casa hoje de manhã. Bem, quem pode culpá-la? Depois das notícias. Ela está no mesmo ano de Clare Edwards. Coitada daquela menina. É tão horrível. Parece que a cidade inteira está em estado de choque.

Ela aperta os olhos, esfrega-os com a mão. Sinto um golpe de empatia, faço um barulho com a garganta querendo ser simpática. Beth é a filha dela, está na escola secundária, dezesseis anos na semana passada. Ajudei a decorar o bolo no trabalho naquela tarde, enfiando as pequenas velas na grossa cobertura branca.

— Na verdade — comento — eles são meus vizinhos.

A reação é imediata. Karen arfa, suas mãos vão até a boca, a aliança de casamento prateada brilhando na luz.

— Jane! Não me dei conta. Sinto muito.

Faço um aceno.

— Não — respondo —, realmente, está tudo bem. Quero dizer, não está, mas... — faço uma pausa. — Obviamente é horrível que tenha acontecido tão perto de casa.

Karen estremece; percebo um calafrio subindo por sua espinha, serpenteando pela camisa de listras fina, pelas omoplatas estreitas.

— Simplesmente não consigo acreditar, Jane! Seus vizinhos! Na nossa cidade! Logo depois do Natal, também, quem faria uma coisa dessas? Beth diz que era uma menina bonita. Ela era? Do grupinho das populares. Bem, dá para ver pela foto. Espero que não demorem muito para descobrirem quem foi.

Ela aponta para o jornal da cidade, jogado em cima da mesa. *Estudante é encontrada morta no campo de Ashdon*. O cabelo loiro de Clare Edwards brilha como uma auréola, seus dentes brancos estão congelados num sorriso para nós. Meus olhos marejam e eu volto a olhar para minha tela.

— É terrível — digo. — É a pior coisa.

Compro um jornal na loja da Walker, no caminho para pegar as crianças na escola. Não sei por quê, mas quero ler os detalhes, quero saber de tudo na minha própria casa. Preciso estar alerta, preparada — meus filhos são a coisa mais importante do planeta. Tenho de mantê-los seguros. Meu coração dispara quando olho para as manchetes; não posso acreditar, não posso acreditar que ela está morta. Um de nós. Isso me enche de horror. Ruby Walker sorri para mim por trás do balcão. Líder do grupo das escoteiras local, a mulher mais infeliz do planeta. Já vi seus lábios se moverem em oração antes, quando ela acha que ninguém está olhando.

— Mais alguma coisa? — pergunta, com o rosto de permanente desânimo, e eu pego dois KitKats para Sophie e Finn, um Twix para Harry e uma garrafa de vinho para mim e Jack. Ele gosta de Merlot; eu, de Sauvignon. O jornal se dobra entre minhas mãos, ainda quente da impressão. — Terrível — comenta, balançando a cabeça para a foto da capa, e eu aceno, olhando para longe dela e mirando a prateleira de embalagens chamativas dos doces. É horrível. Todos sabemos que é. — Você a conhecia, não? — pergunta, olhando para mim. — Você e seu marido. Vocês devem conhecê-la.

Pigarreio. Há algo estranho na maneira como ela diz "marido" ou estou imaginando coisas? Metade das mães desta cidade tem uma queda por Jack. Não quero ser obrigada a adicionar a miserável Ruby à lista. Embora eu suponha que ela não seja exatamente uma rival.

— Não muito bem — respondo. — A família Edwards é bastante reservada.

Estou exausta de dizer a mesma coisa.

"Como foi o encontro com o ser iluminado?", Jack vai me perguntar mais tarde, e eu vou sorrir, ainda que contra a vontade. É assim que a chamamos desde que nos mudamos para a cidade; em todo esse tempo ela não tem sido nada além do que infeliz. Sophie terá idade em breve, mas já a avisei que não vai ser escoteira. Karen diz que Beth odiava tudo aquilo, aulas intermináveis sobre dar nós, orações constantes sobre o fim do mundo. Algumas pessoas se deleitam com a tragédia. Ruby está adorando toda essa desgraça.

Nos portões da escola, estou com as outras mães à beira do gramado, entre o primário e o secundário. Harry só sai às quatro e dez, mas pego Finn e Sophie às três e meia. Adoro ver as carinhas deles enquanto se aproximam de mim, adoro o momento em que posso envolvê-los nos braços novamente. Especialmente agora, quando a tragédia está tão próxima.

Ambas as escolas seguem a Igreja Anglicana, é claro. Há um quadro de avisos nos portões, e um novo cartaz oscila ao vento. Eu me curvo, fico olhando para a fonte negra. O padre fará um culto especial amanhã à noite, em memória de Clare. *Por favor, junte-se a nós,* diz, *enquanto Ashdon se une diante da adversidade.* Deve ser a coisa mais emocionante que o padre Michael experimentou em séculos.

Normalmente, as mães e eu sorríamos umas para as outras diante de um anúncio da igreja, mas, hoje, quase dá para sentir os nervos, sentir as ondas de choque ao redor de todas nós. Nunca aconteceu uma coisa dessas. Não em Ashdon. Não na casa da vizinha. Por uma fração de segundo, fecho os olhos, penso naquela manhã, a última vez que vi Clare. Vi quando ela saiu para a escola, batendo a porta. Ou será que imaginei a batida? Harry ainda não tinha descido, Finn e Sophie estavam escovando os dentes. Clare estava adiantada, mais cedo do que o normal. Seu cabelo loiro brilhava ao sol de fevereiro, as pontas refletiam a luz. Jack apareceu atrás de mim na janela, e eu me afastei. Eu me pergunto se o padrasto também estava olhando para ela. Se Clare estava ciente de como os homens a olhavam. Se ela olhava para alguém da mesma maneira.

Eu me agacho quando vejo Finn vindo em minha direção, me trazendo de volta num tranco para a tarde aguda de fevereiro. Abro os braços para seu corpo pequeno e quentinho, ansiosa para tê-lo outra vez. Ele fica sempre mais carinhoso quando sai da escola. Um traço reconfortante. Sophie se aproxima de nós e Sandra aparece como por magia ao meu lado, sorrindo para mim. Só tive algumas horas de descanso. É assim que funciona nesta cidade. Ela está segurando firme a mão da filha Natasha.

— Nossa... Acho que o vinho de ontem me fez mal. Estou péssima. Mas obrigada por ter ido. Como foi o trabalho? — Ela não faz nenhuma pausa para respirar. — As meninas estão se dando superbem esta semana — murmura para mim, e eu assinto. Sophie e Natasha têm uma relação de amor e ódio, ao que parece. Tanto quanto isso é possível para crianças de sete anos. Vejo Tricia se aproximando, mas finjo não notar para escapar do risco de ela se lembrar da minha promessa de ajudar no assado para a Lindsay-que-vai-se-divorciar. Apresso as crianças, agarrando pastas de leitura e lancheiras entre os dedos. Hoje ninguém para muito tempo para conversar, todas queremos chegar em casa, aconchegar nossos filhos debaixo de nossas asas, protegê-los do destino horrível que a pobre Clare encontrou.

Geralmente há um grupo grande que segue pela rua principal, mas hoje nós nos adiantamos. Nossa casa fica a dez minutos da escola, um pouco afastada da rua, ao lado da casa dos Edwards. É rosa, em contraste com o tom creme da casa deles, o típico chalé rosa, com um símbolo heráldico negro em forma de disco na frente denotando o nome. *Toca do Texugo.* Horrivelmente, dolorosamente engraçadinho. Às vezes me pergunto o que diabos eu estava pensando quando vim para cá. Especialmente agora que isso aconteceu. Não que Jack fosse querer ir embora; sua clientela está aqui. Este é, afinal, o nosso recomeço.

A mãozinha de Finn está presa na minha enquanto nos afastamos da escola. Meu coração bate forte, preocupado com a pilha de flores e tributos que se acumulam no gramado dos Edwards. Como vou poupar meus filhos disso tudo? Sandra caminha ao nosso lado, Sophie e Natasha à frente. Meus olhos permanecem fixos na mochila roxa nas costas de Sophie enquanto Sandra abaixa a voz.

— Você soube de mais alguma coisa hoje? — ela me pergunta. — Tricia estava me dizendo que a polícia acha que alguém deu uma pancada na nuca da menina. Deve ter sido atacada pelas costas. Dá para imaginar?

Estremeço e aperto um pouco mais a mão de Finn. Os botões da minha blusa estão apertados perto do pescoço. Sempre me visto de forma conservadora hoje em dia. A esposa do médico.

— A polícia já foi à sua casa? — Sandra quer saber. — Eles devem aparecer por lá. Aposto que vão fazer um monte de perguntas. A janela da sua cozinha não dá para a deles?

Ela sabe que sim. Quero rir do quanto é transparente.

— Eu estava trabalhando — respondo, apontando com a cabeça para a loja. Tudo nesta cidade é tão próximo; é um pesadelo claustrofóbico.

— Tricia falou que eles vão mandar a sargento Shaw — Sandra continua. — Você sabe, para ficar indo de casa em casa. Para ver se alguém viu alguma coisa. E eles interrogaram Nathan Warren. Bem, teriam de fazer isso, não é mesmo? Ainda acho que tem alguma coisa errada com ele. Quero dizer, o que ele estava fazendo, *andando por aí* àquela hora? — Ela exala, o hálito enevoado no ar frio. — Parece que já revistaram a casa dos Edwards, uma mãe viu a polícia saindo ontem. Você viu? Você não falou nada. — Ela continua sem esperar por uma resposta. — Imagine alguém ficar revirando as suas coisas desse jeito. — Faz uma careta. — Será que encontraram alguma coisa? Rachel é tão bonita, é claro, mas nunca se sabe, né? O que será que a sargento Shaw pensa dela? Aqueles dois parecem água e vinho.

Sargento Madeline Shaw, a detetive que mora em Ashdon. Ela está aqui há alguns anos, vivendo em uma casinha no alto da colina, depois das escolas. Não temos muito a ver uma com a outra; ela não faz o gênero clube do livro e do vinho. Deve ser muito estranho para ela ter esse tipo de crime acontecendo bem na porta de casa. Ou muito bom, suponho.

Na minha frente, a mochila de Sophie balança. Seu cabelo brilha na luz do sol e eu sinto um mal-estar. Sandra deve perceber porque dá um suspiro, faz um barulho de desaprovação. Olho para o chão, meus olhos escaneando a calçada, o barulho dos nossos pés. Sandra está usando aquelas botas horríveis Birkenstock; comprei as minhas, pequenas pretas, na Russell e Bromley, no ano passado.

— Eu sei — diz ela. — A ideia de que isso pode acontecer de novo... Com uma das nossas meninas desta vez. Insuportável pensar nisso, né? Não suporto violência.

Um tremor percorre minha coluna. Flores amarelas brilham atrás das minhas pálpebras. A lembrança da escada da nossa antiga casa, a maneira como ele me empurrou, a dor nas costelas.

— Não — respondo —, nem eu.

Capítulo 9
SARGENTO MADELINE SHAW

Quarta-feira, 6 de fevereiro

— Madeline?

O inspetor está diante dela com as sobrancelhas erguidas. Está impaciente; a história foi retomada pelos tabloides, e a chuva de telefonemas começou. Uma jornalista desenterrou uma foto antiga de Clare em sua página do Facebook: ela posando em uma praia em Barbados. A postagem mostra Rachel e Ian, ele usando uma camisa de futebol, sorrindo para a câmera. *Os pais enlutados?* diz a legenda. E lá vamos nós, pensa ele.

— Você já tem o relatório da patologia?

— Sim. Eles agilizaram — diz Madeline, entregando-lhe o e-mail que acabou de ser impresso. — Christina mandou agora mesmo.

Ele o lê, seus olhos se movendo tão rápido que poderia estar escaneando.

— Causa da morte identificada como sangramento interno no cérebro após um ferimento na parte de trás da cabeça — diz Madeline —, exatamente o que nós pensamos quando vimos. Uma marca no ombro, o que faz sentido se alguém a agarrou. Não há sinais de agressão sexual. Fizeram os exames.

Foi a primeira coisa que verificaram; agora, uma motivação óbvia desapareceu.

O inspetor suspira.

— Bem, já é alguma coisa. Se bem que nós teríamos mais chances de conseguir o DNA do criminoso se ele tivesse feito isso. Não temos motivação óbvia, se descartarmos um estupro. — Ele passa a mão pelo cabelo, estremecendo quando o telefone começa a tocar novamente.

Isso sempre acontece quando há um crime dessa natureza; pessoas que se apresentam com pistas falsas, videntes, malucos querendo seus cinco minutos de fama. A mídia torna as coisas piores; ele gostaria que a polícia não precisasse tanto da imprensa.

— Estamos analisando o DNA das roupas; deve chegar dentro de alguns dias. A única coisa de que tenho certeza no momento é que não foi um acidente. — Madeline se levanta, olha por cima do ombro de Rob e aponta para as fotos do corpo, escaneadas por Christina, a patologista. — Olhe para isto. Alguém a segurou; minha aposta é que bateram a cabeça dela no chão, ou bateram nela por trás e depois a viraram para a frente. Isso não foi feito por um especialista.

— Não — diz ele —, não parece exatamente um método. — Os dois olham fixamente para as fotos. Há outro hematoma também, mais embaixo no braço de Clare, roxo e espalhando-se, contornado de verde.

— De onde vem esse nome? — Rob pergunta de repente. — Sorrow's Meadow. Várzea da tristeza. Inusitado.

Madeline meneia a cabeça.

— Ninguém sabe exatamente. Ruby Walker sempre insiste que tem a ver com o rio. A tristeza se acumula em um lugar e depois a água corre para longe, alguma porcaria assim.

Rob solta um grunhido, olha de volta para os hematomas de Clare.

— Certo. E como nós estamos com as visitas às casas? Os vizinhos?

— Estou indo para lá agora com a Lorna.

— Falem com todo mundo — recomenda ele —, qualquer um que tenha visto alguma coisa naquela noite. Carros estranhos, pessoas de fora da cidade, qualquer "andarilho". — Ele solta um ronco de sarcasmo enquanto diz isso, ainda irritado por não conseguir tirar mais de Nathan Warren. — E, Madeline — completa —, descubra o que as pessoas pensam sobre os pais.

— Os álibis deles batem até certo ponto — informa ela. — Temos imagens do Ian embarcando na estação da Liverpool Street mais cedo e chegando a Audley End um pouco mais tarde, mas não temos nada que o coloque de volta em casa. No caso de Rachel, a imobiliária confirmou que ela foi vista em Little Chesterford, mas, novamente, não dá para verificar o que fez depois.

— Então existe um intervalo no tempo? — pergunta o inspetor, franzindo o cenho.

— Bem, tecnicamente sim — Madeline confirma com um movimento de cabeça. — O tempo em que eles dizem que estavam esperando Clare voltar para casa, somado ao tempo em que Ian supostamente estava fora procurando por ela. — Ela encolhe os ombros. — Mas não temos motivos para suspeitar de que não seja verdade, certo?

Rob ainda está examinando as fotos de Clare, seu rosto indecifrável.

— Consiga alguma coisa dos vizinhos — diz ele. — Descubra como eles, Rachel e Ian, são de verdade. Numa cidade pequena como esta, as pessoas sempre sabem.

A detetive Lorna Campbell domina a conversa enquanto as duas se dirigem a Ashdon, contando a Madeline que ela acabou de se mudar para a casa do namorado, que ele se preocupa com o trabalho dela na polícia.

— Ele acha que vou levar um tiro ou algo assim — diz, rindo nervosamente. Deve estar na casa dos vinte e poucos anos, pelo menos dez anos mais jovem que a chefe. Ela tem uma leve sobremordida e o movimento é esquisito, pouco atrativo.

— Você não vai levar um tiro em Ashdon — responde Madeline, tentando tranquilizar Lorna, se bem que, novamente, nenhum deles jamais pensou que encontraria um cadáver lá, certo? Não dá para ter certeza de nada a esta altura. As palavras do inspetor ressoam na cabeça da sargento enquanto ficam em silêncio. *Então existe um intervalo no tempo*, ela se lembra.

Capítulo 10
JANE

Quarta-feira, 6 de fevereiro

Vamos jantar todos juntos hoje; estou terminando de pôr a mesa quando Jack chega, antes do esperado. Nossos olhos se encontram por um segundo, e compreendo que ele ouviu a notícia sobre as visitas da polícia às casas do bairro, provavelmente soube em dez versões diferentes de cada paciente que atendeu hoje. O consultório é um ótimo lugar para fofocas; não há nada de que as pessoas gostem mais do que descarregar suas tristezas em sala tranquila. Fico tensa a noite toda, esperando a qualquer momento que batam à nossa porta. Uso mangas compridas, só por precaução, embora saiba que não é isso que Madeline Shaw está procurando. Os assuntos domésticos não parecem preocupar a polícia hoje em dia. Se é que um dia preocuparam.

Finn abraça a perna de Jack, ficando pendurado ali como um macaquinho, com os pés suspensos logo acima do reluzente piso da nossa sala de jantar. Suas meias não combinam: elefantinhos acenam com listras vermelhas e azuis. Harry aparece enquanto estou servindo os pratos; ele pisca como se tivesse acabado de sair de uma caverna escura, o que, a julgar pelo estado do quarto dele na última vez em que entrei, faz sentido.

— Como foi o seu dia, querido? — pergunto a Jack, mantendo a voz leve com uma nuance de alerta: *sim, eu também ouvi, não fale sobre aquilo agora*. Evitamos falar sobre Clare Edwards na frente de Sophie e Finn. Eles já sabem, é claro, a escola informou hoje de manhã, a versão infantil, uma sala de aula de cada vez, mas eles realmente não entendem. Todos nós recebemos uma mensagem de texto a respeito; a nova forma de comunicação com os pais, pelo menos é o que parece. *O bem-estar de seu filho é nossa maior preocupação,* dizia a mensagem. Ah, ainda bem, pensei.

Sophie está triste por causa do campo de flores, como ela chama Sorrow's Meadow; íamos muito lá aos sábados, principalmente quando ela era menorzinha. Ela gostava de fazer uma brincadeira conosco, colocando as flores debaixo do nosso queixo para perguntar o que queríamos comer. Tenho uma foto dela com uma coroa de ramos de botão de ouro torcidos no cabelo, sorrindo para a câmera; ficava em cima da lareira, mas tirei antes de ir dormir ontem à noite. Ela parecia muito vulnerável e isso me fez estremecer. Clare também era filha de alguém. Bem, era filha de Rachel. A linda Rachel Edwards. Rachel perfeita, que se valoriza muito para frequentar nossos clubes de leitura ou nossas noites de vinho. O pensamento vem à minha cabeça antes que eu possa evitar, e me penitencio por isso. Às vezes acontece.

— Foi bom — diz Jack, indo para a geladeira. Os olhos dele piscam para a janela, mas as cortinas dos Edwards estão fechadas esta noite, as garrafas de vinho escondidas da vista. Observo quando ele pega uma garrafa de cerveja marrom da porta e abre. A tampa desliza pela bancada e eu a pego antes dele.

— Posso...? — pergunta Harry, e balanço a cabeça antes que ele termine a frase.

— Hoje não, Harry — respondo. — Isso vai atrapalhar seu sono e amanhã você tem escola cedo. — Nós, ou melhor, Jack o deixa tomar uma cerveja às vezes, só em ocasiões especiais, e quero que continue assim.

— Quantas pessoas você curou hoje, papai? — pergunta Finn, sentado à mesa, a cabeça inclinada para trás, tentando equilibrar a colher de sobremesa no nariz. Ele falha; a colher cai na mesa, dentro do prato. Harry revira os olhos.

Jack ri, mas é mecânico, ensaiado; não é o riso natural que ele tinha quando nos conhecemos. Faz meu estômago virar.

— Aah, umas cinco hoje. Cuidado com essa colher, amigo. Você não quer acabar com umas melecas no seu pudim, quer? — Ele fareja o ar. — Estou sentindo o cheiro de quando a mamãe faz torta de maçã.

Claro que eu fiz torta de maçã: é quarta-feira. Deus me livre quebrar a tradição.

Jack sorri para mim. Sorrio de volta.

Sophie desliza para a sala, só de meias, derrapando no chão de madeira. Brancas com babados, combinando. Ao menos alguma coisa combina. Ela agarra minha cintura e eu coloco a mão sobre sua cabeça cheia de cachos.

— Cuidado, menina. Não queremos que aconteça um acidente. Já lavou as mãos para jantar?

Jack é rigoroso em relação à higiene; lavamos as mãos antes e depois de comer, temos gel bactericida pela casa toda. Quebro as regras de vez em quando, mas ele está certo quanto às crianças.

Sophie passa as mãos debaixo da torneira enquanto termino de servir nossa refeição: torta de carne moída com feijão-verde. Finn faz uma careta. Jack bebe sua cerveja. A garrafa já está pela metade; pego Harry de olho nela por muito tempo.

— Feijão faz bem — diz Jack, antecipando-se à queixa de Finn, e suspiro aliviada. Estou muito cansada para discutir esta noite. Preciso guardar as energias para mais tarde, para quando as crianças tiverem ido para cama.

Quero perguntar a Harry o que disseram na escola secundária, como estão lidando com a morte de Clare, como *ele* está lidando, mas ele janta quase em silêncio, um olho no telefone em cima da mesa.

— Vou ter que guardar o seu iPhone para você da próxima vez? — pergunto quando o celular vibra mais uma vez; as palavras saem mais rapidamente do que espero. Jack se afasta, mas Harry mal reage, e, de alguma forma, é pior do que uma réplica. Quando foi que me tornei invisível?

— Harry — diz Jack, e finalmente nosso filho olha. — Obedeça à sua mãe. Nada de celular na mesa, por favor, amigo.

Ele o enfia no bolso da calça, mas não antes de revirar os olhos de novo. Sinto uma ponta de irritação, então me lembro de que Rachel Edwards nunca mais vai ver a filha revirar os olhos. O pensamento me silencia e, por um momento, me perco pensando nos vizinhos.

A comida tem um sabor esquisito na minha boca; por mais que tente, não sou boa cozinheira. Os garfos raspam ritmicamente os pratos de porcelana branca do nosso casamento. Não sou adepta de guardar as coisas para ocasiões especiais, tudo é misturado nesta casa. Além disso, não tenho certeza se o nosso casamento ainda é realmente algo para comemorar. Para mim não parece muito.

— Jane? — Jack está me olhando de um jeito estranho, com os olhos apertados. — Você ouviu o que a Sophie disse?

— Humm?

Olhando para minha filha, vejo seus olhos azuis brilhando de lágrimas. Meu coração derrete.

— O que foi, querida?

Sophie sussurra algo, tão baixinho que não consigo ouvir. Ela abaixa a cabeça, as pontas dos cachos do cabelo perigosamente perto dos picos de purê de batata. Franzo a testa.

— Sophie?

— Um menino da escola disse que tem um monstro no campo de flores — ela fala mais alto desta vez. Sua vozinha se quebra, transforma-se num soluço. — Ele disse que o monstro está solto e que vem me pegar.

É nesse momento que a campainha toca.

Jack e eu vamos juntos, uma frente unida, depois de pedir que Harry ligue a televisão para Sophie e Finn. Faço um gesto para ele ir para a sala dos fundos, longe da porta da frente. Meu coração está acelerado; nem ouvi o carro parar.

A sargento Madeline Shaw tem o cabelo loiro escuro que parece que logo se tornará grisalho e linhas no rosto que sugerem que não se preocupa com os rituais a que submeto minha pele toda noite. Limpar, tonificar, hidratar. *Repita ad infinitum, sra. Goodwin.* Há uma mulher mais jovem com ela que eu nunca vi antes.

— Sr. e sra. Goodwin — diz Madeline —, desculpem perturbar a noite de vocês. Esta é a detetive Lorna Campbell, da polícia de Chelmsford. — Ela apresenta a colega e eu estendo a mão, cuidando para manter os braços cobertos. Os últimos hematomas não são uma visão bonita. Percebo Jack me observando e quero gritar com ele dizendo que a polícia tem coisas mais importantes para se preocupar do que com um casal menos que perfeito. Há uma garota morta, e isso nos supera, certo?

— Acho que você já soube da notícia, Jane — começa Madeline, e eu confirmo e mordo o lábio.

— Vocês aceitam um chá, oficiais? Querem entrar? — pergunto, mas Madeline balança a cabeça, o rabo de cavalo se movendo de um lado para o outro.

— Só precisamos verificar algumas coisas com vocês dois, por favor — diz a outra mulher, e Jack se vira para ela, todo sorridente, o rosto bonito brilhando na meia luz difusa de nossa casa. Se eu observar com atenção, consigo ver a pilha de flores e ursinhos de pelúcia no gramado dos Edwards;

dobrou de tamanho. Rachel e Ian deixaram tudo ao relento. Será que vai chover? Há mais carros na avenida principal agora, os faróis destacando o pavimento; não consigo ver se há alguém nos carros. De repente, sou dominada pelo desejo de bater a porta, fechar as cortinas, esconder minha família do brilho dos acontecimentos que se desdobram ao lado.

— Claro! — diz Jack para a policial. — Qualquer coisa de que precisarem. Jane e eu ficamos devastados quando soubemos. Acho que a cidade inteira ainda está em choque. Nós nos importamos com Rachel e Ian, é claro, mas, bem, não queríamos ser inconvenientes.

Se elas já avaliaram o quanto meu marido é bonito, nenhuma deixou transparecer.

— Algum de vocês viu alguma coisa ou alguém fora do comum na noite de segunda-feira, dia 4? — pergunta Madeline, o rosto sério. Será que esse é o seu primeiro grande caso aqui, será que está querendo mostrar que está à altura? Deus sabe que ela não parece ter uma vida pessoal relevante, pelo que posso perceber. Não tem filhos. Não em marido. Talvez esta seja a chance de ela brilhar.

Balanço a cabeça, pensando naquela noite, afastando os momentos mais dolorosos — as palavras de Jack. A maneira como ele olhou para mim, o nojo. *Ele realmente não quis dizer aquilo.*

— Receio que não tenha visto nada. Minha amiga Sandra pegou as crianças na escola, levou os dois para a casa dela por uma hora ou duas enquanto eu fazia o jantar. Jack chegou do consultório logo depois das cinco. Fui buscar Sophie e Finn. Depois ficamos aqui a noite toda. *Brigando.*

— Sou médico — informa Jack, principalmente para Lorna, acho, mas, em defesa dela, seu rosto não se altera em nada. A maioria das mulheres fica com os joelhos bambos por causa de um médico bonito. Sei muito bem; fui uma delas.

— E quanto ao seu filho mais velho, sra. Goodwin? — indaga Madeline, virando o rosto para mim. Ele também ficou com vocês durante a noite?

Ela está sorrindo para mim, o rosto aberto, calmo. É possível ler tatuado em sua testa: *Pode confiar em mim.*

— Sim — respondo rapidamente —, Harry estava lá em cima. Saiu com uns amigos do time de futebol depois da escola, mas voltou cedo.

A imagem vem à minha mente: um vislumbre do cabelo loiro, os olhos do meu filho observando-a da janela. Estou falando muito rápido.

A policial assente, faz uma anotação em seu bloco. Não olho para Jack.

— E vocês viram Clare naquele dia, sr. e sra. Goodwin? Segunda de manhã, por volta das oito horas? Os pais dela disseram que saiu para a escola depois do café.

— Acho que a vi sair na hora de costume — comento devagar —, mas ela estava com pressa, indo para a escola, eu acho, como você diz. Eu estava ocupada com o café da manhã das crianças. Sabe como é.

Madeline assente para mim e eu olho para o nada; ela, obviamente, não. Vejo novamente o balanço da bolsa preta de Clare enquanto ela caminha pela passagem da frente, sem saber que seria a última vez que o faria.

A mulher mais jovem está meneando a cabeça. Eu me pergunto como ela me vê. Uma mãe tediosa? Uma esposa rica? Será que ela tem inveja da vida que tenho?

— Não houve carros estranhos por aqui? Ninguém rondando a escola naquela manhã? Você normalmente está lá, não é, Jane? — pergunta Madeline, sorrindo para mim. Tento pensar, embora saiba que Sophie e Finn vão querer uma história para dormir agora; quase posso senti-los me chamando, uma sensação que me arrasta de volta para dentro de casa. Ao meu lado, Jack limpa a garganta.

— Não vi ninguém — declaro. — Meu filho mais velho levou os pequenos para a escola naquele dia, para me ajudar. Desculpe. Estou muito sentida pelos pais dela, coitados.

— Você os conhece bem? — indaga Madeline, fixando o olhar em mim. — Ian e Rachel, quero dizer. Vocês diriam que são amigos?

Balanço a cabeça.

— Não posso dizer que somos próximos — respondo —, quero dizer... — Faço uma pausa, olho na direção dos vizinhos. — Gostaria que fôssemos — digo finalmente —, mas isso nunca aconteceu de verdade.

Ao meu lado, Jack faz um sinal afirmativo com a cabeça.

— Minha esposa é muito ativa na comunidade — afirma, esboçando um riso. — Associação de pais e mestres, clube do livro, por exemplo. Mas nem todas as pessoas interagem da mesma maneira, eu acho.

Ele olha para mim e eu sorrio enquanto o sinto colocando o braço em volta da minha cintura.

A detetive mais jovem, Lorna, faz uma anotação em seu bloco.

— E algum de vocês viu o sr. ou a sra. Edwards naquela tarde?

Franzo a testa, o braço de Jack ainda me enlaçando.

— Não notei — respondo. — Eu normalmente não prestaria atenção. Como eu disse, não éramos próximos nem nada. Eles entram e saem com os carros o tempo todo, e a garagem da casa fica do outro lado; bem, você já deve ter visto.

Lorna assente.

— Obrigada, Jane. E não se preocupe. Nós sabíamos que visitar este lado da cidade seria só uma tentativa, mas queríamos ter certeza de ter coberto todas as bases, falado com todos os vizinhos. Esperamos que alguém um pouco mais perto de Sorrow's Meadow tenha visto algo.

— Você não mora lá perto? — Jack pergunta a Madeline, e ela faz que sim com a cabeça, o rabo de cavalo oscilando novamente. Seu rosto é pálido, de aparência cansada. Quem será que cuida dela, se é que alguém cuida? Quero perguntar se eles têm alguma pista, mas temo parecer ansiosa. Não quero que Jack ria de mim quando estivermos a sós.

— Moro sim. É o primeiro crime grande que acontece perto da minha casa. E da de vocês também. — Ela dá um sorriso triste.

— Nós trocamos algumas palavras com a sua recepcionista, dr. Goodwin — diz Lorna, pigarreando antes de olhar para o bloco que segura. — Danielle Andrews. Ela acha que viu Nathan Warren, naquela noite, quando ia do trabalho para casa. Foi ele quem avisou sobre o corpo. — Ela faz uma pausa. — Vocês saíram mais ou menos na mesma hora? O parque não fica longe do consultório, certo?

Talvez só eu tenha percebido a duração daquela fração de segundo antes de Jack responder

— Não — garante ele —, receio que eu tenha saído um pouco mais cedo. Danni geralmente fica até mais tarde; estamos um pouco atrasados com as fichas. — Sacode a cabeça, olha para baixo. — Ela ajuda muito. Mas não vi ninguém no caminho para casa.

Madeline assente.

— Certo. Muito bom. Obrigada aos dois pelo seu tempo — diz, e Jack estende a mão e cumprimenta as duas policiais novamente.

— Obrigado. Nós esperamos que vocês coloquem nas mãos da justiça a pessoa que fez isso.

As palavras são formais, e ficam na minha mente. Justiça. Justiça para Clare. O que significa essa palavra? Acho que nem Jack sabe.

— Se vocês lembrarem de alguma coisa relevante — arremata Madeline —, podem me ligar?

Pego o cartão dela.

— Pode deixar

Dentro de casa, não falamos nada a não ser com as crianças. Sophie ainda está à mesa, pequenas lágrimas rolando pelo rosto, e me sinto horrível por deixá-la assim. Finn foi para a sala de estar com Harry, e ouço Jack persuadindo-o a sair da frente da TV, os sons do canal infantil ecoando pela parede.

Depois de acalmar Sophie e levá-la para cima, eu me sento ao lado da cama dela por um tempo. A luz do corredor está apagada e o quarto está envolto em escuridão, salvo a pequena lâmpada noturna de coelho branco na parede. Sophie não dorme mais sem ela. Olho para a rua tranquila, pensando nas perguntas de Madeline Shaw. Pensando em Clare e em sua família.

Cuidadosamente, eu me levanto e fecho as cortinas, estampadas com balões coloridos que Sophie escolheu para cobrir o céu escuro. Sentada de volta na cadeira macia ao lado da cama, acaricio o cabelo dela, enrolo um cacho no meu dedo, com cuidado para não puxar. Finn está dormindo agora no quarto ao lado; nós os mudamos para quartos separados quando ele começou a ir para a escola. Sinto falta dos dias em que os dois dormiam no mesmo quarto, quando eu podia ouvir de uma vez só os dois respirando, ter certeza de que ambos estavam seguros. Não dá para ter certeza. Sei disso agora.

Não sei o que Sophie ouviu na escola, o que realmente está sendo dito sobre a morte de Clare. Eles quase não divulgaram nenhum detalhe, exceto o fato de que Clare foi encontrada morta na área arborizada de Sorrow's Meadow por Nathan Warren na segunda-feira à noite e que qualquer um que tenha visto alguma coisa deve se apresentar. Penso naquela noite, sentada no sofá com Jack, a garrafa de uísque no chão ao nosso lado. Eu me pergunto se alguém viu alguma coisa, se a polícia vai agir com rapidez. Espero que sim, pelo bem de todos nós. Não consigo parar de lembrar do sorriso dela no jornal, tão confiante de que viveria para sempre. Tão, tão horrivelmente errado.

Sophie se mexe levemente durante o sono; vejo seu pequeno peito subindo e descendo no pijama rosa brilhante. Enquanto a observo, sinto uma sombra atrás de mim e me viro para encontrar Harry sob o batente da porta, alto contra a luz amarela do corredor. Assustada, fico em pé, pressionando um dedo nos lábios para pedir silêncio.

Saímos para o corredor e eu fecho a porta do quarto de Sophie gentilmente atrás de mim.

— Você está bem? — pergunto ao meu filho, colocando a mão em seu braço. Ele ainda está usando a camisa da escola; tem uma mancha de tinta na bainha.

— Mãe — diz ele, com uma voz diferente dos grunhidos adolescentes a que nos acostumamos; está mais suave de alguma forma, mais infantil, mais parecida com a do Harry de antigamente, antes de os hormônios triunfarem.

Fico olhando para ele.

— O que é isto?

Ele está segurando alguma coisa, um pedaço de papel ligeiramente amassado, como se estivesse no bolso de seu casaco.

Eu estendo a mão, e ele hesita.

— Achei ontem de manhã — ele diz. — Eu estava procurando os fones do papai, os meus quebraram, e isto estava na mesa dele, no escritório.

Meu coração dispara enquanto olho para o pedaço de papel. Posso dizer que Harry está preocupado, mesmo tentando não estar; seu rosto aos dezessete anos é o mesmo dos sete anos: os lábios levemente inclinados para a esquerda, o vinco no nariz dissipando a ansiedade.

Desdobrando o papel, eu o reconheço imediatamente: é a agenda de Jack do consultório. Sua secretária, Danielle, a envia todas as noites, e ele a imprime no escritório. Eu ria dele por isso, dizia que ele era antiquado, pré-histórico, que a maioria das pessoas faz tudo no celular. *O que posso dizer, ele sempre respondia, eu gosto de papel. Todos aqueles anos na faculdade de medicina, os livros. Isso me faz sentir mais organizado.*

O visual é o de sempre, uma lista de nomes e horários, espaços de dez minutos, meia hora para o almoço. Médico não tem sossego, Jack sempre diz. Corro os olhos pela lista. Dongal, R. Andrews, C. Wilcox, S. Então, deparo com isto: Edwards, C. 16h30. Meu coração se aperta quando vejo esse nome.

— Veja a data — diz Harry, e estende a mão, toca o papel, o canto direito indicando os números. Quatro de fevereiro.

— Ela foi encontrada logo depois desse horário — comenta Harry —, não foi, mãe? Por que ele ainda não contou para nós.

Fico olhando para meu filho, o papel queimando minhas mãos. O sangue pulsa um pouco nos meus ouvidos, e dou um pequeno passo em direção a Harry, rezando para que meu marido não apareça. Posso ver que ele quer meu apoio.

— Ah, querido — digo e sorrio, tentando pensar rápido —, que infelicidade, sinto muito que você tenha achado isso. — Faço uma pausa, minha mente girando enquanto penso no que dizer. — Mas você sabe que ele não pode falar de assuntos do trabalho, não sabe? Ele nunca fala. O sigilo sobre os pacientes é importante.

— Mas —diz Harry, e sinto sua mente trabalhando, meu filho tão inteligente — isso não significa que ele foi uma das últimas pessoas a vê-la? Viva, quero dizer...

Nosso tom é baixo, mas consigo ouvir Jack lá embaixo, seus passos, abrindo e fechando os armários da cozinha.

— Harry — peço —, por favor, isto não é motivo para se preocupar. A polícia já sabe. — Dou uma olhada no meu relógio. — Já é tarde, melhor ir para a cama. Podemos conversar mais amanhã, se você quiser.

Ele parece infeliz, sua adolescência retorcida entre a tentação do Xbox em seu quarto, que ele deve saber que não mandarei desligar esta noite, e a perturbação do que acabou encontrando, o pedaço de papel que deixa seu pai numa situação desconfortável em relação a uma menina que morreu.

Sorrio para meu filho novamente, toco seu cabelo. Sinto-o oleoso, precisando ser lavado. Faço uma anotação mental para comprar mais xampu para ele, não que ele perceba.

— Boa noite, Harry — digo, e então me inclino e beijo sua bochecha, meus lábios frios roçando a penugem adolescente sobre a mandíbula. — Esqueça isso. Juro que não é nada com que se preocupar.

Ele se afasta e eu constato um pouco da tensão passar dele para mim, o pedaço de papel agora aninhado entre meus dedos. A porta do quarto dele se fecha e ouço o barulho eletrônico que denota o início de outro jogo; por hoje, vou permitir. No patamar da escada, respiro fundo, as costas pressionadas contra a parede branca. *Edwards, C.* Contemplo o papel mais uma vez, só para conferir, as palavras estão lá em preto e branco, o logo do Serviço Nacional de Saúde gravado no topo. Penso em Madeline Shaw na minha porta, o amontoado de flores se decompondo no jardim da vizinha. Por que meu marido não mencionou isso para a polícia? Uma onda de pânico sobe pela minha garganta, mas me forço a contar até dez, inspirando pela boca, expirando pelo nariz. *Deve ter esquecido*, digo a mim mesma.

Cuidadosamente, dobro o pedaço de papel ao meio e o enfio no bolso de trás.

Lá embaixo, ouço o som da porta da geladeira se fechando, outra cerveja sendo aberta. Fico na meia-luz do corredor por mais alguns segundos, ouvindo os sons da nossa casa ao meu redor, a vida que trabalhei tanto para criar, depois me viro para descer até onde está meu marido. Meus batimentos cardíacos aceleram a cada passo. Minha costela, embora curada externamente agora, tem pontadas de dor. Penso na maneira como Clare olhou para nossa casa na manhã passada, em Jack fazendo uma pausa antes de responder para a policial. Antes que esses pensamentos prossigam, eu os empurro para longe, para a parte de trás do meu cérebro, onde guardo as coisas em que prefiro não pensar. Conheço meu marido. Sei do que ele é capaz. Certo?

Capítulo 11
SARGENTO MADELINE SHAW

Quinta-feira, 7 de fevereiro

— Qual foi a sua impressão dos pais? — pergunta Rob a Madeline. É cedo, o céu está quase escuro. Ele odeia os meses de inverno, o encurtamento do período de luz dos dias. Torna casos como este muito mais difíceis; as pessoas não veem muito as coisas no escuro. Elas ficam casa, quietinhas. Especialmente em cidades como esta.

Madeline lhe entrega um café, tomando o seu.

— Não muito consistente — admite. — Os vizinhos praticamente sugeriram que nunca fizeram um esforço para se aproximar, são meio hostis. — Ela suspira. — Mas, também, Jane Goodwin não é a pessoa mais agradável do mundo, uma mulher afetada. Não dá para culpar Rachel por não ser muito fã dela.

— Algum sinal de atrito entre eles e Clare?

Ela folheia suas anotações.

— Humm. Os Bakers, na Church Street, disseram que tinham visto Ian discutindo com ela uma vez, na frente do pub, uma noite. Ela demorou para voltar para casa ou algo assim; ele precisou ir buscá-la. Uma das entrevistadas disse que conhecia Rachel, parece que ela comentou uma vez que o segundo casamento foi um pouco complicado, que Ian era rígido com a filha. Acho que deve ser difícil assumir o filho de outra pessoa assim. Especialmente naquela idade.

Ele assente, pensando.

— Mas não é motivo para cometer um assassinato, né? A menos que tenha sido acidental. Um descontrole. — Faz uma pausa.

— Ele é engenheiro, certo? Tem uma empresa em Londres.

— Isso — diz ela.

O inspetor solta o ar.

— Deve ganhar uma fortuna para manter uma casa como aquela.

— Vou à escola agora de manhã — Madeline informa — para falar com Lauren Oldbury e com qualquer outra pessoa de quem a escola ache que Clare era próxima. É mais provável que ela tenha conversado com amigos da mesma idade se houvesse algum problema em casa.

O armário de Clare, o 46B, está lotado. Madeline usa luvas brancas, Lorna ao seu lado, as duas começam a fazer a lista: canetas e lápis; o kit de ginástica, já meio desgastado; os livros de inglês meticulosamente assinados. Ela tinha toneladas de canetas de gel, todas as cores do arco-íris. Madeline aproxima uma do nariz e sente o cheiro. Framboesa.

— Alguma coisa? — pergunta Lorna, e ela balança a cabeça. Há um carregador de iPhone, enrolado como uma cobra embaixo da sacola de ginástica, mas sem telefone. Ainda não apareceu, embora Ben Moore e um dos novos recrutas estejam vasculhando a área à procura dele, buscando nas lixeiras. Não que eles realmente esperassem encontrá-lo aqui no armário dela; a maioria dos adolescentes não desgruda do telefone e o de Clare devia estar com ela.

Não há nada no armário que sugira algo impróprio; elas encontram um fio de cabelo longo e loiro preso no fecho do estojo de lápis, mas os legistas já têm uma amostra de DNA da escova de dentes, que Madeline tirou calmamente do banheiro de Edwards na segunda-feira à noite. Rosa, bem usada.

— Os alunos vão sair para o corredor em dois minutos. — Andrea Marsons, a diretora, aparece ao lado de Madeline e se vira para ela com um sorriso.

— Sem problemas. Nós vamos deixar vocês em paz. Se eu pudesse ter aquela lista... — A professora lhe entrega um pedaço de papel. — Achamos que esta é a garota mais próxima de Clare. Sua melhor amiga; as duas estavam sempre juntas, eram carne e unha.

Madeline olha para o nome no pedaço de papel. Lauren Oldbury, turma 10B. Ela pensa nas polaroides sorridentes no quarto de Clare, as duas abraçadas. Esses rostos agora estão sorrindo num saco de provas na delegacia.

— Só ela? Mais ninguém?

Andrea encolhe os ombros e faz que não com a cabeça.

— Ela era muito querida, mas não tinha muitos amigos. Mais tímida do que parecia, sempre pensamos.

— Algum garoto? — Lorna indaga, e Andrea dá um sorriso de pesar.

— Você viu a foto, detetive. Todos os meninos eram meio apaixonados pela Clare.

— Mas ninguém em particular?

Ela meneia a cabeça.

— Bem, não que nós tenhamos visto. Mas a sra. Garrett era a orientadora da Clare, ela pode saber mais.

— Vamos precisar falar com ela também, se não houver problema.

— Imagine, problema nenhum.

Há uma pausa. Madeline espera pela iniciativa, depois perde a paciência.

— Pode ser agora mesmo, sra. Marsons?

Ela fica levemente vermelha, pede desculpas e conduz as policiais pelo corredor em direção à sala dos professores, onde a sra. Garrett está sentada em uma poltrona rosa, segurando uma xícara de chá com o brasão da cidade estampado. Madeline observa a mobília, o ar aristocrático que permeia o lugar. Ashdon é uma boa escola; bem administrada, próspera. Mas todos estão desnorteados agora.

— Emma? A polícia está aqui para falar com você.

Ela pula, o chá derramando-se levemente sobre os nós dos dedos.

— Desculpe incomodar, sra. Garrett — diz Madeline, acenando para a diretora, que desaparece de volta para o corredor. A atmosfera na sala é estranha, úmida, como se uma nuvem de tristeza pairasse sobre a escola.

— Você era a orientadora de Clare Edwards?

Emma Garrett é bem bonita, jovem, cabelo escuro bem tratado, esmalte vermelho. Lorna sorri para ela e se senta.

— Isso mesmo, e eu também dei aula de matemática para ela — Emma responde, pousando a xícara e apertando as mãos, preocupada. — É tão terrível que nem consigo me concentrar. Não durmo há dias.

— Sentimos muito — diz Lorna. — Deve ter sido um choque muito grande.

— Eu comecei aqui em setembro. — Emma puxando uma cutícula ao redor de uma unha vermelha brilhante, e Madeline sente uma onda de compaixão por ela.

— Que início perturbador para sua carreira.

— Sra. Garrett — diz ela —, estamos tentando montar um perfil de Clare Edwards: quem ela era, quais eram suas companhias, como estava o humor dela nas últimas semanas. Você gostaria de comentar alguma coisa?

Emma pega o chá novamente, toma um pequeno e delicado gole. Suas mãos estão tremendo quando ela baixa a xícara de novo.

— Ela era uma menina ótima — diz finalmente, e sua voz deixa claro que está sendo sincera. — Simpática, boa aluna, excelente em inglês. Todo mundo gostava dela; os meninos ficavam encantados com aquele cabelão loiro. — Ela quase ri, mas para bruscamente. — Não consigo imaginar por que alguém ia querer machucá-la, não consigo mesmo. Não faz sentido.

— Ela parecia diferente nas últimas semanas? — Lorna indaga, e Emma pensa por um momento.

— Eu diria, talvez, que ela parecia mais feliz — a professora responde, estreitando os olhos como se estivesse rememorando. — Ela estava conversando muito no celular, isso foi um problema, levou algumas advertências, e tive de lembrá-la da política da escola em relação ao uso do aparelho. Fiquei pensando se ela poderia estar saindo com alguém, na verdade, mas ela nunca mostrou qualquer interesse pelos meninos da minha turma. Pelo menos até onde eu sei. Geralmente você percebe; os pares se formando, os flertes, os olhares, você acaba sabendo, mas não havia nada disso com Clare. Ela passava a maior parte do seu tempo com Lauren, da 10B.

— Sim, nós sabemos. Vamos falar com ela também — diz Madeline, fazendo uma anotação em seu bloco.

— Clare chegou a falar sobre os pais? — pergunta Lorna, inclinando-se um pouco para a frente em direção a Emma. Madeline observa de perto o rosto da professora, mas Emma meneia a cabeça.

— Na verdade não. Você sabe que o pai dela é falecido? Faz três ou quatro anos eu acho, antes de eu entrar aqui. Ela morava com a mãe e o padrasto, mas não comentava muito sobre eles. Eles tendem a não falar muito nessa idade. Muita agitação com meninos e bebida.

— Você acha que ela bebia? — pergunta Madeline, e Emma parece surpresa.

— Ah, bem, desculpe, foi só maneira de dizer na verdade; nunca a *vi* bebendo. Quero dizer, tenho certeza de que eles bebem fora da escola, mas não tenho nada a ver com isso. Tenho certeza de que ela e Lauren de vez em quando... — Sua voz falha e o rosto transmite uma sensação momentânea de pânico, como se a polícia estivesse prestes a arrastá-la para a delegacia por negligenciar seus alunos.

— E você... você já conversou com Ian e Rachel? Nas reuniões de pais, algo assim?

Ela faz uma careta.

— Um pouco. Como eu disse, sou nova aqui. Rachel sempre foi simpática, muito educada, bem reservada, eu acho. Nós só tínhamos boas notícias para eles; Clare era esforçada, como eu disse. Sempre achei...

Ela para de falar, morde o lábio.

— Vá em frente — Madeline incentiva, inclinando-se na cadeira.

— Bem, sempre achei que Ian era duro demais com ela; sabe, ele queria saber sobre as provas, as notas dela. Ela nunca tinha notas ruins, mas do jeito que ele falava parecia que sim. Acho que ele só queria o melhor para ela, mas às vezes parecia meio severo.

— Você acha que isso a chateava? — pergunta Lorna, e Emma fica sem expressão.

— Não sei, talvez. Ela sempre parecia mais feliz quando ele não vinha, quando eram só ela e a mãe.

— Tudo bem — diz Madeline. — Obrigada, sra. Garrett. Você foi muito útil. Uma última coisa. Eu poderia incomodá-la um pouco mais e pedir para falar com Lauren Oldbury?

Ela hesita, ainda parecendo preocupada.

— Não tenho certeza se... os pais dela podem...

— Claro — interrompe Madeline suavemente —, se ela quiser um dos pais aqui, podemos esperar. Mas estamos presumindo que alguém da equipe da escola vai se sentar junto conosco; você ou a sra. Marsons, talvez? Gostaríamos de fazer isso do modo mais discreto possível, evitar alarde. — Baixa um pouco a voz. — Imagino que a escola já esteja sofrendo muita pressão...

— Vou buscá-la agora mesmo — diz Emma, ficando de pé —, e posso acompanhar a conversa, sem problemas. — Vou colocar um aviso na porta para garantir que nenhum dos outros professores entre por um tempo.

Enquanto ela está fora, Lorna se serve de um biscoito de chocolate da mesinha lateral na sala dos professores.

— Café? — oferece, mostrando a cafeteira, mas Madeline balança a cabeça em recusa.

Lauren Oldbury é mais adulta pessoalmente do que nas fotos. Ela é mais alta do que Clare, mais seca de alguma forma. Os olhos estão levemente vermelhos, maquiados com lápis escuro, como se a garota tivesse chorado, mas quisesse esconder. Nos pulsos dela brilham pulseiras caras; Madeline vê uma da Pandora, uma da Links de Londres. Nas orelhas, pontinhos prateados brilham nas luzes da sala.

— Desculpe tirar você da aula — diz Lorna. — Sou a detetive Campbell e esta é a sargento Shaw. Queremos fazer algumas perguntas rápidas sobre sua amiga Clare.

Ela parece estar mascando chiclete; Emma lhe dá uma olhada, mas as duas não estão ali para repreendê-la por isso; estão ali para descobrir o que ela sabe sobre Clare Edwards.

— Você era amiga da Clare? — Madeline começa, e Lauren assente rapidamente.

— Muito.

— Você notou alguma coisa diferente nela nos últimos tempos, qualquer coisa? Nós entendemos que ela era uma aluna popular e muito querida. Foi sempre assim?

Lauren acena novamente, mascando seu chiclete um pouco mais rápido. Os botões da blusa do uniforme estão abertos baixo demais; Madeline vê uma parte do sutiã de renda roxa, sem dúvida alguém deve gostar, mas não deixa de ser inapropriado.

— Eu diria que ela sempre foi um pouco abelha-rainha — responde ela, sem olhar para as policiais. Não há nada da tristeza que irradiava dos pais de Clare.

— Clare estava saindo com alguém, Lauren? Ela estava namorando? — pergunta Lorna, e Lauren ensaia uma gargalhada, dá de ombros.

— Olha, não que eu saiba. Um monte de gente queria. Mas ela nunca estava interessada... era uma tonta, sempre dizendo que eram só crianças, que eram imaturos, sabe? — Ela dá de ombros outra vez. — Eu achava um pouco estranho, para ser honesta. Harry Goodwin dava em cima dela, mas a Clare não dava a mínima.

Lorna anota nisso e Madeline apura os ouvidos. Harry Goodwin. Nem o padrasto nem a mãe haviam mencionado esse nome. Um rubor aparece no peito de Lauren e começa a se espalhar em direção às bochechas.

— Eu meio que pensei que ela poderia estar saindo com um cara mais velho — diz de repente, mexendo numa das pulseiras. Madeline vislumbra um pingente prateado, metade de um coração. Melhores amigas para sempre. Ela imagina a outra metade na cômoda de Clare, sem uso.

— Por que você pensou nisso? — indaga Lorna.

Lauren cruza e descruza as pernas.

— Não sei, ela era do contra. Nunca entendi por que ela não saía com o Harry. Quero dizer — mais uma jogada de ombros —, ele é bem gostoso.

— Você percebeu se ela estava muito ao celular no dia em que foi morta? — pergunta Madeline, e Lauren parece espantada.

— Estamos sempre com o celular — responde, seu próprio iPhone prateado provavelmente brilhando ao lado dos outros dentro do armário de Emma Garrett.

— Ela comentava sobre a vida em casa? — indaga Lorna, tentando uma tática diferente e, então, Lauren assume uma postura levemente rígida, endireitando a coluna na poltrona.

— Não sei. Um pouco. O padrasto a irritava. Mas, tipo, não estou dizendo que ele fez isso com ela.

— Não — afirma Madeline —, não se preocupe. Tudo o que está dizendo é confidencial nesta fase. — Elas esperam um pouco. — Ele a irritava por quê?

Ela dá de ombros.

— O de sempre, na verdade. Ele fazia cobranças sobre as provas. Os dois discutiam. A mãe dela é um pouco esquisita, sempre foi. Mesmo quando o pai dela estava vivo. Especialmente quando ele era vivo, na verdade.

— Esquisita em que sentido?

— Não sei. Muito controladora, talvez. Queria saber onde a Clare estava o tempo todo. Ela tratava a Clare como se fosse um bebê, sabe? — Lauren bufa. — Ela sempre teve aquele jeito, toda boneca. Quase como se ela e a Clare competissem.

Isso não correspondia à impressão inicial sobre Rachel Edwards, mas, essa impressão inicial poderia estar errada. *As pessoas são capazes de fingir quando querem.*

— E a Clare se incomodava com isso? Com o excesso de controle?

— Bem, claro. Eu me incomodaria. A minha mãe não é muito diferente.

Em algum lugar da escola, um sino toca, alto e inquieto.

— Realmente acho que Lauren não deve ser retida por muito mais tempo, detetives — diz Emma Garrett, olhando ansiosamente para a porta da sala. Madeline assente, sorri para Lauren, e elas ficam de pé.

— Claro — responde Madeline —, não vamos mais tomar seu tempo. Se você pensar em mais alguma coisa, Lauren, qualquer coisa que possa ser útil, é muito importante que você nos diga. Mesmo que você ache que a Clare poderia não querer que você contasse. — Ela coloca a mão no braço da garota. — Está claro?

— Sim — a jovem murmura, sem olhar para elas, e Madeline tira a mão e aperta a de Emma, agradecendo a ambas.

— Você acha que *ele* fez isso? — a voz de Lauren é mais alta que ao longo de todo o depoimento, mais enérgica, quando, de repente, ela levanta o queixo e olha Madeline nos olhos. A policial fica com uma expressão mais séria.

— Quem?

— Nathan — diz a garota, e as detetives percebem a visível ondulação de seu lábio à menção do nome dele, Nathan Warren. — Ele é esquisito. Todo mundo sabe.

Madeline e Lorna trocam um olhar rapidamente.

— Não temos motivos para acreditar nisso no momento — responde Madeline —, mas não estamos descartando nada nesta etapa.

Há uma pausa, e por um momento Madeline acha que Lauren vai dizer mais alguma coisa, mas a boca da garota se fecha numa linha dura e apertada.

A professora tem um ar de quem pede desculpas enquanto as três observam Lauren se afastar.

— Não está muito emotiva — comenta Lorna em voz baixa — para alguém que acabou de perder a melhor amiga.

Elas saem pela porta dos fundos para evitar chamar a atenção dos alunos. Lorna está franzindo a testa, o que indica que ela tem uma teoria.

— Será que *foi* um garoto? — especula quando voltam para o carro. — Alguém que ela tenha rejeitado?

— Harry Goodwin? — sugere Madeline. — Os pais dele não notaram nada. Nem os professores.

Lorna suspira.

— Na minha época os professores não faziam a menor ideia do que nós fazíamos. — Ela faz uma pausa. — Estranho aquele comentário sobre a mãe. *Toda boneca.*

Madeline liga o rádio do carro enquanto pensa. Começa a chover; pestanas cinzentas e afiadas no para-brisa. Elas sintonizam a estação local e lá está Clare novamente, o nome dela ecoando em toda a parte.

— *Os policiais que investigam a morte da estudante Clare Edwards declararam que o caso foi oficialmente atualizado para um inquérito de homicídio. O inspetor Rob Sturgeon disse à Rádio Essex que eles estão tratando o caso como uma investigação muito séria, e apelou ao público que apresente qualquer informação que possa ter. Clare, de dezesseis anos, foi encontrada morta em um campo na cidade de Ashdon, no norte de Essex, na segunda-feira, 4 de fevereiro. A família da jovem foi informada. A polícia lembra que todos devem ficar atentos e não se aproximar de ninguém que pareça perigoso. Se você tiver qualquer informação, ligue para...*

— Que saco. — Madeline desliga o rádio, irritada. — Seria bem útil o inspetor nos avisar de que falou com a imprensa.

Lorna dá de ombros e olha pela janela.

— Você sabe como ele é, Maddie.

Há uma pausa. A chuva parece mais forte.

— Ei — diz Lorna —, diminua. É Nathan Warren.

Ela reduz um pouco a velocidade e espia pela janela; lá está ele, no meio da rua. Madeline o observa, pensando no veneno na voz de Lauren, na repentina pergunta. Elas já têm a declaração do homem: ele garante que não tocou em Clare, encontrou o corpo enquanto caminhava na noite do dia 4.

Ele está encharcado, olhando para o chão enquanto caminha, aparentemente alheio à chuva. Madeline se afasta.

— O que ele está fazendo debaixo desta chuva?

— Há algo estranho nele — responde Lorna —, você sabe, não é muito normal. Tem alguma coisa nele que me parece esquisita. — Faz uma pausa.

— Você sabia que ele perdeu o emprego de zelador da escola? Acha que deveríamos falar com ele de novo?

Assim que se aproximam dele, Nathan para de andar, vira de frente para a rua e, enquanto Madeline passa com o carro, o olhar dela não está mais na pista. O rosto do homem é de total desespero, e seus olhos se conectam com os dela; aquele tom castanho desesperado visível mesmo na chuva. Um tremor passa por ela, frio e profundo. Ele a faz lembrar de um animal, confuso pelos faróis; caçado, vulnerável.

— Nossa, ele parece traumatizado — murmura Lorna.

Madeline não responde, mas a palavra gira em sua cabeça. O trauma afeta as pessoas de formas muito diferentes. Até mesmo pessoas como Clare.

De volta à delegacia, Lorna começa a assistir às gravações das câmeras de segurança. A polícia recebeu a fita da loja de Ruby Walker; a do consultório médico foi danificada há dois anos numa poda de plantas. A escola não tem câmeras. É o que se consegue em um lugar pequeno como Ashdon.

Rob irrompe perto da mesa da Madeline, irritado.

— Liguei para Danny Brien do *Daily Mail* hoje de manhã. Eles estão publicando mais fotos do Facebook de Clare.

Ele se aproxima mais, pega o mouse do laptop para acioná-lo e entra no Facebook. O rosto de Clare fica olhando para os dois; ela está com Lauren, rindo para a câmera. Ele clica novamente, e lá está ela com Lauren, no que parece ser um bar em Saffron Walden, seus rostos encostados um no outro, canudinhos nos lábios daquela maneira provocativo-inocente que só as adolescentes conseguem. Eles já analisaram todas as redes sociais de Clare; ela não era muito ativa no Twitter, mas o Facebook e o Instagram estão cheios de fotos de Lauren. Nenhum menino. Ninguém da família dela.

— Merda! — exclama Madeline — Vou falar com Alex para que consigam fechar a conta.

Ele sacode a cabeça.

— Diga para a mãe dela fazer um pedido formal. E, Shaw? Dê uma olhada naquela pista sobre Harry Goodwin. Se ele gostava da Clare tanto quanto a amiga comentou, vale a pena falar com ele.

Capítulo 12
CLARE

Segunda-feira, 4 de fevereiro, nove horas

Aperto bem a minha jaqueta em volta do corpo, enfio as mãos nos bolsos enquanto caminho para a escola. Adoro esta jaqueta. Custou só vinte libras na Oasis, a última vez que mamãe deixou Lauren e eu irmos à Saffron Walden. Lauren roubou a dela; colocou a jaqueta cinza fina embaixo do pulôver e simplesmente saiu. Ela morreu de rir, e eu ri também, embora meu coração batesse a um milhão por hora pensando que um segurança iria vir atrás de nós. Sei que parece estúpido, mas não gosto de infringir a lei; não gosto de injustiças. Já acontecem muitas delas sem que pessoas como nós precisem aprontar.

Aumento o som dos fones, cada vez mais alto, pensando em Ian e seu rosto com bafo de manteiga de amendoim perto do meu. Quando chego ao cruzamento, sinto mãos segurando meus ombros: mãos grandes, muito maiores do que as minhas, me fazendo rodar. Quase grito, meu fôlego embaçando o ar frio de fevereiro, mas me contenho a tempo.

Quando me viro, ele está rindo do meu pânico momentâneo, balançando as mãos enluvadas para mim, parecendo o coringa. Eu também rio, mas meu coração está disparado e minhas mãos, quando ele me solta, estão tremendo um pouquinho. Não gosto de surpresas, e não gosto de violência, nem mesmo de violência falsa. Traz lembranças, lembranças de um tempo em que não quero pensar.

— Tudo bem?

Harry Goodwin está na minha frente, sorrindo, sua irmãzinha Sophie andando alguns metros atrás dele. Ele é o garoto mais bonito da escola, todos sabem disso, mas jamais gostei muito dele, apesar do fato de parecer gostar de mim. Eles são meus vizinhos, mas nunca andamos juntos; mamãe e a sra. Goodwin não são exatamente amigas. Ian ri dela pelas costas, chama-a de Pequena Miss Perfeita. Sempre achei isso um pouco maldoso, mas às vezes ele é maldoso.

— Você me assustou.

— Aah, que sensível — diz Harry, sorrindo. — Por que isso, Clarey? Está se cansando de resistir aos meus encantos?

Ele me cutuca na costela.

— Você está bonita hoje.

Seu cabelo escuro cai sobre a testa; ele está tão longe de ser meu tipo que chega a ser ridículo. Queixo forte, olhos azuis, usa aqueles tênis que todo mundo quer, mas eu nunca iria querer nada com ele.

— Ah, Harry — digo em tom de brincadeira —, você sabe que não está à minha altura.

Tento fingir que estou flertando, sendo engraçada, natural, mas ando um pouco mais rápido, aliviada por faltarem só alguns metros até os portões da escola. Enquanto Harry é abordado por uma multidão de garotos do último ano, olho para trás para ver a pequena figura de Sophie, atrás do irmão, sozinha na calçada, uma mão na boca como se estivesse segurando as lágrimas. Por uma fração de segundo, enquanto olho para ela, tenho um flashback tão intenso que me assusta: eu agachada perto da cama no andar de cima, ouvindo a mamãe lá embaixo. Meu coração dispara, o pânico fazendo a saliva acumular na boca. Sophie me faz lembrar de mim mesma.

Harry se vira.

— Soph! Vamos.

Ele atrai minha atenção mais uma vez, um flash rápido, e, então os dois desaparecem.

Capítulo 13
JANE

Quinta-feira, 7 de fevereiro

A Igreja de St. Mary está lotada para a missa em memória de Clare. As velas iluminam os corredores, lançando um brilho dourado sobre todos nós, e o padre Michael está à frente de todos, as mãos estendidas. Ele está nesta cidade desde antes de virmos morar aqui; deve estar perto dos oitenta anos. Jack e eu estamos próximos do altar, as crianças estão do nosso lado, Harry e Sophie à esquerda de Jack e Finn ao meu lado.

Harry está calado desde que chegou da escola, apesar da palavrinha que trocamos quando ele chegou.

— Falei com seu pai — eu disse — e ele ficou péssimo por você ter encontrado aquela página da agenda do dia, mas, honestamente, não é nada para se preocupar. — Ele olhou para mim. — Está bem? — insisti.

— Certo — murmurou ele finalmente. — Sim, que bom. — Houve uma pausa, e por um segundo me perguntei se ele sabia, se podia perceber a mentira. Porque a verdade é que ainda não falei com Jack, ainda não. Tenho de escolher o melhor momento. Conviver com meu marido me ensinou isso.

— Há mais alguma coisa que você gostaria de falar? — tentei novamente.

A resposta dele me surpreendeu.

— *Você* está bem, mamãe? — Com isso, minha garganta ficou um pouco apertada, mas sorri para ele e acariciei seu cabelo.

— Eu? Claro que sim, querido. Estou ótima.

Sorri novamente, só para ter certeza de que ele acreditava em mim. Senti um buraco no peito depois que ele foi embora. Talvez meu filho mais velho seja mais sensível do que eu imaginava. Perceber isso me deixa envergonhada.

O que eu fiz foi falar com Danielle, a recepcionista de Jack. Ela passou pela loja na hora do almoço; tivemos uma pequena conversa. Ela é bem bonita, só um pouco seca. Já cheguei a pensar que os dois estivessem tendo um caso. Talvez estejam. Foi ela que alertou a polícia sobre Nathan, aparentemente.

— Onde você viu Nathan naquela noite, Danni? — perguntei, e ela descreveu a cena, junto à entrada de Sorrow's Meadow. — Nossa — comentei —, é sempre bom alguém atento aos detalhes. Jack realmente valoriza o seu trabalho. Bem, todos nós valorizamos. O consultório faz parte da nossa vida.

Ela sorriu, mas parecia exausta.

— Obrigada, Jane, que gentil de sua parte.

— Você parece cansada — afirmei, em tom solidário. — Meu marido está exigindo demais de você?

Ela balançou a cabeça.

— Não é isso, de verdade. É só a jornada longa, você sabe, e o salário... bem... — ela pareceu constrangida. — A última rodada de cortes não beneficiou exatamente pessoas como eu.

Eu me perguntei o que ela deve pensar do casal Jack e Jane na sua casa grande e chique.

— Eu compreendo, pode acreditar — acrescentei, colocando a mão em seu braço. — Sinto muito por você, Danielle.

Ela sorriu e ficou vermelha. Observei enquanto se afastava com seu casaquinho sem graça, pensando no tempo em que eu também não tinha condições de comprar roupas bonitas. A boa notícia foi que ela concordou comigo; não adianta trazer à tona antigos registros do consultório neste momento, não até eu falar com meu marido.

Estou segurando a mão de Finn na igreja, tentando impedi-lo de mexer no livro de orações vermelho escuro na sua frente. Ele não entende totalmente o que está acontecendo. Expliquei que é uma missa em memória de alguém, mas ele acha que é um funeral.

— É triste, mamãe — ele me disse no caminho para cá. — É um dia triste, não é?

— É, querido — assenti, estendendo a mão para tocar seu cabelo bem penteado, sentindo os fios macios, suaves, cobrindo sua nuca. Meu garotinho.

— Ainda não conseguiram liberar o corpo — sussurra Sandra para mim do banco de trás, deixando minha orelha impregnada de seu perfume adocicado e doentio. Ela sempre me diz que é Yves Saint Laurent, mas tenho quase certeza de que o marido dela a engana comprando o perfume em alguma farmácia. — Só depois que eles descobrirem quem foi. Isso foi o que Ruby Walker disse. — Ela aponta com a cabeça para onde Ruby está, de pé, mãos unidas, olhos bem fechados, lábios movendo-se em uma oração particular. Seu rosto é a mais pura expressão da melancolia, como se tivesse se apropriado da dor de Rachel Edwards.

Sinto Jack estremecer um pouco ao meu lado.

Finn está puxando minha mão com a carinha de aflição.

— Mamãe — sussurra ele —, preciso fazer xixi.

— *Shhhh*, Finn, tente segurar — falo o mais baixo possível, e só então o padre Michael dá um passo à frente. Olho de lado para minha família, admirando o perfil bonito do meu marido, a boquinha tão encantadora de botão de rosa de Sophie, o colarinho branco de Harry, seus ombros fortes. Apesar das circunstâncias, sinto uma ponta de orgulho.

— Estamos reunidos esta noite — começa o padre — para rezar por um dos nossos. A perda de Clare Edwards foi uma tragédia, um ato de Deus que é enviado para testar a paciência e a fé de todos nós. Ao tirar Clare de nós em tenra idade, nosso Pai escolheu um anjo; que ela descanse em paz, agora e para sempre.

As velas cintilam; a igreja está em silêncio. Lembro de quando era criança, segurando a mão da minha avó enquanto assistíamos à missa. Meus pais nunca acordavam a tempo.

Vejo a sra. Garrett, do ensino médio, chorando, pequenas lágrimas escorrendo pelas bochechas e encontrando-se no queixo; ao lado dela, um homem que deve ser seu marido lhe dá um abraço reconfortante. Meus olhos marejam um pouco. Jack não se mexe. Eu me lembro que Sandra está atrás de mim e deslizo a mão livre para dentro da dele. Meus dedos pousam na palma de sua mão, um toque tão familiar.

Um aperto, dois.

O mínimo que ele pode fazer é apertar de volta.

— É em momentos como este — continua o padre — que Deus pede que olhemos profundamente dentro de nós mesmos, dentro das fibras do nosso ser, e que renovemos nossa fé nele, que coloquemos nele toda a nossa revolta e nossa tristeza e que nos dirijamos para a luz.

Ele levanta as mãos, gesticula para as velas. Sinto como se estivesse prendendo a respiração enquanto escuto suas palavras. Ao meu lado, Finn se contorce.

— Peço a todos vocês que mantenham em seus corações, esta noite, dois membros muito queridos de nossa comunidade, Rachel e Ian Edwards — continua o padre, e eu inclino a cabeça um ou dois centímetros para a direita a fim de ver as figuras de nossos vizinhos de pé na fileira da frente. Ian está apoiando Rachel, como se ela não conseguisse mais se levantar sozinha. Talvez não consiga. Atrás de mim, pressinto Sandra fazendo a mesma coisa que eu, inclinando a cabeça para ver as estrelas do show.

— Juntem-se a mim — diz suavemente o padre Michael —, juntem-se a mim para rezarmos pela alma de Clare.

Há um silêncio; a pequena igreja fica mortalmente quieta. As grandes velas brancas permanecem solenes enquanto a congregação inclina a cabeça; as chamas cintilam contra as paredes de pedra fria. Depois há o som: um choramingo baixo e cru, como um animal em agonia. Uma garota da idade de Clare curva a cabeça na segunda fileira. O barulho suave ecoa um pouco pelas paredes. Eu me curvo para a frente, reconhecendo-a enquanto ela levanta um pouco a cabeça, o choro ficando um pouco mais alto. É Lauren Oldbury, um ano abaixo do meu filho. Eu já a vi saindo da casa dos vizinhos algumas vezes, geralmente usando roupas curtas ou decotadas.

Agora o murmúrio é maior à nossa volta, e fico irritada. Ela não poderia ser mais discreta, especialmente numa igreja? Essa cena está perturbando a calma transmitida pelo pequeno sermão do padre. Ele levanta a cabeça, e vejo os olhos dele fitarem Lauren.

— Obrigado — diz, calmamente —, obrigado por se juntar a mim em oração. — Ele faz o sinal da Cruz. Está acabado.

Pego Finn e Jack pega Sophie, carregando-a como se ela fosse um bebê. As pernas dela penduradas pelas coxas dele, seu collant preto e os sapatinhos chamativos a fazendo parecer estranhamente adulta. Ela não queria usar esses sapatos, disse que machucam seus pés. Eu disse que a cidade inteira estaria lá, e que ela tinha de se apresentar bem.

Ao nosso redor, a multidão está se movendo para a frente; vejo Tricia abrindo caminho, segurando ostensivamente um pacotinho de lenços de papel que ela sem dúvida oferecerá a Lauren, enquanto Sandra desapareceu de trás de mim apenas para emergir ao lado do padre. Quase sorrio, ainda que pareça extremamente inapropriado. Essas são as minhas garotas. Não perdem tempo.

Lauren ainda está chorando, mais alto agora, e embora a igreja tenha se tornado uma agitação de vozes, ainda a ouço balbuciar a mesma coisa uma e outra vez.

— O que ela está dizendo? — pergunto a Jack, meu coração acelerado debaixo do casaco preto por causa da adrenalina de tudo isso, e ele se afasta, seu rosto bonito contorcido enquanto a escuta. Harry parece abalado.

— Ela está dizendo "é culpa minha" —responde ele devagar. — Está dizendo que é tudo culpa dela.

O padre Michael, com seu rosto idoso, cheio de vincos, pálido à meia-luz, está tentando tranquilizá-la, mas ainda assim ela continua a choramingar. Minha irritação aumenta. Será que ela sempre teve essa necessidade de atenção? Deve ter sido difícil para Clare, vivendo à sombra dela. Eu me abalo um pouco. Não sei nada sobre a relação entre elas; estou projetando, imaginando.

Observo Rachel Edwards quando desvio o olhar de Lauren. Lágrimas estão rolando silenciosamente pelo seu rosto, mas ela está tão imóvel quanto uma estátua, olhando para a frente mansamente como se tudo isso estivesse acontecendo com outra pessoa, como se a melhor amiga de sua filha não tivesse fazendo um showzinho em Ashdon. Algo inquietante borbulha dentro de mim enquanto olho para ela — onde está sua revolta, sua emoção? Quão bem ela teria protegido Clare se fosse preciso? Se alguém próximo estivesse ameaçando sua filha, Rachel seria capaz de agir? Ao lado dela, Ian está de pé, as costas retas, com uma vara rígida e reta na semipenumbra da igreja. Talvez ele fosse capaz de agir pelos dois.

Mais tarde. Sandra e as outras mulheres da associação de pais e mestres formam um pequeno bando na frente da igreja, cabeças curvadas juntas no que parece ser uma oração, mas provavelmente é fofoca, comentários sem fim sobre o desastre que é a pobre Lauren. *Me olhou como se estivesse choramingando assim por atenção,* Sandra murmura para mim, *eu sempre a achei meio saidinha, pra ser sincera. Com certeza estava fazendo tipo.* Não digo nada; ainda penso no rosto de Rachel, silenciosa e passiva durante a missa. Ela era assim em casa?

Jack e eu nos despedimos de todos lá fora; observo a maneira como as mulheres sorriem para Sophie, ela ainda nos braços de Jack, a maneira como ele a acalenta, o cabelo encaracolado da menina se derramando pelo casaco dele.

Pai modelo, marido modelo. *Edwards, C.*

Talvez um dia eu conte.

Harry desapareceu; quando olho em volta, vejo-o com outros dois garotos da escola, encostado ao lado da igreja. De relance, vejo brasas alaranjadas e tensas, mas meu filho não é o que está fumando, suas mãos estão estendidas ao longo do corpo. Enquanto observo, ele se afasta um pouco dos outros, talvez a um metro ou mais de distância. Está olhando para cima, para onde a lua lança uma luz leitosa sobre o adro da igreja. Sua expressão é triste. Eu me pergunto, brevemente, se meu filho conhecia Clare mais do que está deixando transparecer. Afinal, ele não poderia ser imune à aparência dela. Poucas pessoas eram.

O marido de Tricia, Hugh, grunhe para todos nós, diz algo sobre chegar em casa para assistir à última parte de *Grand Designs*. Rachel e Ian não estão à vista. Reflito brevemente se deveríamos nos oferecer para levá-los para casa, guiá-los através da pilha de flores até a porta da frente. Quando saímos para vir à missa, quatro jornalistas estavam do lado de fora, amontoados no alpendre dos Edwards, com câmeras pretas penduradas nos ombros. Atravessamos a rua para evitá-los, mantendo a cabeça bem baixa.

Finn está com sono, esqueceu o desejo repentino de ir ao banheiro. Vou até Harry, que se move quando me vê.

— Seu irmão está cansado — digo. — Vamos embora?

Seus amigos me lançam um olhar curioso, e de repente me sinto pequena ao lado daqueles adolescentes altos. Eu me pergunto se algum deles conhecia Clare, se eram próximos. Penso em Lauren chorando na igreja, seu cabelo escuro sobre um ombro, os olhos pintados de preto. Nenhum sinal da polícia, mas vi a oficial especial da família confortando Rachel, esfregando suas costas em movimentos lentos e circulares.

Finalmente caminhamos para casa como um quarteto; Harry prometeu vir logo depois. Não gosto da ideia de ele ficar, mas meu filho tem dezessete anos agora, não posso forçá-lo a voltar conosco. Além disso, não quero incomodá-lo. Não depois de ontem, o abalo com a agenda de Jack em interseção com o destino chocante de Clare.

Usamos as lanternas dos celulares para iluminar a curta caminhada de volta. Quando viramos a esquina, há algum tumulto com um homem e uma mulher, ambos jornalistas, correndo na nossa direção, câmeras apontando para nós e a frustração deles quando percebem que não somos o casal que queriam.

— Você estão procurando os vizinhos — diz Jack a eles, erguendo a mão para proteger a mim e às crianças, sendo protetor ao menos uma vez. As luzes dos jornalistas iluminam seu rosto, fazendo-o parecer mais bonito do que nunca.

— Você acha que existe algo suspeito sobre Rachel e Ian Edwards? — pergunta um repórter para nós. Seus dentes são brancos feito os de um tubarão.

— Vocês conheciam bem Clare Edwards? Como era a relação dela com o padrasto? — pergunta a mulher. Sophie e Finn estão parados, confusos, deslumbrados com a súbita onda de atenção em nossa pequena e escura rua.

— Por favor, nós estamos com nossos filhos — peço, alcançando as crianças, sentindo a cabeça macia deles. Sophie está com sono, com os olhos sonolentos.

— Nós não conhecíamos bem a Clare —responde Jack, e só eu vejo o brilho do suor em sua testa, a tensão de sua mandíbula sob a superfície. Preciso levar a todos nós para dentro. Rapidamente avanço, pastoreando minha família como ovelhas para longe da curiosidade dos jornalistas. A pequena luz do nosso alpendre brilha bem próxima, e colocamos as crianças na nossa frente. Meu coração está acelerado. O homem com a câmera fica para trás, sua figura desfocada na escuridão.

— Você disse ao Harry para voltar logo? — Jack pergunta finalmente, aproveitando que as crianças estão à nossa frente no alpendre, tirando os sapatos na pressa de voltar para a TV, e eu paro por um momento à porta, fico olhando para a floreira pendurada balançando suavemente na brisa, vazia no frio. Eu poderia perguntar a ele agora *O que Clare estava fazendo no seu consultório, Jack?*

— Disse — respondo rapidamente. — Sim, eu disse. — Ele olha para mim por um segundo no alpendre, nossos casacos pendurados ao lado. Sinto as entranhas se apertarem, e a mente fluir para minhas rotas de fuga, como sempre acontece quando estou ansiosa. A pilha de notas de vinte nos livros de cozinha, a lasca de vidro junto aos fósforos, a faca aninhada silenciosamente dentro do *Wolf Hall*.

Já é tarde quando o meu celular toca, são dez da noite. Não reconheço o número, mas não quero que o som acorde as crianças, então pressiono o telefone contra o ouvido, ando até a janela. Jack entrou na cozinha, posso ouvi-lo abrindo uma cerveja.

— Sra. Goodwin? É a sargento Shaw.

Imediatamente, minhas mãos começam a suar; eu as limpo no vestido preto, esperando que o tecido não manche.

— Madeline — digo —, como vai?

— Eu gostaria de saber —continua ela, ignorando minha pergunta — se eu poderia dar um pulo aí de manhã para uma conversa rápida com seu filho.

Seguro o telefone com firmeza.

— Com Harry? Sobre o quê?

— Nada de preocupante — responde ela —, mas algumas pessoas o mencionaram em conexão com Clare, e precisamos pegar algumas informações simples. Nove horas, tudo bem? Eu já comuniquei a escola.

Permaneço imóvel por um minuto depois que ela desliga, olhando para a casa ao lado. Meu coração dá saltos no meu peito e minhas mãos ainda estão molhadas de suor. Ouço um barulho e me viro para ver meu filho no corredor, com as chaves na mão.

— Harry, você me assustou! — exclamo. Seus olhos brilham no escuro da sala, e, por um momento, ele se parece tanto com Jack que minha respiração fica suspensa.

— Boa noite — diz, e sei que preciso avisá-lo sobre a visita da sargento Shaw, mas as palavras simplesmente não saem da minha boca.

— Boa noite — respondo, então. — Durma bem, querido.

Espero alguns momentos, minha mente girando. Subo as escadas, bato à porta do quarto dele.

— Podemos bater um papo? — pergunto. A porta se fecha atrás de mim, e fico sozinha com meu filho.

Capítulo 14
SARGENTO MADELINE SHAW

Sexta-feira, 8 de fevereiro

A casa dos Goodwin é ainda mais bonita que a dos Edwards. Madeline limpa os sapatos no tapete antes de entrar, pigarreando enquanto Jane Goodwin paira ao seu redor. O chá está servido sobre a mesa, três xícaras de porcelana, um prato de biscoitos que permanecem intocados.

Harry Goodwin está sentado no sofá, vestido com seu uniforme escolar, as mãos juntas no colo. Madeline sorri para ele, acena com a cabeça para Jane.

— Obrigada por ter arranjado tempo para conversar — ela começa. — Como eu disse, nada com que se preocupar. Estamos falando com muitas pessoas no momento, tentando construir um perfil mais claro da Clare.

Jane sorri para ela.

— Tudo bem — acrescenta ela. — Ficamos felizes em ajudar.

Ela se senta ao lado do filho, oferece a poltrona da frente para Madeline.

— Você conhecia bem a Clare, Harry? — pergunta a sargento, afundando no que sem dúvida é uma poltrona que custou mais que a cozinha da policial. — Você diria que eram amigos? — O constrangimento que ele demonstra tem certo charme.

— Não exatamente — responde —, mas, olha, Madeline... Posso te chamar assim? Eu gostava da Clare, não me importo de admitir. Eu a achava, não sei, gostosa.

Ele olha para a mãe levemente ruborizado.

— Mas ela nunca quis nada comigo — continua. — Você tem de saber disso. E eu ficava provocando, sabe, tentando falar com ela. — Ele estende as mãos. — A coisa foi até aí. Não é como se eu a tivesse perseguido.

Ele fala outra coisa, em voz muito baixa, que Madeline não ouve bem.

— Desculpe, o que você disse?

Harry se encolhe, parece um pouco hesitante.

— Eu disse que não sou Nathan Warren. Não tenho o hábito de seguir as garotas.

Ele sorri, como se fosse uma piada, e Madeline tem uma ideia repentina de como deve ser na escola, os rumores, os mexericos.

Jane dá uma risadinha, o som tilintando na sala de estar.

— Querido, é claro que não. Mas você não deve fazer piadas. Nathan Warren nunca fez nada. Bem... — ela olha para mim, quase conspirando. — Nada que pudesse ser *provado*, de qualquer forma. Ele é um sujeito legal, tenho certeza.

— Desculpe, detetive — diz Harry —, falei sem pensar. Só estava brincado, acho.

Ele é confiante, carismático até. Madeline vê que se enganou; esperava um adolescente rude, esquisitão, inseguro. Jane tem agora uma mão no braço do filho, suas unhas cor-de-rosa reluzindo na luz da manhã que invade a sala de estar.

— Clare alguma vez indicou por que não estava interessada em você? — pergunta ela, decidindo evitar trazer Nathan Warren para a conversa e a se concentrar no garoto que está à sua frente. — Havia algum sinal de outra pessoa na vida dela?

Jane parece um pouco tensa, sentada ereta no sofá. Harry encolheu os ombros.

— Na verdade não — afirma ele —, mas, você sabe, seria bom pensar que ela tinha uma razão, que não me rejeitava sem motivo.

Madeline sorri, inclina a cabeça.

— É claro.

Ela olha ao redor da sala, para as fotografias emolduradas de Jack e Jane no dia do casamento, as imagens dos filhos mais novos com caretas bobas para a câmera. Tudo resplandece com o brilho que vem com o dinheiro, e, contra a sua vontade, ela sente uma incômoda ponta de inveja. Quem *não iria* querer tudo isso?

— Há mais alguma coisa em que possamos ajudá-la, detetive? — Jane pergunta, quase de pé, numa clara indicação para Madeline encerrar a conversa. — Harry precisa ir para a escola.

— Só uma coisa — acrescenta Madeline, seus olhos fitando mais uma vez o rosto de Harry, o impacto do cabelo preto, os olhos azuis brilhantes. — Você pode me dizer onde estava na segunda-feira, dia 4, e o que estava fazendo naquela noite?

Há uma pausa; a atmosfera na sala parece mudar ligeiramente pela tensão.

— Ele estava com o time de futebol — intervém Jane. — Como eu havia dito, detetive.

Harry assente.

— Fomos comer uma pizza depois do treino. Isso é fácil de confirmar.

— Obrigada — diz Madeline. — Vou fazer isso.

Jane já está de pé, e a detetive também se levanta, dando mais uma olhada em volta da sala. A janela da direita dá diretamente para a casa dos Edwards, ela percebe; útil para um rapaz que acha a vizinha gostosa.

— Eu a acompanho até a porta — diz Jane, e é quando ela está colocando a mão no braço de Madeline que acontece: a manga de seu casaco sobe, expondo a carne nua do antebraço, e Madeline vê o hematoma: roxo escuro, as bordas amarelando até o verde. Espalha-se pela parte de baixo do braço, como uma mancha. Rapidamente, Jane move o braço para baixo e puxa o tecido, mas Madeline percebe o rubor começando a subir pelo pescoço, manchando a pele de Jane como sangue na água.

Madeline não diz nada, deixa apenas que Jane a leve até a porta, Harry ficando para trás. À porta, a detetive se vira. Onde ela enxergara o rosto de uma mulher privilegiada, rica e com necessidade de mostrar autoridade, agora vê outra coisa: o rosto de uma mulher que tem um segredo. Um segredo que a polícia já viu mais vezes do que gostaria. A meio caminho da porta, ela hesita por um segundo.

— Sra. Goodwin — diz —, a senhora sabe que estamos aqui se precisar conversar, não sabe? Sobre qualquer coisa, quero dizer.

Por um segundo, o rosto de Jane relaxa.

— Obrigada — responde ela —, mas não há necessidade, Madeline. Está tudo bem.

Nada menos que seis outros meninos confirmam a versão de Harry para os eventos. Madeline desliga o telefone, coloca a mão na cabeça. Se ele esteve com o time de futebol até as oito, não há como ter chegado perto de Clare.

— Pelo amor de Deus — diz o inspetor quando ela lhe dá a notícia —, não estamos indo para nenhum lugar. O supervisor vai pedir a minha cabeça. Me fale novamente o que ele disse sobre Nathan Warren.

— Ele fez um comentário sobre Nathan seguir meninas até em casa, nada que não tenhamos ouvido antes — diz Madeline. — Acho que não quis dizer muita coisa com isso.

— Humm. — Rob se afasta, e Madeline sabe o quanto ele adoraria atirar isso contra Nathan, acusar sem provas e correr para o supervisor.

— A mãe do Harry estava com uma contusão terrível — Madeline comenta. — Fiquei pensando nisso.

Ele a encara.

— O que será?

Ela franze a testa, e estende a mão para o último bombom restante na caixa.

— Nem tudo é tão perfeito quanto parece naquele casal. Nunca se sabe, não é mesmo? Senti um pouco de pena dela hoje, para ser honesta. Nunca pensei em dizer isso sobre Jane Goodwin.

Capítulo 15
JANE

Sexta-feira, 8 de fevereiro

Estou no escritório, nos fundos da casa, olhando para o nosso gramado. Passei anos tentando cultivar o jardim quando nos mudamos, plantei glicínias lilases na lateral, contratei um paisagista para o pátio. Imaginei uma horta: feijão-verde, tomate, ervilha. No fim, acabamos pagando uma empresa para fazer tudo isso por nós, já não tenho a vocação que imaginei para cuidar de plantas. Não que eu diga isso para as mães da associação de pais e mestres.

Está escuro no escritório, o ar pesado e viciado. Não venho muito aqui, é mais o território de Jack, montado quando ele recebeu sua última promoção. Ele disse que precisava de um lugar para trabalhar, um lugar longe de mim e das crianças. *Encantador,* pensei. *Claro, querido,* respondi. Não sou estúpida para discutir sobre alguma coisa que ele quer. Não mais. Especialmente agora, quando a policial viu o machucado no meu braço. Estou chateada comigo mesma por causa disso, normalmente sou tão cuidadosa. O interesse em Harry me desestabilizou, me desconcentrou, mas ele lidou muito bem com tudo, fiquei orgulhosa. Ninguém nunca foi preso por ter um fraco pela filha do vizinho.

Após a saída de Madeline, peguei o papel com as consultas de Jack na gaveta, onde ele ficou guardado nos últimos dias. Eu o queimei na churrasqueira depois que as crianças foram para a escola. Desapareceu em segundos, o papel sumiu, reduziu-se a cinzas. Se ele não vai contar para a polícia, não quero que o encontrem por si próprios.

Tomo um gole de vinho branco da taça que tenho na mão; sinto os músculos relaxarem enquanto olho pela janela. No fundo do nosso jardim há um portão, que fecha por dentro da cerca. Ele leva a uma estreita faixa de terra entre nós e os Edwards. Quando Rachel se mudou para cá, pensei que poderíamos usá-lo para circular entre as duas casas, garrafas de vinho na mão, ou ficar conversando calmamente no fundo do jardim quando as crianças estivessem dormindo. Não foi assim que aconteceu.

Mais um gole de vinho; percebo com surpresa que a taça está quase vazia. Lá em cima, ouço Harry se movendo no seu quarto, bem acima de mim. Ele está em silêncio a noite toda, não me olha nos olhos.

— Você se saiu muito bem com a detetive — eu disse a ele depois do jantar. — Não há nada com que se preocupar agora.

Quando olho para o gramado, a luz do jardim dos Edwards pisca. As duas famílias têm sensores, segurança, pois, em casas como estas, seria tolice não ter. Espero, observando, mas não consigo ver nenhum movimento na casa dos vizinhos. Não daqui, pelo menos. De um animal, talvez. Às vezes temos raposas nesta região. Elas vasculham as latas de lixo, tentando desvendar todos os nossos segredos.

Mais tarde, já na cama, Jack insistiu em ficar lá embaixo depois de eu ter lido a história para Sophie e para Finn. Ele é tão lacônico comigo quanto Harry, monossílabo, breve. Fiz um chá para ele, sorri enquanto o servia, mas, cinco minutos depois, vi que ele o substituíra por uma cerveja.

Está frio em nosso quarto, mesmo com o aquecimento central em pleno funcionamento. Parte de mim quer que Jack venha para a cama. Parte de mim não quer.

Sem conseguir dormir, eu me levanto, sentindo a leve pontada de dor que de vez em quando ainda me acomete. Meu braço lateja. Sei o que todas as revistas diriam, *saia ao primeiro sinal de violência,* mas dei muito duro para chegar aonde estou agora. Esta vida. Esta casa, estas crianças, esta família. Não vou simplesmente jogar tudo fora. Enquanto olho para mim mesma no espelho da cômoda, vejo brevemente a mulher que eu era antes — uma qualquer, uma ninguém. A garota cujos pais não se interessavam por ela, a garota com roupas de segunda mão, invisível, esquecida. Eu sonhava com uma casa grande e uma família, um lugar na sociedade, um papel a cumprir. Dinheiro para comprar coisas caras, para comprar *status,* para comprar classe. Jack me deu tudo. A ideia de perder isso, de perder a vida que construí, me paralisa.

Há um barulho à minha esquerda, um som baixo de raspagem. Fico de pé e caminho no tapete macio e grosso até a nossa janela. No começo não consigo perceber nada na escuridão, mas depois vejo o âmbar brilhar no canto do jardim, junto ao portão. Enquanto meus olhos se ajustam à escuridão, vejo duas figuras de pé onde a estreita faixa de terra entre nossas casas se conecta. São altas, altas demais para ser Harry. Pressiono o rosto na vidraça embaçada pela minha respiração. Jack. São Jack e Ian, um ao lado do outro, a luz laranja do cigarro passando entre eles como um vagalume.

Imediatamente, meu coração dispara. O que meu marido está fazendo conversando com nosso vizinho a esta hora da noite? Consolando-o, talvez? Onde está Theresa? Pensei que ela devia estar de olho nestas coisas.

Meu corpo está tenso, rígido. Ainda observando, vejo Jack olhar para casa, seu rosto iluminado claramente ao luar. Enquanto olho, Ian estende a mão, toca meu marido no ombro. Não consigo ver o rosto dele.

Ele deveria estar confortando a esposa, penso comigo mesma, *não se escondendo nas sombras com meu marido.*

Capítulo 16
SARGENTO MADELINE SHAW

Sábado, 9 de fevereiro

O telefone toca às sete e meia, quando Madeline está sozinha na delegacia. Ela passou a melhor parte do fim de semana ali. O inspetor foi para casa à noite, murmurando algo sobre a esposa, ainda de mau humor por causa da conversa infrutífera com Harry Goodwin.

— Madeline?

É Rachel Edwards. A mãe de Clare.

Madeline nunca contou a Rachel sobre a pequena conversa que teve com Clare na escola. A garota a princípio não deu a entender que era o tipo de pessoa interessada na polícia, mas as pessoas têm suas próprias razões. Madeline perguntou a Clare sobre sua mãe, se elas tinham discutido o assunto. A escola secundária de Ashdon não preparava seus alunos para uma carreira na força policial; não se os pais tinham alguma palavra a dizer a respeito, era uma escola cheia de futuros advogados, médicos, até políticos. Funções respeitáveis e bem-remuneradas. Clare tinha um olhar engraçado.

— Moro com minha mãe e meu padrasto — disse rapidamente, como se quisesse que Madeline soubesse que era órfã de pai. Clare e sua mãe assumiram o sobrenome de Ian quando Rachel se casou novamente, o que Madeline sempre achou um pouco estranho.

— E o que eles acham de você estar pensando em entrar para a polícia? — perguntou a Clare gentilmente.

A menina olhou para o chão, puxando um fio que do moletom da escola.

— Mamãe não se importa. Ian acha que isso não dá dinheiro. — Ela fez uma pausa, e Madeline percebeu o rubor vermelho do constrangimento subindo pelo pescoço da garota. — Deus — exclamou Clare —, desculpe, eu não quis dizer... tenho certeza que você...

— Não se preocupe — disse Madeline rapidamente, interrompendo. A coitada parecia mortificada. — Dá para viver. Não é tão ruim assim quando você consegue algumas promoções.

— Madeline? — a voz da mãe de Clare está no ouvido dela novamente. Ela desperta das lembranças.

— Sra. Edwards — diz —, que bom que ligou. Está tudo bem? — É uma pergunta sem sentido; é claro que não está tudo bem, a filha dela está morta.

— Preciso falar com você — afirma Rachel. — É importante.

— Claro — responde Madeline, lembrando que, quando colocou seu cartão na mão fria de Rachel na segunda-feira, disse para ela ligar a qualquer hora.

— Estou na porta da delegacia agora. Pode me deixar entrar? — A ligação é interrompida.

Madeline fica parada em sua mesa. Se inclinar ligeiramente a cadeira para trás e olhar através da janela, vai avistar Rachel, sua figura delgada pressionada contra as barras de metal do portão da delegacia.

Madeline sai para encontrar Rachel, o ar frio cortando. O carro da mulher está estacionado de lado sobre a linha amarela dupla; ela deve ter vindo apressada até a cidade. A oficial de apoio familiar realmente deveria ter avisado a polícia; ela ainda comparece à casa deles todos os dias. O rosto de Rachel está diferente de antes, nota Madeline; está mais magro. Ela era uma das mães de aparência mais bem-cuidada da cidade: batom vermelho brilhante, base reforçada, cardigã de cashmere sobre os ombros. Mas hoje está de cara limpa. Bolsas escuras sob os olhos. Ainda assim é bonita, com certeza.

Madeline destrava o portão rapidamente, com os dedos ligeiramente rígidos.

— Entre — diz ela. Este andar está vazio agora, sorte deles. Todos foram para casa, viver suas vidas.

A luz da escrivaninha zumbe contra a escuridão das outras salas.

— Quer tomar um chá? — Madeline oferece mais por ter algo a dizer do que qualquer outra coisa. Rachel balança a cabeça rapidamente, seu cabelo castanho agitado ao redor do rosto. Não adianta levá-la para uma sala de depoimentos; ali ela vai se sentir mais relaxada, e é disso que a polícia precisa.

Mas Rachel não se senta; em vez disso, passeia pela sala como um animal enjaulado. Sua presença se agita ao redor, os olhos se desviando da confusão de objetos sobre a mesa de Madeline para o calendário na parede, feito por um dos filhos do inspetor na escola. Rostos borrados olham de volta para quem os contempla, crianças com a vida inteira pela frente por trás dessas pinturas.

— Como você está, Rachel? Eu soube que houve uma missa em memória da Clare — Madeline começa, mas Rachel sacode a cabeça novamente, fica imóvel abruptamente e se vira para encarar a policial.

— Nós não demos atenção a uma coisa — diz ela, com irritação na voz, como se estivesse sem dormir há semanas.

Madeline respira fundo.

— A equipe e eu estamos nos esforçando ao máximo para chegar até a pessoa que fez isso com a sua filha. Como você sabe, estamos atrás de várias pistas...

— Não — Rachel interrompe com veemência —, não. Tem algo mais. As pessoas estão falando. Fofocas, não suporto isso.

Ela espalma as mãos sobre as orelhas, como se tentasse bloquear algo.

— É tudo culpa minha — diz, e sua voz assume um tom desesperado, quase suplicante. — Nunca deveria ter discutido com ela, nunca deveria ter pressionado tanto a Clare por causa das provas. Talvez se eu tivesse sido uma mãe melhor...

Ela não termina a frase. Seus olhos se prenderam à fotografia de sua filha atrás de Madeline, afixada à parede.

— Não teve nada a ver com você ser uma boa mãe, sra. Edwards — diz Madeline, mas agora ela está observando o rosto da mulher de perto. É normal, até certo ponto, os pais se culparem. No entanto, se havia mais alguma coisa na relação entre Clare e a mãe além do que esteve visível até agora, vale a pena saber.

— Acho que você não está fazendo seu trabalho direito. — Rachel encara Madeline. — É ele, aquele lunático, vagando pela cidade. Pela *nossa* cidade.

As palavras dela vêm em rajadas curtas. Madeline pega um peso de papel em forma de globo em sua mesa, sente a solidez reconfortante entre os dedos.

— Nathan Warren. Ele estava lá — continua Rachel —, eu sei que ele estava lá. A recepcionista do médico disse que o viu, ela disse isso, não disse? Ele a "encontrou", uma manobra deliberada para nos despistar. Ele não tem um álibi, tem? Ele tem, Madeline?

Ela está olhando para a outra mulher, a boca aberta, o rosto alterado com o esforço de falar. Madeline pensa nas garrafas de vinho vazias na casa de Rachel. Será que andou bebendo? Ela está prestes a pedir a Rachel que se sente quando ela aproxima o rosto do da policial.

— Clare se foi — diz Rachel, lenta e enfaticamente. — Ela se foi, está morta, e tudo o que as pessoas querem fazer é especular — a palavra sibila em sua boca, feia em todas suas letras — sobre o meu marido! Será que elas acham que estou surda tanto quanto estou com o coração destroçado? Eu ouço o que elas dizem!

Ela se inclina ainda mais, a tal ponto que Madeline sente seu hálito no rosto.

— Ian é um homem bom, Madeline!

Madeline sente um leve rubor colorir sua face ao ouvir o nome de Ian Edwards, como se ela fosse culpada exatamente do que Rachel está acusando os outros. Rachel Edwards não está acostumada a ver as coisas não saírem do seu jeito. Os ricos são assim. Rachel Edwards faz o cabelo no salão da Trudie, compra itens de bom gosto periodicamente, cuida do gramado da frente de casa e provavelmente prepara um assado para sua família todos os domingos. A única mancha na vida de Rachel era a morte do marido — até agora, é claro. Agora ela é uma viúva casada pela segunda vez que teve uma filha assassinada. Madeline engole em seco. Ninguém merece isso.

— Rachel — diz Madeline, o peso de papel ancorando seus pensamentos —, ninguém nesta cidade está acusando Ian de nada. Minha equipe sabe o que está fazendo, e estamos cuidando de todos os procedimentos necessários para levar o assassino de Clare à justiça e honrar a memória dela. — Rachel estremeceu levemente ao ouvir a palavra "memória". — Eu sei que você se importa com esta comunidade — Madeline continua, mais gentilmente desta vez. — Todos nós nos importamos. E sentimos falta da sua filha todos os dias.

Vem à mente da detetive uma imagem do cabelo loiro de Clare, seus olhos sinceros.

— Você vai detê-los? — pergunta Rachel, tão de perto que Madeline pode sentir seu cheiro, o cheiro viciado e cansado da dor.

— Deter quem? — indaga Madeline, para ganhar tempo.

— Impedir que as pessoas falem. Isso não ajuda em nada. Eu só quero encontrar o assassino da Clare. E não é o meu marido.

Capítulo 17
JANE

Segunda-feira, 11 de fevereiro

As crianças estão cansadas esta manhã, ásperas e irritadiças. Passo vinte minutos tentando convencer Finn a descer a escada. Seu rostinho está vermelho, congestionado, exausto pela privação do sono, mesmo que eu os tenha posto na cama cedo e lido *Mogli* inúmeras vezes.

Jack não está exatamente ajudando. Ele parece exausto também, mas, quando pergunto qual é o problema, ele me dá um olhar de tamanho ódio que me afasto com um sobressalto. O pânico surge em mim quando ele fica assim. Preciso fazer alguma coisa para mantê-lo afastado.

Hoje não estou trabalhando, mas quase queria estar; a casa parece opressiva. Desde que a sargento Shaw viu o hematoma no meu braço, minha cabeça não para, os pensamentos se acumulam. Como disse, não quero as coisas fora de controle, as pessoas se intrometendo na nossa vida. Preciso ser mais cuidadosa.

Há um carro diferente em frente à casa dos Edwards, mais jornalistas chegam quase todos os dias. A oficial de apoio familiar ainda está lá, continuo a vê-la passar quando olho pela janela da cozinha. As garrafas de vinho se foram; talvez seja ela quem está arrumando as coisas, mantendo tudo em ordem. Rapidamente, dou uma ajeitada na sala, recolho os brinquedos de Finn, pego a sacola esportiva de Harry, que está no chão.

Meu celular toca enquanto estou limpando as superfícies da cozinha, luvas amarelas para proteger as unhas. Jack acha que é uma extravagância aplicar unhas em gel a cada quinze dias, mas por enquanto ele ainda permite, e não quero cortar esse hábito. Afinal de contas, podemos pagar por isso, e essa rotina me ajuda um pouco, mantém meus pensamentos organizados. Como arrumar meus brincos na caixa de joias, um acima do outro, toda noite, tudo ordenado; verifico os bolsos das crianças todos os dias quando elas chegam em casa, passo os dedos pelas bainhas, removendo fiapos e papéis de doces;

sirvo o vinho branco gelado exatamente até a pequena linha branca desenhada na lateral da taça — nem mais, nem menos. Gosto da minha rotina; ultimamente, ela me impede de pensar no que Jack me disse na noite da morte de Clare, em quão difícil ele tem estado desde então. Ela me faz parar de pensar por que o nome da garota estava na agenda dele daquele dia e por que ele ainda não contou isso a ninguém. Mesmo antes da morte de Clare, eu tinha minhas rotinas. A principal vantagem do esmalte é que posso sair da cidade, sair desta casa, escapar para o salão em Saffron Walden e me sentar em silêncio por uma hora enquanto uma mulher massageia minhas mãos e pinta minhas unhas. Há muito a ser dito a respeito. Às vezes penso em segurar as mãos da manicure, implorar que me ajude. Mas isso fica só no pensamento.

Destravo o celular e meu coração quase para. A escola vai fazer uma reunião de emergência. Amanhã, seis e meia em ponto. A diretora Andrea Marsons está convocando, mandou um e-mail para todos da associação de pais e mestres, o que, infelizmente, me incluem.

Sandra me liga cinco minutos depois que o e-mail chega. Não temos reunião da associação há um mês.

— Ouvi dizer que é porque a mãe da Clare foi à delegacia na sexta. Andrea quer falar com todo mundo — diz, abafando a voz, o que tem feito a semana toda desde que tudo aconteceu. Eu a imagino ao lado da grande ilha na cozinha, horrendamente moderna, em contraste com o telhado de palha e as vigas de madeira. Ela deve estar tomando um latte desnatado da máquina de espresso, em goles bem miúdos para não manchar seu batom rosa. Ela deveria tentar algo um pouco menos chamativo, mas ainda não tive coragem de lhe dizer isso.

— Foi à delegacia? — pergunto. — Como assim?

A habilidade de Sandra de saber as coisas antes de qualquer outra pessoa nunca deixa de me surpreender. Mas acaba sendo útil.

Eu me movo até a janela da cozinha e, enquanto o faço, as cortinas da casa dos Edwards se abrem. Minha respiração fica suspensa por um momento. É Ian, sua figura robusta preenchendo a moldura da janela. O rosto dele está impávido, sem expressão. Estreito os olhos, tentando perceber se ele poderia estar chorando, se parece um homem de luto por sua enteada.

Sabe, acho que ele não está.

— Rachel — diz Sandra —, parece que ela foi cobrar Madeline Shaw, depois do expediente. Tricia a viu saindo. Diz que inventou mais algumas teorias, bem, não podemos culpá-la, né?

Só que nós estamos, pensei, *nós a estamos culpando*. Mas não é realmente uma pergunta; Ouço Sandra por cima dos meus pensamentos.

— Quero dizer, eu sei que ela está de luto e tudo o mais, mas acho que tumultuar as coisas dessa maneira não está ajudando em nada, concorda? Temos que deixar a polícia fazer o trabalho dela. O que esta comunidade precisa é de tempo para *a cura*.

Há um pequeno ruído de sucção; o café com leite desnatado, sem dúvida. O que ela diz soa como se estivesse lendo. Penso em Rachel Edwards confrontando Madeline; não a imaginava com tamanha bravura. Talvez haja mais sobre a rainha do gelo do que eu pensava.

Ainda estou usando minhas luvas; aos poucos, deslizo o celular para o ombro, mantenho-o no lugar com uma inclinação do pescoço e removo-as com facilidade. Minhas mãos ficaram engraçadas, muito pálidas, a pele borrachuda. Ian se afastou da janela. Quase posso ver as sombras da cozinha deles. Eu me pergunto o que vão fazer com todas as coisas de Clare: as canecas em que ela tomava chá, seus tênis coloridos na sapateira.

— Acho que devemos ir à reunião — afirmo, minha voz mais clara que a mente, e depois, com a mão livre, aperto um botão no aparelho de telefone fixo. Uma campainha irrompe na sala, estridente o bastante para Sandra ouvir.

— Desculpe — digo —, é melhor eu atender, provavelmente é o Jack. Ele disse que me ligaria do consultório, estamos fazendo planos para esta noite.

Ouço Sandra suspirar, e o som é inconfundivelmente melancólico.

— Aposto que ele vai te levar a algum lugar romântico, hein? Ah, que sorte. Enquanto eu vou ficar com o Pinot, sem dúvida. Roger vai trabalhar até tarde, como fez o fim de semana inteiro.

Sem novidades por aí, então, penso, mas ignoro a razão da tristeza na voz dela. Em vez disso, forço uma risada.

— Mais ou menos isso — digo — Cuide-se, Sandra. Vejo você na escola!

Sinceramente, "me levar a algum lugar romântico"? Ela não tem ideia. Ninguém tem.

Está quase na hora de pegar as crianças quando Jack liga. Estou surpresa; ele raramente me liga do consultório, hoje em dia.

— Jack? — digo, tentando manter a voz neutra. — O que foi? Estou saindo para buscar as crianças.

Mesmo sabendo que ele está no trabalho, ou seja, que não está por perto, todo o meu corpo está tenso. Luta ou fuga.

— Você pode me encontrar? — pergunta ele. — Nós precisamos conversar.

Capítulo 18
CLARE

Segunda-feira, 4 de fevereiro, dez horas

Estamos na aula de matemática, a disciplina que menos gosto. Sei que deveria estar me concentrando para as provas, mas não consigo parar de pensar sobre hoje à noite. A excitação me atravessa quando olho para o relógio — só mais algumas horas. Eu o imagino, seu olhar quando eu lhe contar o que fiz. O que nós vamos poder fazer.

Meu celular está no colo e a vibração é muito alta. A sra. Garrett me fulmina com o olhar; faço uma expressão de quem se desculpa, mas não resisto a deslizar a mão para baixo da mesa e olhar a tela. A mensagem faz meu sorriso ainda mais largo. Não falta muito agora. Ele é tão doce. Sei que não é justo manter tudo em segredo, mas é a única maneira; mamãe e Ian ficariam loucos se soubessem, e as garotas da escola fariam da minha vida um inferno. Desse jeito somos só nós, e ninguém mais precisa se envolver.

— Clare? Você poderia prestar atenção, por favor? — A sra. Garrett parece zangada desta vez e, rapidamente, deslizo o celular para dentro da bolsa e pego a caneta. Eu me sinto mal; ela é legal, e é a minha orientadora este ano. Ela tem dificuldade em controlar alguns dos garotos, acho que é bem nova. Eu odiaria ser professora; seria péssima nisso. Durante o último ano, mais ou menos, tenho pensado em entrar para a polícia, embora mamãe não goste da ideia. Acho que isso pode me ajudar a entender um pouco as coisas, me ajudar a entender o que aconteceu com a mamãe.

— Quem pode me dizer quais são os assuntos que podem cair nas provas? — pergunta a sra. Garrett, e eu me sinto perdida novamente, olhando para meu caderno para evitá-la, despistando um pouco. As anotações da página dançam diante dos meus olhos. Ouço o celular vibrando novamente contra o chão. Uma, duas vezes.

Capítulo 19
SARGENTO MADELINE SHAW

Segunda-feira, 11 de fevereiro

— Os registros telefônicos chegaram. — Lorna deixa cair algumas folhas de papel na mesa de Madeline. — Pedi à oficial do apoio familiar para ficar de olho em Ian Edwards hoje — continua. — E que nos avise se Rachel parecer que vai perder o controle novamente.

Pelo que Theresa lhes disse até agora, a mulher está perturbada e Ian furioso com a falta de progresso da polícia, *ele e todo mundo*, pensa ela. Madeline fica refletindo sobre o tamanho dessa raiva.

— Obrigada, Lorna — diz ela, puxando os registros para si e começando a consultá-los.

Conseguiram os registros do último mês, mas é nos últimos dias que precisam se concentrar, as últimas horas de Clare. À medida que passa as páginas, Madeline vê um número repetidamente, o duplo 5 no final pulando diante dos olhos dela. Dias 1, 2 e 3 de fevereiro. Quem quer que seja essa pessoa, Clare estava em contato com ela. O tempo todo. Rapidamente, ela verifica o número de Rachel. Não é o mesmo.

O inspetor não está na sala.

— Lorna! — chama Madeline, gesticulando. — Olhe para isto. Clare deu um telefonema de dez minutos para este número no dia em que morreu, cerca de quinze minutos antes do início da possível janela da hora da morte.

Ela aponta e Lorna se aproxima.

— Pode procurar no banco de dados? — pergunta Madeline, e a detetive pega o papel e vai para a sala ao lado.

Eles já perguntaram aos pais de Clare de quem ela era próxima, se havia alguém que pudessem sugerir, mas os dois só mencionaram Lauren.

— Shaw? — O inspetor empurra a porta aberta e avança em direção a Madeline, com a camisa desabotoada. Seu cabelo castanho está desgrenhado, como se estivesse passando as mãos na cabeça, estressado.

Ele tem na mão uma cópia do *Essex Gazette*, com uma foto de Sorrow's Meadow na primeira página. Até agora eles conseguiram manter a imprensa relativamente sob controle, embora o lindo rosto de Clare seja um atrativo óbvio. O *Daily Mail* ainda não deu as caras; Rob deve ter subornado Danny Brien de alguma forma. Madeline se pergunta se algo mais vazou: a ferida na parte de trás da cabeça da jovem, a especulação sobre Nathan. Algo lhe diz que o silêncio não significa que está tudo bem.

— Acabei de falar com a maldita Andrea Marsons por telefone — diz Rob, batendo o papel na mesa. — Ela diz que as escolas estão um caos. Parece que alguns rumores começaram a circular sobre Nathan Warren agora, sobre o caso ter sido um ataque sexual, embora obviamente saibamos que isso é uma besteira. Pode ser que tenha começado com Harry Goodwin depois da sua conversa com ele. As crianças estão apavoradas, temendo que aconteça de novo, os pais piorando a situação. Uma das mães está ameaçando divulgar na imprensa nacional. Precisei implorar ao maldito Danny Brien para segurar o *Mail* até a semana que vem.

— O que ela pretende dizer?

Rob encolhe os ombros exasperado.

— Pelo que eu entendi, estão sugerindo que estamos escondendo alguma coisa, que temos medo de sermos acusados de discriminação se trouxermos Nathan Warren para o caso.

— Isso é ridículo — diz Madeline, imaginando o pobre Nathan na calçada no meio da chuva.

— Bem, você e eu sabemos disso, mas os malditos fofoqueiros de Ashdon não sabem — retruca Rob. — Honestamente, Madeline, não sei como você aguenta isso. É isso o que não funciona com as cidades pequenas.

Ele suspira.

— Olha, Shaw, você consegue encarar a possibilidade de ir até a escola? Andrea acha que seria bom para "melhorar os ânimos". — Faz as aspas com os dedos.

Madeline olha para a porta na esperança de ver Lorna.

— Na verdade, estou conferindo os registros telefônicos — diz ela. — Queria ter um pouco mais de tempo.

Ele a interrompe.

— Não foi um pedido, Shaw. Você sabe que o superintendente fica P da vida quando a nossa reputação é questionada. Vá até a escola. Controle de danos.

No caminho para Ashdon, Madeline liga o rádio e tenta pensar. Quem teria Clare Edwards como alvo? A linda, inteligente, adorável Clare. Ciúme? O rosto de Lauren cintila em sua mente, seus olhos escuros. Raiva? Uma brincadeira de escola que deu errado?

As fitas amarelas nas árvores na frente da escola estão pairando ao vento. Está frio, mesmo para fevereiro. Alguns membros da associação de pais e mestres colocaram as fitas no dia seguinte ao da morte, amarrando-as aos galhos em memória de Clare, em um gesto sincero. A maioria das fitas parece suja agora; os carros que passam (não que haja muitos aqui) salpicam lama; as pontas se enrolam em cachos úmidos.

A diretora a cumprimenta na porta da frente da escola secundária. Andrea está vestindo seu habitual pulôver, mas ela parece mais aflita do que de costume. Há uma mancha de tinta na bainha de sua manga.

— Obrigada por ter vindo novamente — diz ela. — Estávamos esperando por você. Pensei que poderia ajudar a acalmar as coisas, sabe? Mostre a eles que você está fazendo alguma coisa. Por aqui.

Madeline a acompanha pelo corredor da escola até o grande ginásio de esportes, onde eles realizam algumas palestras. Equipamentos de ginástica alinhados às paredes: cordas de escalada, colchonetes. Os alunos olham fixamente. O ensino médio é muito pior que o ensino fundamental; os alunos mais velhos parecem desdenhosos. Eles compram o que ouvem dos pais; que a polícia de Chelmsford não está fazendo um trabalho decente.

— Olá a todos — diz Madeline, um pouco constrangida. Ela é recebida com olhares vazios. A atmosfera é tensa, hostil.

— A maioria de vocês já me conhece, sou a sargento Madeline Shaw e, junto com meu colega, inspetor Rob Sturgeon, estou supervisionando a investigação sobre a morte de Clare Edwards.

Há um murmúrio, alguns sussurros que ela não consegue discernir.

— Como todos sabem — ela continua —, a perda de Clare atingiu duramente esta comunidade. Nosso trabalho como policiais é fazer o máximo para proteger vocês de novos incidentes e levar à justiça quem quer que tenha atacado Clare. Ela sente os olhos de Andrea sobre si; está consciente de que a orientadora não está ajudando tanto quanto provavelmente deveria. Não há tempo para isso.

— A presença da polícia na cidade ainda é ostensiva — continua Madeline —, e estamos acompanhando uma série de investigações simultâneas. É essencial — brevemente, ela fecha os olhos ao ver um cara na fileira de trás, alto, largado, sarcástico — que vocês cooperem conosco o máximo que puderem. Pode parecer que não há nada que possam fazer, mas na verdade existem várias coisas que eu gostaria de repassar hoje e que quero que todos ouçam.

À sua direita, Andrea se alegra. Ação positiva: é sempre isso que eles querem.

— Primeiro — continua Madeline, ganhando algum tempo —, vocês podem falar. Se houver qualquer coisa, *qualquer coisa* mesmo, que alguém aqui esteja escondendo da polícia, vocês devem nos avisar. Mesmo que vocês achem que não é importante, mesmo que achem que parece bobagem. Mesmo — ela faz uma breve pausa — que achem que isso pode colocá-los em apuros. Na verdade, vocês estarão com problemas maiores se não nos contarem o que sabem.

Ouve-se uma risadinha no fundo do ginásio; Andrea pede silêncio.

— Em segundo lugar, eu preciso que todos vocês permaneçam atentos. Se vocês virem alguma coisa que acham que pode ser relevante para este caso, mais uma vez, vocês devem nos avisar. Não importa quão insignificante possa parecer. Não importa há quanto tempo aconteceu. Em terceiro lugar, quero que cada pessoa nesta sala exercite o bom senso, a inteligência e a responsabilidade que se esperariam de uma escola bem-conceituada como a Ashdon Secondary. Isso significa que não deve haver especulações inúteis sobre este caso, nem deliberadamente assustadoras, nem fofocas desnecessárias. Boatos podem ser muito prejudiciais para uma pequena comunidade como esta e podem interferir em um caso grave, se forem longe demais. Se vocês suspeitam de que alguma pessoa está envolvida, a pessoa a quem vocês precisam contar sou eu. E é isso.

O menino na fileira de trás está sendo cutucado nas costelas por uma menina de cabelo escuro ao seu lado; o movimento chama a atenção de Madeline. Ele parece ter uns dezesseis anos; deve ser do mesmo ano de

Clare. Penúltimo.

— E quanto a Nathan Warren? — ele grita, com uma voz de confronto, não muito, mas está perceptível logo abaixo da superfície. — É verdade que vocês simplesmente o deixaram ir embora? Vocês deixaram mais algum pedófilo solto por aí?

Há um súbito burburinho pelo recinto e Andrea dá um passo à frente.

— Haverá tempo para perguntas quando a sargento terminar de falar — diz, mas Madeline faz um aceno com a mão para mostrar que está tudo bem.

— Eu posso confirmar que tomamos recentemente a decisão de não prender o sr. Warren após um período de interrogatório. Não temos, no momento, motivos para acreditar que ele esteve envolvido no incidente, nada além do fato de ter sido ele quem viu a cena primeiro. No entanto, é claro que vamos revisitar todas as linhas de investigação, caso surjam mais evidências.

O burburinho aumenta e preenche o recinto de um canto a outro.

— A quarta coisa que peço a todos vocês — Madeline levanta a voz — é que permaneçam alertas. A sua segurança e a de cada pessoa nesta cidade continuam a ser a minha prioridade. Ashdon é um lugar seguro há muito tempo, e é assim que queremos que permaneça. Parte disso se deve à maneira como vocês se comportam. Alguns de vocês são jovens adultos agora — intimamente, ela se encolhe no final —, e vocês têm a responsabilidade para com esta comunidade de exercer a cautela em todos os momentos. Confio que posso esperar isso de todos vocês.

O lugar agora está em silêncio. Ela conseguiu prender a atenção deles. Sem aviso, o sinal da escola toca para anunciar o fim do período e o feitiço se desfaz: os estudantes se voltam uns para os outros para fazer exatamente o que ela acabou de lhes dizer para não fazerem.

Andrea sorri com pesar.

— Obrigada, Madeline. Espero que dê resultado.

— Sempre que precisar. Você tem um minuto? Seria bom conversar um pouco sobre Rachel Edwards. Estou preocupada com ela.

— Sim, é claro. Na minha sala?

O som do celular da policial corta o ar; o nome de Lorna pisca na tela.

— Campbell?

— Oi, Madeline — diz —, desculpe, sei que você está na escola, mas queria que soubesse. Encontrei um registro para aquele número, aquele para onde a Clare estava ligando. Ela recita o número. — O inspetor falou com a operadora e eles liberaram a informação sem problemas.

— E? — O coração de Madeline acelera; Andrea está olhando para ela curiosa.

— Pertence a um tal de Owen Jones, comprado em Saffron Walden no ano passado, na loja Carphone da Moor Street. O último modelo do iPhone, pago mensalmente por débito automático. O nome é familiar para você?

— Owen Jones.

Não é familiar, mas Andrea parece alarmada, franzindo a testa.

— O que aconteceu com Owen Jones? — pergunta a diretora da escola, fazendo claramente uma dedução incorreta, e Madeline balança a cabeça.

— Você o conhece? — ela pergunta, e Andrea confirma com um aceno de cabeça.

— É um aluno daqui — responde a professora. — Ele está um ano na frente da Clare. — Ela está abalada.

Capítulo 20
JANE

Segunda-feira, 11 de fevereiro

Depois que Jack e eu falamos ao telefone, liguei para Sandra relutantemente, perguntei se ela se importaria em me fazer o grande favor e pegar Finn e Sophie na escola.

— Harry vai sair por volta das quatro e meia — digo a ela. — Ele pode passar na sua casa e levar as crianças. Você se importaria de pegá-las na escola?

— É claro — ela guincha previsivelmente. — Natasha vai adorar. Há muito tempo que queremos ter a Sophie aqui em casa. As meninas se divertem tanto juntas.

Não, elas não se dão bem, mas espero que se suportem por algumas horas.

— Por que não os deixa aqui por algumas horas e dá ao Harry um pouco de descanso? — sugere Sandra, e não sei como recusar.

— Muito obrigada — respondo, suspirando pelo telefone com um alívio um pouco exagerado. — Você é ótima! Eu vou te compensar com um vinho!

Nós duas rimos. É tão fácil.

Quando desligamos, mordo a unha com tanta força que ela sangra. As pequenas fissuras de sangue reviram meu estômago. Jack não ligou de volta, mas sei onde encontrá-lo. É onde costumávamos ir sempre para conversar. Contra a vontade, sinto uma pequena centelha de esperança.

Talvez ele esteja lamentando o que me disse na noite em que Clare morreu; talvez este seja um ponto de virada.

Começo a pensar no que vou dizer a ele, planejando as palavras.

Por volta das quatro horas, entro no nosso Volvo azul, estacionado bem à vista na passagem lateral da casa, puxando o quebra-sol para verificar meu reflexo, questão de hábito. Pareço a mesma de sempre — cabelo castanho puxado para trás e preso, olhos azul-escuros que me olham de volta sem nenhuma indicação do que estou sentindo por dentro. Lembro de mim logo após ter tido Harry, olhando para meu rosto em um banheiro do hospital, pensando como era que eu podia parecer exatamente a mesma depois que minha vida inteira tinha mudado para sempre. Não era mais a garota que todos ignoravam. Eu me tornara mãe, e isso significava alguma coisa. E ainda significa. Não é mesmo?

Ligo o carro, os dedos apertando firmemente a chave, o chaveiro do consultório de Jack batendo na minha mão. Em algum momento nossos pertences ficaram irremediavelmente amalgamados. Ele não consegue separá-los, separar nós dois. Nem se quiser.

O celular vibra e meu coração pula, pensando que ele está cancelando, mas, quando verifico, é apenas Sandra me perguntando se as crianças podem comer salsicha e purê no jantar. Não pedi para ela alimentá-los. *Não tem problema*, diz a mensagem dela, e percebo a crítica implícita, forço-me a relevá-la e a digitar uma resposta civilizada. Comer na casa dos outros atrapalha a rotina deles. Mas não vou entrar em pânico por causa disso.

Saindo da garagem, verifico à esquerda e à direita e vejo as cortinas se movendo na fileira de casas em frente; deve ser a sra. Drayton, uma velha idiota. Até onde se sabe, ela mora na cidade há anos e não tem intenção de sair daqui. Seu jardim da frente é cheio de pequenos cata-ventos coloridos que giram na brisa e me tiram do sério. As cortinas se mexem novamente, a renda branca se deslocando de leve para a esquerda. Ciente de que posso estar sendo observada, esfrego os lábios e ligo o rádio, deixando o carro se encher com o som da Rádio 4. Vão cuidar de suas vidas, não há nada para ver aqui.

Nossa casa fica a dez minutos à direita das escolas, e a cidade é tão pequena que basta dirigir algumas centenas de metros para a esquerda e estou fora dos limites. As sebes brilham, o verde começa a florescer agora, apenas o suficiente para recobrir os galhos secos e quebradiços do inverno. Nos meses de verão, estas ruas estarão ponteadas de branco pelas urtigas e cicutárias. Sempre foi o trabalho de Nathan Warren aparar os arbustos; bem, talvez tenha sido uma tarefa a que ele se propôs. Ninguém jamais soube se ele realmente *tinha* um emprego, não depois que a escola o dispensou. Duvido que vá cuidar das sebes este ano.

Tentando me distrair, navego pelo rádio e encontro a estação local. Enquanto faço isso, o nome familiar irrompe.

— *A policial que está investigando a morte da estudante Clare Edwards, de dezesseis anos, reforçou para o público, o pedido para que seja apresentado qualquer tipo de informação. Acredita-se que Clare Edwards, de Ashdon, perto de Saffron Walden, tenha sido morta no dia 4 de fevereiro, apenas cinco semanas após o Ano-Novo. Seu corpo foi encontrado em um campo da região.*

O locutor divulga o número de contato e em seguida a programação segue em frente; o som de uma canção pop preenche o Volvo, uma angústia adolescente sem sentido, ajustada a um sintetizador repetitivo. A imagem do rosto dos meus filhos paira diante de mim, e quero parar o carro, fazer o retorno e correr para a casa da Sandra, acolher seus corpinhos e enterrar o meu rosto no cheiro do cabelo deles. Mas não posso fazer isso. Tenho de ir ver meu marido. A última vez que me recusei a fazer o que ele disse, acabei com uma costela quebrada sobre lençóis de algodão egípcio.

Em vez de parar o carro, viro à direita da via, tento respirar fundo, forço meus pensamentos a se acalmarem. A loja de Karen, sim; estou nos fundos do ateliê, pintando, o azul do mar e o amarelo — não, não amarelo —, o crepúsculo rosado do céu. Minhas mãos se apertam no volante, mas me forço a imaginar que estou com um pincel entre os dedos, seu toque tranquilizador entre meus ossos estreitos. Ouço a voz de Diane na mente, pacificadora, amistosa. Eu a imagino aqui no carro, sentada ao meu lado no banco do passageiro, as mãos dobradas tranquilamente no colo. Minhas próprias mãos agitam no volante, escorregam levemente. Estendo o braço e desligo o rádio. O botão é escorregadio sob meu dedo.

O carro de Jack já está lá quando chego. Sem palavras, encosto atrás dele, desligo o motor, vou até seu vidro e espero enquanto ele destranca a porta.

Depois que entro, ele a tranca. No bolso, meus dedos seguram meu telefone, minha mão escorregando de suor. Só para prevenir.

— Precisamos conversar — diz. — Precisamos conversar sobre nós.

Minha garganta parece bloqueada para as palavras, congestionada por todas as coisas que quero dizer. O olhar de Jack é sombrio, duro. Mas tem de ser agora; agora é o meu momento.

— Harry encontrou sua agenda daquele dia, Jack — murmuro, minha voz abafada no silêncio hermético do carro. — A sua agenda do consultório com o nome da Clare.

Por um momento, algo similar a medo parece suplantar o semblante do meu marido, mas é suavizado quase tão rapidamente quanto apareceu.

— Você não acha que deveria mencionar isso para a polícia? — pergunto a ele, que não me encara; pelo vidro do carro, ele observa o sol que se põe lentamente, e não consigo ver seus olhos.

Se você não fizer, eu faço, é o que quero dizer, mas é evidente que me calo.

Quando ele se volta para mim, sua expressão é de frieza.

— Era para contracepção, Jane — diz. — Só rotina. Provavelmente ela estava transando com alguém.

As palavras dele são amargas. Uma pausa. No bolso, meus dedos mexem nervosamente no meu telefone. Meus olhos se desviam para a porta trancada.

— Está satisfeita agora? Não contei à polícia porque não... não queria que eles...

Termino a frase por ele.

— Você não queria que eles soubessem o que nós realmente somos.

Ele engole em seco. Quando o olho, há lágrimas brilhando em seu rosto.

Capítulo 21
CLARE

Segunda-feira, 4 de fevereiro, onze horas

O resto da manhã passa rápido; inglês é minha matéria favorita, mas estes dias só estamos fazendo exames simulados antes das provas finais. Escrevo rapidamente, a caneta chicoteando pelas folhas da prova, preenchendo uma após outra com a letra azul-clara.

Ao meu lado, ouço Lauren suspirando; inglês nunca foi o forte dela. Viro ligeiramente a posição da minha prova para que Lauren possa vê-la.

— Você me paga o almoço mais tarde — digo, e ela sorri, pisca para mim. Acho que somos amigas de novo, então.

Termino a prova cedo e me sento de volta na carteira atiro meu cabelo loiro e comprido nos ombros. Andy Miles sorri para mim do outro lado da sala, mas eu o ignoro. Os meninos desta classe são idiotas, crianças. Eles não são como eu e ele.

Todos os outros ainda estão fazendo a prova; sou a primeira a terminar. Harry Goodwin passa pela janela da sala de aula, me vê e sorri, e penso nele na rua hoje de manhã, com as mãos nos meus ombros. Lauren acha que estou louca por não sair com ele; falamos sobre isso ontem à noite. Para ser honesta, acho que Lauren está com um pouco de inveja por Harry não estar interessado nela, mas, se depender de mim, ela pode ficar com ele. De todo modo, eu praticamente já falei isso para ela. Talvez eu devesse simplesmente falar que não estou a fim, contar que a Lauren gosta dele. Mas não sei como ele reagiria.

Minha mãe me vem à mente, seus olhos suplicantes para Ian na hora do café, daquela sua maneira desesperada de sempre. Odeio a maneira como ele tenta me bajular, todo sorrisos num minuto e rabugento no outro. Não confio nele, e sei que um pouco disso é culpa da mamãe, o que explica por que estou sempre tão tensa em casa. Eu me alongo um pouco na cadeira, os braços sobre a cabeça, tentando aliviar a dor nos ombros. Meu colar se desloca e eu o seguro, mexendo com o coraçãozinho de ouro. É um presente lindo. Nunca o tiro. Mamãe me deu um abraço quando o abri, pressionando-me contra seu peito como ela fazia quando era pequena.

— Meu bebê, tão crescido! — disse ela, tocando meu rosto e sorrindo para mim. — Não acredito que você já tem dezesseis anos. O tempo passa tão rápido.

Naquele momento, eu realmente a amava.

Eu gostaria que pudéssemos ser só minha mãe e eu. Não sei por que ela não entende isso. Dessa forma, nós duas estaríamos seguras.

Capítulo 22
SARGENTO MADELINE SHAW

Segunda-feira, 11 de fevereiro

Owen Jones tem dezesseis anos, o rosto pálido e sardento e o cabelo ruivo. A acne juvenil mancha o pescoço e o pomo-de-adão nervosamente enquanto ele fala. Eles estão na sala de Andrea, sentados um de frente para o outro, com a figura ansiosa da diretora pairando ao fundo, olhando para a porta como se esperasse que a imprensa entrasse a qualquer minuto e publicasse o nome da escola em todos os tabloides.

— Sou a sargento Madeline Shaw — começa ela, estendendo-lhe a mão. A palma dele está suada, úmida, e Madeline tem de se forçar a não recolher a dela logo. Não é culpa de Owen ter dezesseis anos e estar sob uma explosão de hormônios. No entanto, é definitivamente culpa dele não ter se apresentado imediatamente depois da descoberta do corpo de Clare. — Desculpe afastá-lo de seus estudos, sr. Jones — continua ela, encarando o garoto. O pé direito dele está balançando levemente; ou é um hábito nervoso ou ele tem algo a esconder. De todo modo, parece longe de estar confortável. — Talvez você possa me ajudar a esclarecer uma coisa. — Relaxada na cadeira, ela está mantendo a voz calma, como se houvesse todo o tempo do mundo. Estou apurando os nomes das pessoas com quem a sua colega de escola Clare Edwards esteve em contato um pouco antes de morrer.

Andrea está quase saltando de ansiedade, provavelmente seu bom senso está prestes a evaporar e ela vai insistir que Owen tenha presente um dos pais ou outro adulto responsável. Owen não diz nada.

— Não encontramos o celular da Clare — diz Madeline. — Estamos trabalhando na suposição de que o assassino levou o telefone dela embora para evitar que encontremos provas. Mas, apesar disso, conseguimos acessar as chamadas recebidas e efetuadas no último mês, e você sabe qual número aparece com muito mais frequência do que os outros?

— Sargento Shaw — intervém Andrea —, eu realmente acho que deveria haver...

— O meu — afirma Owen, interrompendo-a, inclinando-se para a frente em sua cadeira, todo o rosto corado agora, vermelho brilhante em contraste com a palidez do pescoço. — O meu. — Sua voz é rouca, mais velha do que ele.

Madeline faz uma pausa, perguntando-se de repente se ele *queria* que isso acontecesse; ela estava esperando começar mais uma batalha.

— Isso mesmo — confirma —, o seu. Owen, no momento você não está com problemas, mas tenho de lhe perguntar qual era o seu relacionamento com a Clare e, mais importante, por que você não se apresentou antes se, como estamos supondo, seu relacionamento era de uma natureza significativamente mais próxima do que sabíamos.

Ele se ajeita na cadeira, coloca as duas mãos na cabeça e, por um minuto, Madeline acha que ele pode chorar. Seu pé direito ainda está balançando incessantemente; ele mal parece notar.

— Owen — enfatiza ela —, se você estiver escondendo alguma informação sobre Clare, agora seria a hora de falar. A última chance. Para o seu bem, e para o nosso. — Ela espera, engole. Ele cederá? — E para o de Clare.

— Você deveria olhar para Ian — diz ele de repente, as palavras saindo num desabafo como se as estivesse guardando a semana toda. Andrea e Madeline trocam olhares.

— Ian Edwards, padrasto de Clare? — repete Madeline, querendo deixar as coisas claras, quase esquecendo de que não estão sendo gravados.

— Sim — diz Owen, e então é como se alguém lhe tivesse arrancado uma mordaça, as palavras se precipitam numa sucessão. — Ian não era muito legal com a Clare — conta. — Ela estava com medo dele.

Madeline observa o rosto dele de perto.

— Qual é sua relação com Ian Edwards? — pergunta devagar.

— Não tenho relação nenhuma com esse homem — diz Owen, e seus punhos se fecham em bolas duras e apertadas. Mas sei como ele é. Ele foi nosso treinador de futebol.

Ela meneia a cabeça; eles têm isso registrado, Ian treinou a equipe do ensino médio no ano passado. Com precisão militar, de acordo com algumas pessoas.

— O que o faz dizer isso? — pergunta ela, franzindo o cenho. Ele não a encara.

— A Clare me contou, e eu sabia como ela estava se sentindo — diz Owen, e é aí que Madeline vê o primeiro sinal de raiva no rosto dele. — Eu sabia o que ela estava sentindo porque eu era o namorado da Clare.

Ela decide levar Owen até a delegacia esta tarde, após uma rápida ligação telefônica para o inspetor. Para ser honesta, reconhece que está brava consigo mesma, com o investigador, com os pais de Clare. Como nenhum deles poderia saber disso? Por que Owen não se apresentou antes?

Andrea está nervosa, correndo por todo lado tentando encontrar o telefone do pai de Owen. Ele é menor de idade; tudo tem de ser feito segundo a lei.

— Ele está sempre longe, no trabalho — revela a Madeline —, e a esposa morreu há uns dez anos. — sussurra. — Owen se vira sozinho a maior parte do tempo.

Madeline digita o número que Andrea informou, mas reza para não ser uma chamada internacional. Por sorte, o telefone chama. O pai dele, parecendo muito surpreso, diz que vai encontrá-los na delegacia de Chelmsford. *Talvez ele devesse ser um pouco mais presente*, pensa Madeline, dar *um pouco mais de atenção ao filho adolescente.*

Owen mal fala no carro, encolhido no banco de trás; suas pernas longas e desengonçadas parecem espremidas. Ele é alto para a idade, e, quando Madeline imagina o rosto sorridente de Clare, não consegue imaginá-los juntos. Pelo que ela observava, Clare era o tipo de garota magnética, que chamava a atenção, enquanto ele se parece com o tipo de menino que voa abaixo do radar. Pode-se até dizer um nerd. Ela reflete sobre a razão de ninguém ter mencionado um namorado, nem Rachel ou Ian. Há alguma coisa errada nisso.

Ele está nervoso na delegacia, apesar de ter sido avisado várias vezes que não está sendo preso. Pelo menos ainda não. Madeline continua olhando furtivamente para ele, para o tamanho de suas mãos. Ele parece um típico jogador de futebol, com certeza não é do tipo de jogador corpulento de rúgbi. Comparado a Clare, é um gigante. Por alguma razão, ela não simpatiza com ele.

O pai chega dois minutos depois, correndo para dentro com uma pasta numa mão e o celular na outra. Ele se parece com o filho: cabelo ruivo desarrumado, sardas que não conseguem disfarçar os sinais da meia-idade.

— Daniel Jones — diz, apertando a mão de Madeline. — Estou muito surpreso de precisar estar aqui.

— Sente-se — convida, oferecendo um copo d'água, que ele toma rapidamente, bebendo vários goles antes de se virar para Owen e colocar a mão em seu ombro.

— E aí, O? Que encrenca, hein?

Pais de classe média, ela pensa. *Que encrenca.*

— Eu gostaria de começar fazendo algumas perguntas ao Owen, sr. Jones — diz Madeline, estendendo a mão para ligar o gravador.

Owen não fala nada desde que o pai chegou, e, se alguma coisa mudou, foi sua pele, que parece ainda mais pálida do que antes.

— Owen — começa ela, tentando fazer contato visual por sobre a mesa, sem conseguir. Ele está olhando atentamente para o gravador, sem piscar. Quando tira os olhos do aparelho, ela percebe, com uma rápida sensação de horror, que estão cheios de lágrimas. Furiosamente, ele as enxuga.

— Desculpe — diz ele, asperamente. — Merda, desculpe. É que eu sinto falta dela, sabe? Ela era minha e agora se foi, e não posso... — Engole em seco, o pomo-de-adão se movendo para cima e para baixo. De repente, tê-lo na sala de depoimentos parece desnecessariamente duro. Parece haver algo de indecente na coisa toda. Mas há os registros telefônicos, as chamadas constantes. Eles vão colher as impressões digitais dele logo a seguir.

— Eu entendo, Owen — diz Madeline, tentando ser gentil. O pai de Owen parece constrangido, como se envergonhado pelo fato de o filho ter demonstrado emoção tão prontamente. — Muito bem. Antes de mais nada, para a gravação desta conversa, quero perguntar como você descreveria sua relação com Clare Edwards, a vítima deste caso. Você pode me falar um pouco a respeito?

Ele empalidece, visivelmente, ao ouvir a palavra "vítima".

— Nós saímos desde o verão — inicia ele, puxando a ponta da manga do uniforme, como se quisesse cobrir as mãos, esconder-se da maneira que puder. — Não contamos a ninguém. Acho que ela... ela não quis. Mas eu gostava dela de verdade, sabe? — Sua voz some novamente, e o pai tosse, o som alto na sala pequena. Madeline assente, encorajando-o a seguir em frente.

— Então vocês mantiveram o relacionamento em segredo?

Ele faz que sim com a cabeça.

— Nós fomos obrigados. Clare não... Bem, as coisas estavam difíceis na casa dela, ela não queria que o padrasto se envolvesse.

— Deve ter sido difícil esconder de todo mundo uma coisa dessas. — Ela o observa de perto. Uma das manchas em seu pescoço se transformou em uma espinha, cercada por uma erupção cutânea vermelha furiosa. Clare poderia ter escolhido qualquer garoto da escola secundária Ashdon. É possível que ela tivesse vergonha de Owen?

— Era difícil — confirma ele —, mas eu a amava. Eu queria fazê-la feliz. — Há uma pausa. O ar na sala parece sufocante e espesso.

— E como você descreveria a Clare, Owen? Particularmente nas semanas que antecedem o dia 4 de fevereiro até essa data. Ela parecia diferente para você? Você diria que algo a estava perturbando?

Ele se contorce, desconfortável, os olhos flamejando para a porta como se quisesse fugir.

— Quero dizer... não realmente, nós estávamos felizes, nós nos dávamos bem. — Olha para o pai, o rosto vermelho de novo. — Nós estávamos apaixonados.

— Clare estava indo ao seu encontro na noite em que ela morreu?

Ele olha para longe.

— Sim, mas não sei por que ela foi àquela região. Ela não costumava fazer aquele caminho.

— Você ficou preocupado quando ela não chegou?

Ele olha para o pai outra vez.

— Sim. Sim, é claro. Tentei ligar, mas ela não atendeu. Não sei, pensei que talvez tivesse mudado de ideia, não sabia. Não sabia a quem contar.

— Você pensou em relatar isso para nós?

Ele balança a cabeça.

— Pensei em ligar para ela de manhã, pensei que talvez estivesse brava comigo ou algo assim.

— Você deu motivos para ela ficar com raiva de você, Owen?

Owen escuta a pergunta com a expressão alarmada.

— Não! Não, foi só um palpite, eu não sei. Eu estava preocupado que ela estivesse com outra pessoa, sabe? Outro cara. — Ele parece desconfortável.

— Seria provável ela sair com outra pessoa?

Ele dá de ombros, olha para o lado. Madeline faz uma anotação, muda de abordagem. Ainda não consegue fazer uma avaliação sobre o garoto.

— Você mencionou Ian quando conversamos hoje. Ian Edwards, o padrasto de Clare?

Ele assente, e ela levanta as sobrancelhas, indicando o gravador.

— Sim — diz ele, sua voz um pouco mais clara do que antes. — Sim, isso mesmo. Ian. — Uma expressão rápida muda seu rosto, um olhar de desgosto intenso. — Clare nunca gostou dele — afirma, e tudo em seu corpo parece se enrijecer, como se ele estivesse até então apenas se aquecendo para o tema, ficando mais seguro do que está dizendo.

— O que o faz dizer isso? — Madeline faz a pergunta ao mesmo tempo que seu pai intervém em voz baixa — Cuidado, filho.

Owen dá de ombros.

— Ele só... ele era mau para ela. E ela era estranha com ele, bem, isso é o que eu pensava, pelo menos. Ela ficava inquieta sempre que ele estava por perto, como se estivesse nervosa. Ela não queria contar a ele sobre mim, e acho que era porque ele era, sabe, agressivo. — Ele faz uma pausa. — Era o que parecia, pelo menos.

— Clare alguma vez expressou essas preocupações para você, Owen? Ela já fez alguma coisa para indicar que o padrasto podia ser capaz de machucá-la? Até mesmo machucá-la seriamente?

O pai de Owen está começando a parecer nervoso. Talvez esteja percebendo que isso é mais do que "uma encrenca", afinal de contas.

— A Clare falava que ele tinha tomado conta da vida da mãe dela — afirma Owen —, que estava de saco cheio de ouvir falar dele, dos negócios dele, dele no Exército; tudo era sobre ele. Ela não gostava que a mãe estivesse dominada pelo Ian.

— Olha, eu realmente acho que talvez devesse haver um advogado presente com o meu filho... — O pai do garoto começa a dizer, mas Madeline faz um aceno com a mão.

— Sr. Jones, no momento o seu filho não está sob nenhuma suspeita — diz ela. — Estamos simplesmente fazendo perguntas devido ao seu relacionamento não revelado com a vítima e estamos tentando avançar num assunto que ele levantou hoje cedo a respeito de Ian Edwards.

— Ele era do Exército — continua Owen, uma pitada de raiva despontando em sua voz. — Claro, ele era muito agressivo. Ela não gostava dele, como eu falei. O cara dominava as duas, Clare e a mãe. Ela precisou mudar de sobrenome e tudo o mais. E ele estava sempre falando mal do pai dela; ele morreu, você sabe; eu o ouvi dizer coisas sobre o pai dela para qualquer um ouvir. Quando ele era o treinador de futebol.

— E por quanto tempo ele treinou o seu time? — pergunta Madeline, e Owen faz uma careta.

— Dois meses, no ano passado. Ele desistiu, ninguém sabe por quê. Ele também nunca gostou de mim. E, se tivesse descoberto que eu estava saindo com a Clare... bem, não sei o que ele poderia ter feito.

Capítulo 23
JANE

Segunda-feira, 11 de fevereiro

A blusa que estou usando é de manga comprida, mas as marcas que Jack deixou em meus braços estão pontilhando manchas de sangue através do tecido. As coisas não saíram exatamente como planejei. Pensei, depois das lágrimas, que ele me pediria desculpas. Pensei que resolveríamos nosso casamento. Mas, como sempre, nossa conversa se transformou em discussão.

Com quem ela estava transando para precisar de contraceptivos?, perguntei, mas ele deu de ombros, disse que não tinha ideia.

Algumas pessoas realmente têm uma vida sexual ativa, sabia?, disse ele, e senti cada palavra como uma picada minúscula, penetrante e afiada. Não nos tocávamos há meses.

Sigo seu carro de volta para casa, tremendo um pouco, tentando ignorar os sentimentos aflitivos de tristeza que ameaçam tomar conta de mim, como uma onda na mente contra a qual tenho de lutar o tempo todo. Preciso manter as duas mãos no volante, me manter concentrada, chegar em casa e cuidar das crianças. Perdi o controle dessa conversa. Como sempre acontece. Mas pelo menos sei por que o nome dela estava na agenda dele. Meu marido é muitas coisas, mas não assassino. Uma imagem de mim mesma deitada embaixo da escada volta à minha mente; a velha dor nas costelas se desloca um pouco. Sei do que ele é capaz. Conheço seus limites. Não conheço?

Harry me manda uma mensagem enquanto estou voltando. Três palavras: *onde você está?*

Quando chego em casa, Jack está parado na garagem, ainda dentro do carro, de cabeça baixa. As flores para Clare quase tomaram conta do gramado dos Edwards; o chafariz se destaca da massa colorida, criando uma visão bizarra. A casa deles paira sobre nós, alta e imponente, as paredes creme não poupam nada.

Jack não se mexe, mesmo quando meu carro desliza ao lado do dele. Eu o observo enquanto passo apressada, ansiosa para entrar e me arrumar antes que algo mais aconteça. Gostaria que ele se mexesse. Não quero que os Edwards o vejam.

Lá dentro, deixei a torneira pingando; a água se acumulou na pia. Abro a torneira totalmente e coloco os braços debaixo da água, as linhas finas de sangue desabrochando em pétalas enferrujadas na bacia de aço inoxidável. Não são profundas, nunca são. Nem doem mais. Doíam no começo.

Lembro com clareza do momento em que conheci Jack. Cabelo escuro, aqueles olhos azuis cintilantes. Quando o encarei, tive de desviar o olhar; tive a sensação de cair, e não queria cair. Nem naquela época, nem agora, nem nunca.

Eu estava segurando um copo de plástico com café, prendendo-o com força entre os dedos. Não queria ter ido naquele dia e, no final das contas, ele também não. Eu me forçara, ele tinha um amigo que o acompanhara. Foi minha amiga Lisa quem me recomendou Albion Road, mas quando ela sugeriu pela primeira vez, fiquei louca. Não deveria ter ido, na verdade. Ela só estava tentando fazer a coisa certa. Fomos grandes amigas por um tempo, Lisa e eu. Crescemos juntas; ela foi uma das poucas pessoas que me conheceram quando eu era jovem, sabia sobre meus pais e a dificuldade toda. Eu gostava dela, acho. Quando Harry era pequeno, ela ainda estava por perto, cuidando dele para mim às vezes, uma amiga quando eu precisava. Mas então aconteceu o acidente na escada, nós nos mudamos para Ashdon e eu tive Sophie e Finn. Lisa e eu seguimos caminhos diferentes. Além disso, ela não aprovava Jack, nossa relação. Ela é a única pessoa que eu pensei que poderia realmente ser capaz de nos enxergar atrás das aparências. E eu não queria nenhuma testemunha do meu passado por aí. Não depois do que aconteceu na casa antiga. Como Jack e eu ficamos próximos de romper.

Muitas vezes penso no que teria acontecido naquele dia se eu tivesse sido mais firme com Lisa, dito que não iria; se eu tivesse seguido seus conselhos e me preservado, concentrada na tarefa que tinha em mãos; se eu nunca tivesse ligado para Jack depois que ele, no fim de nossa terceira sessão, rabiscou seu telefone em um pedaço de copo plástico para me passar, se eu estaria onde estou agora. Presa às escolhas que já fiz. A uma vida que eu mesma construí e da qual não posso escapar.

Sandra Davies insistiu em trazer Finn e Sophie de volta. Harry já está em casa, jogado na frente da televisão, o cabelo escuro caído sobre o rosto.

— Posso te trazer um lanche? — pergunto, meu estômago trêmulo de nervosismo, mas ele balança a cabeça, os polegares e os olhos colados no seu iPhone. Estou aliviada que a polícia não tenha se aproximado dele novamente, mas não consigo parar de pensar no quão perto dele tudo isso estava. Não quero que eles falem com meu filho novamente. O hematoma no meu braço desbotou para amarelo agora, então já é alguma coisa.

Jack foi para nosso quarto sem dizer nada, a porta se fechando atrás dele. Levei um chá para ele, deixei-o na beira da cama em uma caneca de porcelana com o logo do consultório. Ele vai apreciar o gesto, em algum momento. Antigamente Jack me trazia flores depois, beijava minhas mãos, caía aos meus pés, me implorava. Agora ele não se incomoda. Eu me debrucei sobre ele enquanto dormia, ou fingia, levei meus lábios bem perto do seu ouvido.

— Muito obrigada por cuidar das crianças, Sandra — digo a ela agora, com um leve estremecimento dentro de mim quando Finn esbarra no meu corpo, sua cabecinha me machucando como um touro minúsculo e sem chifres. — Correu tudo bem?

— Tudo bem, sem problemas, dois anjinhos. — Sandra sorri para mim enquanto Sophie corre para dentro de casa, jogando sua pasta vermelha de leitura no chão. Sandra fica ali, na soleira da porta, os olhos se movendo de um lado para o outro, até que algo dentro de mim cede e digo o que sei que ela está esperando.

— Quer entrar um instante para tomar alguma coisa?

— Aah — diz, como se o pensamento só agora lhe tivesse ocorrido —, bem, segunda-feira à noite, se importa se eu aceitar? Mas só uma coisinha rápida! — Aqui, ela parece assumir um tom de reprovação, como se eu costumasse derramar vinho branco pela garganta dela sempre que possível. O que, suponho, faço de vez em quando. Jack não vai descer tão cedo; pelo menos enquanto Sandra estiver aqui, não vou beber sozinha.

Estendo o braço, abrindo mais a porta, e ela entra e tira o casaco. Eu o penduro na cavilha onde ele se aninha entre os outros: o casaco com capuz de Harry, o grande casaco azul de Jack, as parcas coloridas das crianças, os meus lenços de cashmere em tons pastel. Nossa vidinha perfeita. De repente, penso nos tênis de Clare na sapateira de Edwards naquela manhã, a chama de esperança que senti quando pensei que ela tivesse voltado para casa em segurança.

— Jack está em casa? — Sandra pergunta, espiando em volta, como se ele pudesse sair de dentro de um armário. Acompanho os olhos dela indo para o casaco dele.

— Ele está lá em cima — digo rapidamente. — Está com um pouco de enxaqueca, coitado.

— Aah — ela exclama, embora eu possa ver o rápido rastro de desapontamento na sua expressão. — Deve ser cansativo lidar com pacientes o dia todo também. Vamos tentar falar baixo. — Olha para dentro da casa. — É o Harry que está aí?

Eu gostaria que todos parassem de tratar meu marido como se ele fosse algum tipo de deus. Se ao menos eles soubessem.

Eu a levo para a cozinha para que veja, pelo arco de vigas, a sala onde Sophie e Finn se sentaram em frente à televisão com Harry, com os olhos fixos na tela. Uma onda de irritação se abate sobre mim; preciso colocá-los na cama, não quero que fiquem em frente a uma tela a noite toda sob o olhar de Sandra. Cuidar bem das crianças é tudo o que me importa agora, o mais importante.

Mas Sandra já está se instalando no balcão de mármore, tirando as botas Birkenstock para revelar as unhas dos pés pintadas de coral.

— Pelo amor de Deus. Não é nem verão! — Ela passa os dedos pelo piso como sempre faz, suspirando um pouco, e eu sei que tem inveja da minha casa, da minha vida. Bom. Ela gira levemente o pescoço para espiar a casa dos Edwards pela janela. Então *é* por isso que ela estava tão ansiosa para entrar.

— O que posso te oferecer? — pergunto, mesmo que quase já sinta o sabor do álcool na língua. Vou até a geladeira, pego a garrafa de vinho branco que está aberta desde ontem. Ainda restam três quartos. Eu me parabenizo em pensamento.

Ela suspira fundo, os cotovelos apoiados sobre o balcão. O novo vaso de lírios ao seu lado estremece levemente; um arranjo de flores pink libera minúsculos botões amarelos. Costumo comprar flores uma vez por semana no mercado de Saffron Walden, logo após fazer as unhas ou ir às lojas. Faz parte da minha rotina. As pequenas coisas em que me agarro. Acho que é uma questão de controle. As que compro para mim mesma são mais bonitas do que quaisquer flores que Jack me traga; mais bonitas, mais caras. Tenho bom gosto.

— Vamos tomar uma taça — diz Sandra. — Você já ouviu o que aconteceu na escola?

Balanço a cabeça e me afasto, me ocupo com as taças e o vinho para que ela não possa ver meu rosto. Vesti um moletom mais grosso para cobrir os braços, mas o tecido ainda gruda neles enquanto abro o vinho. Tampa de rosca: a sofisticação da Walker.

— Aparentemente Madeline Shaw tem ido lá para apertar todos eles novamente, enquanto Nathan fica solto pela rua carregando aquele cone para cima e para baixo como se nada tivesse acontecido. — Mais suspiros. — Estou tão preocupada com a Natasha. — Ela olha de relance para as crianças. — Eu me pergunto o quanto elas absorvem.

Em vez de responder, sirvo uma taça de vinho para ela, cheia até a linha branca, sem gelo, mas isso não importa. Abaixando minha própria taça, olho para a sala dividida ao lado da cozinha, observando a cabeça das crianças, resolutamente concentradas na tela. Harry, normalmente bastante interativo com os irmãos mais novos, se mudou do sofá para a poltrona junto à janela, ainda olhando fixamente para o telefone. Finn está balançando os pés na ponta do sofá; Sophie está mexendo despreocupadamente nos fios de cabelo, sem dúvida tentando fazer uma trança. O cabelo dela é muito encaracolado, na verdade, mas ela persiste mesmo assim. Meus dedos se contraem; quero ir lá e ajudá-la, mas Sandra está olhando para mim com expectativa.

— Ei, Soph? — eu a chamo e ela balança a cabeça, acena alegremente para mim. — Daqui a pouco é hora de dormir — dou o aviso me perguntando se Jack já está dormindo lá em cima.

— Aah, o que eles estão vendo? Minha Natasha está sempre com o nariz enterrado em algum livro — diz Sandra, e meus dedos se enrolam. Ignorando a pergunta e a xeretice implícita, eu me sento em frente a ela, engulo um grande gole de vinho. Precisa mesmo de gelo.

— Não tenho certeza se a polícia está trabalhando direito, Janey — comenta. Não gosto que ela diga meu apelido assim; é como Jack costumava me chamar antes de tudo dar errado. Mais um gole de vinho; eu o sinto abrandando meus limites, suavizando a voz de Sandra. Sei que ela cuidou das crianças, sei que eu deveria ser grata. Mas a cidade parece que está se fechando sobre mim: as mulheres, a fofoca, a exaustão de tentar me esconder sob a fachada do meu casamento. Eu só quero sair. Mas é claro que não posso sair, posso? Olho para meu vinho, me imagino bebendo cada vez mais até que tudo mais pare.

— Jane?

— Desculpe — respondo, balançando um pouco a cabeça, tentando me concentrar. — Não, eu concordo. Você acha que vai se arrastar, ser uma daquelas coisas que nunca se resolvem? Como um caso arquivado, quero dizer... Harry ouviu um podcast sobre isso. A mídia pega os casos que a polícia decide arquivar.

Ela parece chocada.

— Arquivar? Eles não podem desistir, não tão cedo, não enquanto houver um assassino por aí, vagando pelas ruas. Não vou tolerar isso, a cidade não vai! — Posso estar imaginando, mas ela chega a se endireitar na cadeira. — Ashdon é uma cidade linda, Jane, nós não deveríamos ter de viver assim! E se ele ainda estiver lá fora, esse homem, este... este assassino? — Ela baixa a voz, inclina a cabeça para mim. Fico olhando para dentro da sua íris, marrom salpicada de preto.

— E as nossas *meninas*, Jane? Elas podem estar em perigo! Todos nós podemos! — Um olhar para a janela. — Ele atacou a vizinha; e se você for a próxima?

Olho para as crianças, mas elas parecem alheias. Mesmo assim, não quero que Sophie tenha pesadelos de novo, então relutantemente levo meu banco para mais perto do de Sandra.

— Eu realmente acho — digo, esperando acalmá-la para que ela não desperte Jack — que deve ter sido um incidente isolado, afinal a pessoa só agiu uma vez. — Mais um gole de vinho, um olhar sobre a garrafa. — Poderia até ter sido um acidente — continuo, o pensamento me ocorrendo de repente, mas Sandra zomba de mim, balança a cabeça.

— Não foi um acidente, Janey. A polícia disse que não foi, você sabe disso. Não havia nada em que ela pudesse ter tropeçado, e além disso o telefone dela desapareceu. Definitivamente foi proposital. Pobre garota. — Ela estremece.

— Então por que a Clare? — insisto, tentando manter a voz baixa por causa das crianças mesmo que eu possa senti-la subir um pouco, tornando-se o que Jack chamaria de "estridente". — Por que ele *não* escolheu outra pessoa como alvo?

Ela faz uma pausa.

— Talvez esteja dando um tempo — replica ela, rolando a mão esquerda pela base de sua taça, limpando a condensação que se formou sobre o vidro.

O vinho está subindo à minha cabeça; ainda não comi nada. É de se imaginar que depois de todos esses anos, eu estaria acostumada, mas às vezes ele ainda me atinge.

— Você tem visto Rachel ultimamente? — pergunta Sandra, e fecho os olhos por um segundo, vendo a mulher sob minhas pálpebras escuras: abatida, derrotada, sozinha.

— Não — respondo —, na verdade não. Eu fico pensando que nós... — Faço uma pausa.

— Deveríamos fazer uma visita? — Sandra termina minha frase eu assinto.

— Arram — digo sem compromisso e ela concorda.

— Também pensei isso. Com comida ou algo assim? Mas na verdade, Janey... — ela se inclina para frente. Dessa vez consigo sentir o vinho em seu hálito. — não gosto de ir lá por causa de Ian.

— Você não gosta dele? — pergunto, tomando outro gole, e Sandra meneia a cabeça.

— Não gosto da maneira como ele chegou a esta cidade, tomou conta daquela família — diz ela. — Eu gostava do Mark, ele era um cara legal. — As palavras dela estão um pouco moles agora, já meio embriagada.

— Eu não o conhecia bem — comento, lembrando de seu rosto; cabelo loiro, fino. Mais baixo do que Ian.

Sandra balança a cabeça, aperta os lábios.

— Era dele que vinha todo o dinheiro — diz ela, gesticulando para janela que dá para a casa dos Edwards. — Ele deixou uma bela fortuna para Clare.

— Verdade? — pergunto, surpresa, e ela confirma com a cabeça, levanta as sobrancelhas.

— Sim, quando ele morreu. Ela iria receber a herança quando completasse 21 anos, segundo a Rachel explicou. — Sandra toma mais um gole de vinho e soluça. — Mas quem você acha que ficou com todo esse dinheiro agora? — Fico olhando para ela. — *Ian* — anuncia, inclinando-se ainda mais para perto de mim. — E corre o boato de que os negócios dele não vão tão bem. Uma injeção de dinheiro agora poderia ser bastante conveniente, não acha? E, se Clare não estiver mais viva para herdá-lo... — Ela levanta as sobrancelhas, sorri para mim. Ela adora ser a portadora de más notícias, sei que sim.

— Sandra — digo —, isso é mesmo verdade?

— É o que todo mundo diz — afirma ela. — Vamos abrir outra garrafa?

Capítulo 24
CLARE

Segunda-feira, 4 de fevereiro, meio-dia

A fila para o almoço está serpenteando pelo corredor. Estou nela com Lauren, meu estômago roncando de fome, quando Harry Goodwin passa com um pacote de batata frita. O pessoal do último ano pega a comida e leva para trás do ginásio de esportes para poder fumar. Dá para sentir o cheiro nas roupas deles, mas ninguém nunca faz nada. Ele dá uma piscada quando me vê, depois para na nossa frente. Meu estômago se aperta, mas Lauren está em alerta máximo; posso sentir seu corpo tenso ao lado do meu, a maneira como ela arqueia as costas, empinando os seios.

— Tudo bem, Clarey?

Meus olhos se movimentam, verificando se alguém está olhando.

— Oi, Harry. — Lauren sorri para ele da maneira que eu sei que ela acha que é sexy. Já a vi praticando, quando ela pensa que não estou olhando.

— Estamos só pegando comida, Harry — digo tão educadamente quanto posso, então para meu alívio a fila anda um pouco e podemos nos afastar. Sinto os olhos dele nas minhas costas enquanto me viro e, embora saiba que é só uma brincadeira, apenas um jogo para ele, sinto um pequeno calafrio quando me viro para trás e vejo seus olhos azuis ainda fixos em mim.

— Você tem sorte — comenta Lauren.— Ele é demais, Clare. — Ela me dá um cutucão nas costelas. — Não sei o que ele vê em você. — Ela sorri para mostrar que só está brincando.

Dou de ombros. Não conto a ela o quanto fiquei assustada quando ele me segurou pelos ombros hoje de manhã, ou sobre o olhar de sua irmãzinha Sophie e o que isso me fez sentir. Há muitas coisas que não conto para as pessoas; agora é mais fácil.

— O pai dele também não é nada mau — Lauren suspira, e eu rio, feliz por quebrar a estranha tensão entre nós.

— Lauren, ele tem cem anos de idade. — Imito alguém que está vomitando.

— E ainda por cima é médico! Tem grana. — Ela sorri para mim. — Aposto que está morrendo de vontade de fugir daquela esposa histérica. Como é que a sua mãe a chama? A pequena miss perfeita.

Capítulo 25
SARGENTO MADELINE SHAW

Terça-feira, 12 de fevereiro

Ian Edwards tem 55 anos, é ligeiramente careca — embora nunca o admita — e pega o trem das 6h41 para Liverpool Street, em Londres, de segunda a sexta-feira. Gosta de cortar a grama, gosta de tomar um trago no Rose and Crown, tem sempre uma coisa boa a dizer sobre as Forças Armadas e uma coisa ruim sobre o marido falecido da esposa.

Na noite em que os pais de Clare receberam a notícia do assassinato, Ian teve uma atitude muito protetora com Rachel, constantemente com um braço ao redor dela, ou segurando sua mão, as alianças se chocando. Ele falou na maior parte da conversa. Havia muitas fotos dele na casa dos Edwards, o que era um pouco estranho; quase mais do que havia de Clare e certamente mais do que havia do falecido, Mark. Fora isso, porém, qualquer um que olhasse diria que ele estava devastado, os dois estavam, ele queria encontrar o assassino e estrangulá-lo com as próprias mãos. Deu imediatamente à polícia uma amostra de DNA e a fotografia de Clare que agora domina as primeiras páginas. Complacente, prestativo, querendo fazer todo o possível para ajudar. A reação padrão do pai.

Só que ele não é o pai dela.

Ele é relativamente novo em Ashdon, morava em Londres, agora tem sua própria empresa lá. Os recém-chegados sempre atraem as pessoas para conversar, e Mark era benquisto, pelo que se sabe. Madeline cometeu o erro de mencioná-lo a Ruby Walker e ela procedeu ao detalhamento do funeral dele (em St. Mary, a igreja local, lotada de carpideiras), enquanto se aquecia para o seu tema principal: as etapas do câncer que o acometeu. Madeline nunca conheceu ninguém tão entusiasmado com uma doença como aquela mulher.

O que Owen revelou sobre Ian Edwards não foi exatamente chocante, mas surpreendente sem dúvida. Madeline teve de deixá-lo ir embora com o pai; Daniel Jones insistiu em ter um advogado presente se a polícia fosse interrogar seu filho outra vez. Madeline observou o jeito de Owen se inclinar para entrar no carro do pai, tentando imaginar as pernas de Clare ao redor dele, seus corpos entrelaçados. Owen zangado com ela, cansado de ser um segredo. Suas mãos grandes jogando-a no chão. Sem mãe, pai ausente. Muito tempo sozinho. Clare poderia até estar prestes a terminar com ele, e ele ficou desesperado. Pode ser verdade. Pode não ser.

Um jornal abandonado chama a atenção de Madeline no caminho para a delegacia na manhã de terça-feira. *Polícia de Chelmsford perdida na investigação do caso da garota popular.* Eles vão precisar dar uma coletiva de imprensa em breve, se as coisas continuarem assim. Se ao menos pudessem encontrar o celular de Clare. Encontrá-lo poderia trazer evidências, algo mais pessoal entre o agressor e a vítima. Mas Clare não tinha inimigos conhecidos. Ela só tinha dezesseis anos. E o colar. Madeline viu fotos de Clare usando a peça, uma tirada no seu aniversário, no dia em que ela o ganhou, e uma da semana seguinte mais ou menos; uma foto espontânea tirada pela mãe. Nela, Clare está sentada à mesa da cozinha, com a cabeça abaixada sobre o caderno, uma caneta-tinteiro de aparência engraçada na mão. Você pode ver o brilho do colar contra a gola de sua camiseta azul listrada. Ela não está olhando para a câmera, mas sua expressão é de contrariedade, como se não quisesse que a foto fosse tirada de jeito nenhum. Como se alguém em casa pudesse tê-la aborrecido. Faltavam quatro dias para ela morrer.

Na delegacia, o inspetor está ao telefone. Ben Moore está sentado na cadeira da Madeline, verificando os registros do sistema de reconhecimento de placas da estrada para Londres. Lorna, trabalhando em seu computador, acena.

Rapidamente, Madeline a informa sobre o depoimento de Owen. Ela faz uma careta.

— Podemos fazer uma busca na casa dele para tentar localizar o celular ou o colar?

— Podemos tentar, mas o pai ficou muito tenso no final. Acho que não vão falar conosco novamente sem um advogado. Vou conversar com Ian Edwards hoje de manhã, e se isso não nos levar mais longe, podemos emitir um mandado para os Jones. Você poderia começar a providenciar?

Ela assente.

— Deixa comigo. Os resultados do exame de DNA devem chegar hoje; espero que consigamos algo do corpo, ou da roupa dela. Ah, e Alex ligou.

Disse que testaram as fibras de algodão no local, são compatíveis com o cachecol que a Clare usava. Ele acha que ela pode ter derrubado na luta, caiu em algum momento.

— Shaw? — O inspetor aparece. Madeline o segue até a sala dele, sentindo-se subitamente inexperiente, como se fosse vinte anos mais jovem e este fosse seu primeiro caso. A decepção é inevitável; as fibras poderiam ter sido outra coisa, uma pista. Mas eles não estão mais adiantados no caso do que quando começaram.

— Como você sabe, Shaw — o inspetor Sturgeon começa quando ela mal se sentou —, os jornais estão menos do que simpáticos conosco, e nós não estamos em posição de colocar mais recursos no caso do campo de flores.

A palavra "flores" soa estranho na boca de Rob, em desacordo com sua voz rouca. Ela preferiria que ele não a usasse, pois, de alguma forma, banaliza o caso de Clare.

— Entendo, senhor, mas novas informações vieram à tona; tenho a transcrição do depoimento prestado ontem por Owen Jones, e ele fêz algumas acusações contra Ian Edwards.

— O padrasto? — Nisso o inspetor parece se interessar um pouco.

— Sim. — Ela coloca ambas as mãos sobre a mesa em uma tentativa de autoridade. — Acho que precisamos falar com Ian novamente, precisamos de provas que possam ser mais do que a palavra de um namorado injustiçado, e que apoiem a teoria dele. Pense nisso. Owen conhecia Clare melhor do que a maioria. Eles estavam juntos desde o verão passado, e você sabe como pode ser o amor entre jovens: intenso, dramático. Ela fez confidências para ele, se abriu com o garoto. Se ele acha que há algo que precisamos saber sobre Ian Edwards, quero permissão para ouvi-lo mais uma vez.

— Chefe...?

Uma batida na porta da sala e o rosto de Lorna aparece na fresta. Seu rosto está esticado, o sorriso despontando.

— Puxei uma ligação para você, Madeline. Os resultados do laboratório... finalmente o DNA no corpo. Pensei que vocês gostariam de ver.

Capítulo 26
JANE

Terça-feira, 12 de fevereiro

Terça-feira, final da tarde — hoje à noite vai acontecer a reunião de pais. Estou com medo. Visto, cuidadosamente, uma blusa azul-marinho coberta de pequenas andorinhas brancas; uma calça escura e larga. Cabelo preso. Tão diferente de como eu costumava ser antes de me casar com Jack. Tão mais rica também.

Não dormi bem. Pensei muito no que Sandra disse sobre Ian. Jack já estava dormindo quando subi, minha mente embaçada pelo vinho que eu havia bebido. No fim, bebemos uma garrafa e meia. Sem gelo. Harry entrou na cozinha quando já tínhamos esvaziado uma garrafa, mas tenho dele apenas uma memória vaga.

— Você cresceu, hein, Harry? — disse Sandra, com sua voz alta e ríspida, e ele se afastou, um momento embaraçoso.

— Onde está meu pai? — perguntou, os olhos perfurando os meus.

— Está dormindo, com enxaqueca — respondi, tentando não parecer chorosa. Ele assentiu, olhou para mim com aquele ar preocupado, aquele de quando me mostrou a agenda do consultório.

— Durma bem, querido — falei quando ele se retirou e me voltei para Sandra e o vinho. Já era uma da manhã quando ela saiu; deslizei para debaixo dos lençóis ao lado de Jack o mais silenciosamente que pude, encolhendo-me enquanto meus braços sentiam os lençóis de algodão. Ele estava inconsciente, profundamente adormecido.

Tivemos uma briga terrível antes de ele sair para o trabalho esta manhã; Finn começou a chorar bem no meio e eu corri até ele, meu coração acelerado.

— Está tudo bem — disse —, vai ficar tudo bem. — Mas não vai, não é? Não, a menos que eu faça algo.

Não suporto a ideia de as crianças descobrirem o que Jack é. Passei tanto tempo tentando encobri-lo, distrair as crianças, poupá-las, dar a elas a melhor vida. Compro roupas bonitas e de alta qualidade nas lojas da Saffron Walden. Sou rigorosa com as tarefas escolares. Estou determinada a criar meus filhos da maneira que eu gostaria de ter sido criada — atenciosa, carinhosa, privilegiada. Mas às vezes Jack e seu temperamento dificultam isso.

Passo base no rosto, para cobrir as manchas vermelhas. Esta noite sonhei com Clare, com as cortinas da casa da vizinha, o lindo rosto de Rachel Edwards se desfazendo em pedacinhos, como frutas rachando sob uma faca.

— Mamãe, por que o papai ficou bravo esta manhã? — perguntou Sophie enquanto amarro os cadarços de Finn, e eu paro, minhas mãos ainda congeladas.

— Está tudo bem com o papai, querida — digo, mas ela não me responde, abaixa a cabecinha e olha para o chão.

Depois de deixá-los na escola, pego o frango no freezer, coloco no balcão para descongelar. Tenho de continuar com a rotina. A rotina é a única coisa que me mantém sã no momento. Faço um guisado às segundas-feiras, torta de carne às quartas, peixe cozido no vapor às sextas. As crianças pediram batata frita no fim de semana e, contra a minha vontade, cedi, correndo até a loja da Walker e pegando um pacote da pequena seção de congelados e outra garrafa de vinho branco no caminho para o caixa. Percebi a desaprovação de Ruby, mas eu estava usando uma camisa bonita e muito rímel, então a olhei nos olhos, prontamente encarei o desafio. Ela sabe que nós somos importantes nesta cidade. Não vai me perturbar.

Sei que estou bebendo demais, todos os sinais estão aí, como costumavam estar. Mas não há mais ninguém para tomar conta de mim. Quero perguntar a Jack sobre sua conversa noturna com Ian Edwards no jardim, sobre o que eles estavam falando. Em vez disso, vou dar uma volta pela casa, checando o pedaço de vidro embrulhado na cozinha junto aos fósforos, a faca na estante. Olho para o lado dele na cama; a pilha de papéis arrumada na mesa de cabeceira, o copo de água pela metade. Seus óculos de leitura, bem dobrados. Quando ninguém está olhando, tomo vinho direto da garrafa, minha cabeça inclinada diante da geladeira aberta, escondida da vista. Digo a mim mesma que está tudo bem. As mulheres da cidade, bem, nenhuma delas pensa duas vezes em ter um pouco de conforto em forma de bebida, em abrandar as dificuldades da vida de uma mulher casada. Se ao menos fosse isso. A voz de Diane ecoa na minha cabeça. *A dependência do álcool é muitas vezes a porta de entrada para vícios muito mais preocupantes...* Agora não, Diane. Eu a afasto para longe dos meus pensamentos, me forço a estar presente no agora — na cozinha.

Meus olhos ardem enquanto olho dentro dos armários, pensando nos ingredientes que posso colocar no frango. Estendo a mão e ela volta pegajosa e vermelha. Por um momento, entro em pânico, mas é só geleia derramada na prateleira, a tampa se soltou do recipiente onde deixei os almoços embalados das crianças às sete da manhã. Jack acha que eu mesma faço a geleia, mas é claro que nunca faço; apenas troco a etiqueta original por uma de "feita em casa" que trago da loja onde trabalho. Já estou tão cansada; Sophie começou a ter pesadelos regularmente agora. Sinto a exaustão tomar conta de mim todas as manhãs, depois de passar cerca de uma hora com Sophie na noite anterior, a pequena lâmpada do coelhinho lançando seu brilho no quarto, saltando das cortinas de balãozinho, minha mão em sua testa, acariciando e acalmando para dissipar os pesadelos. Na sexta-feira, eu trouxe para ela um dos filtros de sonhos que Karen faz na loja, fios retorcidos formando uma rede redonda, interligados com minúsculas penas marrons e contas alaranjadas. Nós o penduramos juntas acima da janela do quarto, e eu sussurrei no ouvido dela que isso tiraria todos os medos. Muitas vezes, quando entro no quarto, ela fica encolhida segurando os lençóis, suando e cobrindo os bracinhos e perninhas, choramingando de um jeito que aperta meu coração. Às vezes penso na pobre Clare. Será que ela chorou, será que chamou pela mãe quando deu o último suspiro? Jack nunca quer discutir esse tipo de coisa.

Ocasionalmente, ele vai ver Sophie quando ela tem um pesadelo, e eu fico escutando atentamente, o coração acelerado enquanto fala baixinho com ela, sua voz profunda também chegando a mim. Enquanto Finn dorme pesado, o semblante relaxado. Ele é muito novo para entender os interiores e exteriores desta cidade, a maneira como a morte de Clare mudou a todos; mudou a escola, mudou a casa dos vizinhos, mudou os pais, mudou a nós. Nosso casamento. Até que ponto meus filhos estão cientes disso?

Mais tarde naquele dia. As borboletas que se agitavam no meu estômago desde a manhã aumentaram em número, e, enquanto eu caminhava para a escola para o encontro, senti-as farfalhar na garganta e tive de me forçar a respirar fundo; inspirar por três, expirar por cinco, como Diane costumava nos ensinar em Londres. Já faz um tempo que não as enfrento todas juntas assim; de alguma forma, as mulheres juntas são mais perigosas que uma matilha. Não fui à última reunião; Jack e eu tivemos uma briga particularmente feia, e eu não tive condições. Passei a maior parte da noite com uma bolsa de gelo sobre um hematoma. Fui advertida, é claro, e com isso quero dizer que recebi mensagens das outras mães — o texto passivo-agressivo de Sandra: *Que pena que você não veio hoje! Muita coisa resolvida, nada para você se preocupar!* O telefonema fingido de Tricia: *Ouvimos dizer que você não estava se sentindo bem, como estão as coisas?* Muitas vezes me pergunto o quanto qualquer uma de nós está realmente preocupada uma com a outra, de verdade — com quem se poderia contar em um verdadeiro momento de necessidade? Quem me ajudaria se eu batesse a sua porta e contasse a verdade sobre Jack?

Penso exatamente nisso enquanto olho as pessoas ao redor esta noite. Estamos na sala grande da escola secundária, todas nós nos sentamos em cadeiras de plástico muito pequenas em que não conseguimos apoiar bem nossas costas de meia-idade. Andrea Marsons está falando na frente de todos, vestida com sua calça e cardigã de sempre. É difícil imaginá-la sem o cardigã; tenho uma visão perturbadora tentando imaginá-la no verão — devo tê-la visto milhares de vezes nos últimos dois anos —, mas uma imagem dela de mangas curtas não me vem à lembrança.

Está muito frio aqui dentro; a janela está aberta, desnecessariamente, mas sem dúvida alguém vai reclamar se for fechada (um prazer que ainda não me atingiu), e puxo o cachecol um pouco mais ao redor do pescoço. Sinto como se estivesse em exposição, sob um holofote, como se todos os olhos da sala pudessem ver diretamente através de mim, no conflito que somos Jack e eu, eu e Jack. Sandra sorri para mim do outro lado da mesa, seu batom rosa brilhante levemente borrado nos cantos da boca; Tricia bate a caneta em seu caderno novinho em folha à minha direita, como uma criança no primeiro dia de aula. Moleskine preto. Só o melhor para a associação de pais e mestres. Não consigo evitar que meus olhos continuem espiando cada uma das mulheres. Andrea está embaralhando papéis, parecendo mais assediada do que costuma ser, e aproveito a oportunidade para continuar minha inspeção na sala. Donna, Helen, Kelly, que sempre parece um pouco áspera. A maioria dessas mulheres esteve na minha casa, tomou meu vinho, segurou as mãos dos meus filhos e eu as dos delas.

Andrea está pigarreando. Passo a observá-la, passo a mão pelo ombro, embaixo da echarpe, mas meus dedos tocam um arranhão, o que me faz desviar a mão imediatamente e colocar alguns fios de cabelo atrás da orelha.

— Obrigada a todos por terem vindo — diz, franzindo um pouco a testa enquanto olha para algo no papel à sua frente.

Não tenho nada à minha frente além de uma caneca cheia de chá, e sei que, quando a esvaziar, haverá suaves flocos brancos de calcário, cortesia da chaleira da escola. Não é um pensamento muito reconfortante. O sabor me faz lembrar minha mãe, as xícaras de chá fraco porque reutilizávamos os saquinhos; ficávamos amontoados perto do forno para nos mantermos quentes. A antiga contrição aflora em meu rosto, mas ninguém consegue ver, ninguém consegue perceber. Sei disso agora, mas às vezes meu corpo esquece. Já não sou quem era. Sou Jane Goodwin, a esposa do médico. E é assim que tem de ficar, não importa o que ele faça.

Vejo Tricia escrevendo a data no canto superior direito de uma página nova em seu bloco de anotações, sublinhando-a laboriosamente com tinta preta. Imagino sua mente — ordenada, sublinhada, tudo em seu lugar. Não como a minha. Não como a de Jack.

— Há algumas coisas na agenda para discutirmos hoje — diz a diretora, pigarreando novamente. Ela parece cansada; tem olheiras que podem até rivalizar com a minhas, e, se eu olhar bem de perto, quase parece que um osso da face pode estar se contraindo. Sinto um pouco de pena. As bolsas debaixo dos meus olhos estão cobertas de base Chanel, um produto que de alguma forma deduzo que não existe na necessaire dela. Como eu disse, sou a esposa do médico. Tenho de parecer inteligente.

— Primeiro, e vamos começar com o óbvio, a investigação em curso sobre o caso Clare Edwards. Como algumas de vocês já sabem, chamei a polícia — (flagro Sandra cutucando Helen e virando os olhos; todos nós sabemos que "presença da polícia" significa apenas Madeline Shaw) — na semana passada e os alunos responderam bem à apresentação da sargento Shaw. Ela lembrou as crianças sobre segurança, a importância da comunicação e também de se absterem de fofocas e da divulgação de informações falsas.

Algo no tom de Andrea parece um aviso, como se de repente nós também fôssemos os alunos, como se suas palavras fossem dirigidas tanto para nós quanto para as crianças. Não a culpo; algumas das mulheres nesta sala poderiam passar informações para o *Daily Mail* por algum dinheiro. Elas provavelmente já o fizeram, em algum momento.

— Foi uma manhã bem produtiva — continua Andrea. — No entanto, é claro que continuamos desapontados pelo fato de a investigação ainda não ter sido concluída. Acho que falo por todos nesta sala quando digo que não tenho absolutamente nenhum desejo de que este caso seja arquivado; no entanto, a associação de pais e mestres tem o dever de decidir quando iniciar o processo para sanear o problema de maneira formal. — Ela faz uma pausa, olha brevemente para o papel em sua mão. Felizmente Rachel Edwards não é membro da associação. Além disso, Andrea parece mais bonita quando se dedica a isso.

— Tendo falado com vários outros professores, gostaríamos de apresentar esta noite a ideia de um jardim memorial para Clare, que seria cultivado à esquerda da escola, bem em frente ao campo esportivo. Se todas estiverem de acordo, falaremos com a família Edwards para, é claro, obter seu consentimento. Meu desejo é que eles se envolvam no processo, tanto quanto queiram.

Observo Tricia rabiscando desnecessariamente em seu bloco, registrando um ponto de interrogação desafiador após "jardim memorial".

— O jardim será chamado "Jardim da Clare" e será um espaço para lembrá-la, honrar sua memória e, esperamos, também se tornará uma área muito importante da escola, pois os alunos do ensino fundamental serão encorajados a usar uma parte para aprender a plantar legumes, fazer uma horta e atividades afins.

Percebo Sandra levantando as sobrancelhas; ela estava se queixando outro dia de que Natasha nunca aprende nada na escola primária. Em particular, acho que isso tem mais a ver com Natasha do que com a escola; Sophie não parece ter nenhum problema. Não disse isso, é claro, mas ela trouxe para casa um pouco de agrião na semana passada, então obviamente está aprendendo alguma coisa, mesmo que seja apenas ciência básica. Coloquei o agrião no parapeito; na verdade, acho que esqueci de regá-lo.

— Então — Andrea está olhando ao redor da sala com expectativa —, alguém tem algum comentário a fazer?

É óbvio que ela só está querendo uma breve confirmação, e estou prestes a fazer isso quando Kelly se adianta. Ela está usando muito delineador para uma reunião de pais e mestres; o traço escuro contorna seus olhos como os de um gato.

— Não quero ser a voz da discordância aqui — diz, alto demais, penso eu —, mas temos certeza de que é uma boa ideia? Quero dizer... — Ela olha ao redor da sala como se procurasse apoio, mas, para ser honesta, Kelly não é particularmente popular, então ninguém diz nada ainda — Quero dizer, estamos falando de um *assassinato*. Não é como se aquela pobre garota tivesse morrido em um acidente de carro ou algo assim. Há alguém lá fora que poderia atacar novamente, que poderia adorar a atenção que um jardim atrairia. Assisti a um programa de TV sobre um homem assim. Na BBC.

Ela diz "BBC" como se isso legitimasse sua ressalva, e havia notáveis restrições em "aquela pobre garota".

Ao meu lado, Tricia abre a boca.

— O que você está sugerindo, Kelly? Que *esqueçamos* a Clare? Pessoalmente acho que um memorial é uma bela ideia. Embora — ela olha para suas anotações — não tenha certeza se um jardim é o melhor caminho; que tal algo um pouco mais permanente? Uma estátua, ou algo assim? Um marco? Algo com um pouco mais de classe?

— Não consigo pensar em nada mais mórbido do que uma *estátua* — diz Sandra, na linha do que eu estava pensando; a ideia de passar todos os dias por uma Clare imortalizada pode ser demais para suportar. Traços concretos se acendem em minha mente, e eu me sinto repentinamente doente, tomo um gole do meu chá de calcário, mesmo contra a vontade.

— Estátuas não são *mórbidas*, Sandra — diz Tricia, e posso discernir uma pequena ponta de irritação se pronunciando na voz dela, uma ponta que já ouvi antes quando ela tomou dois Sauvignons lá em casa. —Estátuas devem ser *reverenciadas*, respeitadas e, mais importante, duram uma vida inteira.

Dado o assunto, uma "vida inteira" foi uma infeliz escolha de palavras e acho que *reverenciada* é ir longe demais. Posso dizer que Andrea concorda comigo porque está com os lábios bem abertos, do jeito que sempre faz quando não está convencida.

— Mais alguma consideração? — pergunta, esperançosa.

— Gosto da ideia de um jardim, de alguma forma parece certo, parece o que Clare teria desejado — eu me ouço falando, e a professora me mostra um sorriso, assim como Donna, do outro lado da sala. Posso sentir Tricia um pouco ouriçada, mas ela não vai me contrariar. Acho que nenhuma delas vai. Elas nunca o fazem.

No momento em que digo que gosto da ideia do jardim, é como se acionasse um botão que faz Sandra pular dizendo que são palavras adoráveis. Todas elas estão sempre desesperadas para agradar a mim e a Jack. Já as ouvi falando dele, rindo sobre como ele é bonito. Bem, é mais bonito que a maioria dos maridos daqui, mas tudo tem um preço.

Andrea colocou em votação a ideia do jardim e a aprovação foi unânime exceto por Kelly.

— Mas acho que uma campanha de arrecadação de fundos também seria uma boa ideia — diz Tricia agora, olhando por cima do seu bloco chique. — Vai animar a todos, as crianças podem se fantasiar...

— Podemos nos fantasiar também? — pergunta Donna Philips, sorrindo maliciosamente, e os risos se espalham pelo recinto. Eu não rio, mas sorrio, um pequeno sorriso apertado que não mostra meus dentes. O pensamento me faz estremecer; toda aquela pele em exposição. Todos veriam cada pequena dor.

— Bem — diz Andrea, claramente tentando mudar de assunto —, como sempre, teremos o concerto anual da Páscoa na quinta-feira à noite antes do feriado escolar, e isso normalmente levanta um pouco de dinheiro...

— Mas isso é só em março! Você não acha que este ano nós deveríamos fazer algo especial? Algo que realmente reúna a comunidade? — pergunta Tricia, preparando a abordagem do seu tema. — Poderíamos doar o dinheiro para caridade, criar uma fundação para Clare. — Ela olha para mim. — Assim como o jardim, é claro. — Fico olhando de volta para ela. A voz de Tricia se eleva. — Ou o dinheiro poderia *financiar* o jardim?

Clare, Clare, Clare. Ela é quase uma presença. O que sua família deve estar passando agora, enquanto nós ficamos aqui sentadas falando sobre roupas, dinheiro e jardins? Nada disso a trará de volta.

— O concerto pode lembrar um funeral — diz Sandra Davies, abaixando a voz como se "funeral" fosse agora um palavrão. — Você sabem, como na igreja e tudo o mais...

— Onde mais poderíamos realizá-lo? — Kelly bufa, e estou inclinada a concordar. O concerto da Páscoa é sempre na St. Mary. Na verdade, é uma das minhas noites favoritas do ano; as crianças se vestem de camisa branca e calça preta, o coro canta lindamente na frente do altar cercado de luzes, e Jack e eu nos comportamos da melhor maneira possível com todos os outros pais. É lindo.

— O concerto da Páscoa precisa ficar onde está — diz Andrea, firmemente. — Podemos discutir a possibilidade de angariar fundos extras, mas isso exigiria muito planejamento, e os prazos estão apertados agora...

— Uma feira dos namorados! — Tricia anima a sala.

Dia de São Valentim. É esta semana; não vamos fazer nada. Eu me lembro do ano passado e um sentimento de pânico desconhecido me invade, uma onda que não consigo mais controlar. Eu tinha feito um jantar para Jack; deu tudo errado.

— Andrea — diz Tricia, com a mão erguida ligeiramente em direção à diretora, unhas brilhando agressivamente sob as luzes da escola —, todos sabemos que você teve muito com que lidar na escola recentemente. Se você quiser, eu ficaria mais do que feliz em ajudar e me ocupar dessa atividade. As meninas podem me ajudar! Não podem, meninas?

Gestos afirmativos de cabeça. Sorrisos. O protesto morre na minha garganta.

Capítulo 27
CLARE

Segunda-feira, 4 de fevereiro, treze horas

*E*stou *voltando do almoço para a aula da tarde com Lauren, quando alguém no corredor dá uma trombada em mim, com força. Deixo a bolsa cair e minhas coisas se espalham pelo chão — meus livros, duas calcinhas, as coisas que peguei para hoje à noite. Merda. Depressa, recolho tudo, sem querer que as meninas vejam. Meu coração está batendo forte.*

— Você está bem? — Lauren está me olhando fixamente, mas um grupo de garotos caminhando para o outro lado captura sua atenção. Deve ter sido um deles que me atingiu. — Sinto muito, vou te ajudar.

Ela se abaixa e pega o último dos meus livros.

— Aqui.

— Obrigada — digo, minha respiração acelerada, e ela me olha mais de perto.

— O que aconteceu?

Olho para cima e para baixo no corredor, mas agora está desobstruído, todos estão na aula. Estou exagerando, como sempre.

Isso não foi violência, isso foi um acidente.

— Não sei — respondo, verificando se meu telefone ainda está no bolso. — Não vi.

— Vamos lá, depressa. — diz, me pegando pelo braço. — Estamos atrasadas.

Meu braço está latejando; aposto que vai ficar um hematoma.

Capítulo 28
SARGENTO MADELINE SHAW

Terça-feira, 12 de fevereiro

Clare está coberta com o DNA de seu padrasto. Eles testaram a jaqueta da garota, uma jaquetinha acolchoada azul que ela vestia quando seu corpo foi encontrado. O inspetor coletou material de Ian e de Rachel logo no início da investigação, mas a de Ian é a única impressão que aparece na jaqueta. Nada de Owen.

— O que você acha? — pergunta Madeline a Rob, e ele suspira, faz um barulho com a língua. O superintendente Wilcox já lhe deu uma prensa esta manhã ao telefone, ameaçando tirá-lo do caso se não houvesse progressos em breve. São só palavras provavelmente, mas mesmo assim.

— Pode ser inocente, suponho — responde o inspetor. — Afinal de contas, eles moram juntos. Mas, inocente ou não, isso prova que ele a tocou. E prova que Nathan Warren provavelmente não a tocou.

— Está no pescoço dela também — informa Lorna, apontando para a área com a ponta de sua caneta. A clavícula de Clare, a depressão no pescoço. Madeline pensa em dedos pressionando ali, a raiva subindo.

— Ele a teria abraçado? — indaga, e Lorna faz uma careta.

— Bem, não parece que eles eram próximos, pelo que Owen disse, não é mesmo? Mas é possível.

O inspetor acena com a cabeça.

— O problema é que não há outras impressões digitais nela, não na jaqueta. E ela estava usando quando morreu, a menos que a pessoa tivesse tirado a roupa dela e vestido outra, o que parece improvável e teria deixado impressões digitais na roupa.

— Luvas? — sugere Lorna, e eu franzo a testa, pensando nas fibras de algodão que os legistas encontraram.

O inspetor olha para o relógio.

— Traga Ian de qualquer maneira, veja como ele reage quando o confrontarmos com isso. Precisamos falar com ele sem a presença da esposa.

Ian Edwards chega à delegacia trazendo sua mochila, sem ruídos, com a aliança de casamento dourada na mão esquerda. Parece um pouco apertada, como se estivesse machucando a carne. Ele diz que Rachel queria vir junto, mas ele explicou a ela que era tudo rotina, parte do processo.

— E é, não é mesmo? — pergunta, e em um primeiro momento há um vislumbre de vulnerabilidade sobrepondo-se à corpulência de sua figura. Em vez de responder, Madeline o leva para a sala de depoimentos número 2 e liga o gravador.

— Você pode me contar o que fez no dia 4 de fevereiro?

Ele afrouxa um pouco a gravata vermelha, muito festiva para a ocasião. Parece um insulto, de alguma forma. Ela se pergunta se ele planeja ir para o escritório logo depois disso, onde vai dizer que esteve naquela tarde. Médicos? Uma consulta no dentista que atrasou? Será que ele teve muito tempo livre após a morte de sua enteada?

— Claro — diz, inclinando-se um pouco para a frente no assento de plástico duro —, não é um dia que vou esquecer. Eu estava trabalhando; trabalho em Londres, sou engenheiro, como sabe, e cheguei em casa um pouco mais cedo do que o normal porque queria passar algum tempo com a Rachel e eu tinha trabalhado até tarde na semana anterior. Então, peguei o trem das três horas da Liverpool Street em vez da hora habitual.

— Qual?

— Sempre pego o das seis e trinta e um. O expresso.

— Então você pegou o trem das três quando saiu do trabalho — ela repete. A polícia já sabe disso; as câmeras da estação da Liverpool Street confirmaram. Madeline visualiza sua figura sombria descendo a plataforma, entrando no trem. Essa parte específica de sua história é verdadeira, mas isso não significa que o resto seja.

— A que horas você chegou em Ashdon?

Ele pigarreia.

— Eu deixo meu carro na estação Audley End, a cidade seguinte; temos um plano mensal. Então eu o peguei por volta das quatro e quinze e dirigi até Ashdon. Rachel estava em casa, nós íamos sair para jantar.

Ele faz uma pausa.

— Você veio direto para Ashdon? — pergunta Madeline. Ela está pensando nas câmeras, o possível lapso de tempo entre Ian sair de Audley End e chegar em casa.

Ele se mexe um pouco na cadeira.

— Provavelmente sim. Às vezes faço um caminho mais longo para casa, mas não parei em lugar nenhum, voltei direto para ficar com a Rachel. Como disse, queria levá-la para jantar.

— Aonde você planejava ir?

— Não tínhamos decidido ainda. Talvez o Riduccio em Saffron Walden fosse interessante. — Ele coça a parte de trás do pescoço. — Já contei tudo isso para vocês.

— Você tinha feito reservas? — pergunta ela, ignorando o comentário dele. — O Riduccio não é superdifícil de conseguir lugar?

O jogo funciona; ele se ajeita na cadeira, recua.

— Bem, sim, claro. Não tínhamos pensado nisso. A opção era tentar o novo lugar que abriu fora da cidade. No sentido da Audley End.

— O Paula's Italian?

— Sim, esse aí. De qualquer forma, como eu disse, não tínhamos um plano concreto. Poderíamos até ter ficado em casa e preparado o jantar juntos.

Ele suspira, passa a mão pelo cabelo fino.

— Mas então Clare não voltou da escola. Não ficamos muito preocupados a princípio. Pensamos que ela poderia estar com uma amiga ou fazendo alguma atividade depois da aula; era uma boa esportista, sempre se envolvendo com as coisas, estudando muito, tão popular. Superinteligente; estava considerando estudar finanças quando fosse mais velha.

Madeline sabe que isso não é exatamente a verdade, pois falou com Clare e sabe que a garota estava interessada em entrar para a polícia. Mas será que sua declaração é uma mentira ou apenas algo em que ele simplesmente acreditava? Até que ponto ele conhecia bem a enteada?

— Então, quando você começou realmente a se preocupar com o paradeiro de sua enteada?

Ian fez uma careta pela ênfase deliberadamente julgadora no *realmente*.

— Eu te contei tudo isso na semana passada. — suspira. — Cheguei por volta das cinco, acho eu, e começamos a ficar preocupados. Ela normalmente está em casa às quatro e meia, sabe, e sempre avisa se for atrasar; ela sabe que a mãe fica nervosa. Não conseguimos falar com ela no celular, mas muitas vezes o mantinha no modo silencioso, então isso não era particularmente preocupante.

Madeline assente. O celular de Clare ainda está desaparecido.

— Mas nós continuamos tentando — diz ele. — Saí por volta das cinco e meia para procurá-la. Andei até a escola, não é longe. — Ele faz uma breve pausa, passa a mão pelo cabelo. — Pensei que ela poderia ter parado para falar com alguém na rua principal, ou ter sofrido um acidente, qualquer coisa. Deus. Nunca imaginei... — Sua voz vacila. *Ele nunca imaginou isso.*

Madeline conhece bem o caminho da casa dos Edwards até a escola, já o percorreu muitas vezes. O caminho principal, pelo menos. Mas Clare não tomou o caminho principal ao longo da estrada; ela tomou o caminho de volta, por Sorrow's Meadow, que poderia ter sido em direção à casa de Owen Jones. E Ian Edwards já tinha saído para procurar a enteada no horário em que o patologista pensa que ela foi morta. *Em algum momento entre cinco da tarde e sete da noite, mais ou menos.* A policial faz uma careta. É plausível, mas eles não podem ter certeza.

— De qualquer forma, obviamente não consegui encontrá-la. Rachel começou a telefonar, tentando os amigos de Clare, aqueles que nós conhecíamos. Nenhuma das mães a tinha visto, ela não estava na casa de ninguém. Minha maior preocupação era acalmar Rachel; eu estava convencido de que haveria uma explicação razoável, que Clare era uma garota crescida e provavelmente tinha ido para algum lugar de livre e espontânea vontade. Rachel queria chamar a polícia, chamar vocês, imediatamente, mas achei que devíamos esperar. Deus — ele apoia a cabeça nas mãos por um curto período —, não posso dizer o quanto me arrependo disso agora. — Madeline fica em silêncio, deixa-o falar. — Rachel foi até os vizinhos, os Goodwin, e eu liguei para vocês quando não tínhamos notícias dela às sete e quarenta e cinco da noite.

A equipe deve ter escutado a gravação daquele telefonema mais de dez vezes agora. *É a minha enteada, Clare. Ela não voltou para casa depois da escola.*

— O que você fez depois da chamada de emergência? — Ela verifica o tempo na gravação. Estão aqui há dezessete minutos.

Ian suspira.

— Eu disse a Rachel para esperar lá dentro, perto do telefone fixo, para o caso de ligarem com alguma notícia. Depois saí de novo, de carro dessa vez, já tinha anoitecido completamente e estava tudo escuro.

No início de fevereiro já estava escurecendo antes das quatro da tarde, o que piora tudo, evidentemente.

— E então ela me ligou no celular — continua Ian, fechando os olhos por um segundo, como se estivesse se lembrando. Madeline o observa de perto. Isso é tristeza ou a ligação marcou o início de uma farsa desesperada para ele? Será que ele voltou do trabalho cedo de propósito, com a intenção de interceptar Clare no caminho de volta da escola? Teria descoberto sobre ela e Owen? A policial não consegue imaginar que ele aceite ser desobedecido. — Depois que descobrimos, bem, é tudo um pouco difuso — diz. — Tenho cuidado de Rachel, é claro, e nós temos a policial do apoio familiar. — Aponta para mim. — Theresa é ótima. Rachel está à base de Diazepam, você sabe. Diazepam e vinho. — Ele me olha nos olhos. — É um pesadelo.

Tudo o que ele disse corresponde ao depoimento que prestou à polícia na noite em que Clare morreu. Madeline observa seu rosto; o olhar de alívio é fugaz, mas palpável. Ele acha que acabou; todo o seu corpo se move levemente na cadeira, e ela quase consegue ver os dedos dele coçando para desfazer o nó da gravata vermelha brilhante, pegar seu iPhone, voltar à sua vida. Mas ainda não terminou.

— Como você sabe, sr. Edwards, o corpo e os pertences de Clare foram testados para amostras de DNA — diz Madeline, e ele faz um aceno com a cabeça, um pouco mais ereto na cadeira.

— E...? — pergunta ele. — Encontraram alguma coisa?

Ela o está observando de perto agora. As pupilas dele são alfinetes escuros.

— Sr. Edwards, consegue pensar numa razão para o seu DNA ter sido encontrado por toda a jaqueta da sua enteada?

Por um instante, ele não demonstra surpresa. Ou é genuíno ou ele está ganhando tempo.

— Nós morávamos juntos — diz finalmente. — Éramos... éramos próximos. Poderia ser qualquer coisa; provavelmente devo ter me oferecido para pendurar a jaqueta dela, passei por ela em casa. Posso tê-la abraçado. — Ele para por um segundo. — Na verdade, eu a abracei para pedir desculpas. Sei bem disso. Encontrar meu DNA na jaqueta não significa nada, detetive, certamente você compreende isso.

— Pedir desculpas pelo quê?

A boca de Ian está aberta, ele foi pego desprevenido: não queria ter revelado isso.

— Bem, nós tivemos um atrito. — Ele faz um aceno com a mão como se isso não importasse, como se não fosse nada. — Era sobre as provas na escola e outras coisas. Na noite anterior. Então, eu quis pedir desculpas, na manhã em que ela... na manhã em que ela desapareceu. Então, acho que a abracei. — Madeline espera, não diz nada. — Por que você está se concentrando em mim quando quem matou Clare ainda está livre? — indaga ele, elevando a voz nas palavras finais; a tensão na sala é palpável. — Tenho sido muito paciente, detetive, fiz tudo o que você pediu. Mas, quando começa a me acusar, tenho de perguntar se você não acha que seus recursos seriam mais bem gastos procurando por quem fez isso com a nossa menina. Você não acha que seria melhor do que tentar me culpar?

Ele está vermelho e contrariado, isso é evidente. Ian não queria perder o controle nesta sala. Não queria perder a calma.

Mas perdeu.

Madeline toma um gole de água, dá uma olhada no gravador.

— Agradecemos a sua observação, sr. Edwards ela mantém a voz firme enquanto observa Ian inspirando pelo nariz para se acalmar.

— Eu não quis me exaltar, não quis dizer... — começa ele, mas Madeline o interrompe e faz um aceno com a mão, sinalizando que não era necessário se explicar.

— Mais uma pergunta, Ian — diz Madeline, quase casualmente, os olhos fixos no rosto dele. — Qual é a sua relação com um garoto chamado Owen Jones?

Capítulo 29
JANE

Quarta-feira, 13 de fevereiro

Ian Edwards chegou em um carro da polícia ontem à noite, quando estava escurecendo. Vi tudo pela janela do andar de cima. Ele subiu na direção da garagem da casa, ombros caídos. Parece que a polícia está em cima dele. Os jornalistas avançaram sobre Ian como uma matilha de lobos no minuto em que ele saiu do carro; todos à caça com microfones na sua cara. Rachel saiu para encontrá-lo. Fiquei chocada com a aparência dela. Parecia um fantasma, profundamente pálida, como se toda a energia tivesse sido drenada de seu corpo. Ainda não fiz a tal lasanha. Como sou má. As flores ainda estão lá no jardim da frente; ninguém mexeu em nada. Notei que algumas velas também foram adicionadas a elas. Está se tornando um santuário. Nunca conseguiríamos vender nossa casa agora, mesmo que quiséssemos, não com tudo isso acontecendo no vizinho.

Jack também viu o carro encostar, e aproveitei o momento.

— O que você estava falando com Ian no jardim, na semana passada? — perguntei, e ele me olhou de relance, surpreso.

— Eu vi — digo, — Lá embaixo no fundo do jardim.

— Jane — responde —, o homem perdeu a filha. Eu o estava confortando.

— Ela não é filha dele.

Só voltamos a conversar de manhã, com as crianças. Não é como se não houvesse nada para me distrair; nesta cidade só se fala agora sobre a feira dos namorados. Desde a reunião da associação de pais e mestres, as mulheres trabalham intensamente, tentando preparar tudo para sábado. E sinto muito se isso soa sexista, mas *são* as mulheres — elas me cercam quando estou deixando Sophie e Finn nos portões da escola, elas me encurralam na Walker, me ligam e me mandam mensagens perguntando sobre organizar um bingo e se acho que Jack permitiria que distribuíssem panfletos do evento na sala de espera do consultório.

— Sim — respondo, sem me preocupar em perguntar a Jack, porque essa é a maneira mais rápida que consigo pensar para encerrar a conversa com

Tricia ao telefone. Não quero incomodá-lo com algo assim; ele vai achar ridículo, trivial.

Vi a sargento Madeline a caminho de casa, ontem, ao sair da escola. Talvez pudesse estar vindo da casa dos vizinhos. Meu plano era acenar com a cabeça e sorrir, mas ela diminuiu a velocidade quando chegou perto de mim, então tive de parar também.

— Jane — disse —, como vai?

— Olá — respondi, descendo as mangas do casaco um pouco mais. Preciso de luvas novas; minhas mãos estão geladas. — Como está a investigação?

Ela apertou os lábios; pareciam frios e ressecados, e eu me perguntei se não deveria lhe emprestar um pouco dos meus cosméticos Elizabeth Arden. Jack me compra potes deles, ele gosta que eu pareça apresentável. Uma imagem das minhas costelas machucadas me vem à mente. Bem, apresentável em público, de qualquer forma.

— Estamos avançando — disse Madeline, mas não sei se era verdade.

— Está tudo bem com você, Jane? — insistiu ela, e eu sabia que se referia ao hematoma no meu braço, quando vacilei e ela o viu. Meu filho.

— Tudo bem — respondi logo. — Ficamos satisfeitos em saber que Harry foi útil para você.

— E as coisas vão bem em casa?

Entrei em pânico, vendo que ela desviava os olhos de Harry para pousá-los no meu braço machucado. Tive de distraí-la.

— Você sabe — falei — sobre o dinheiro.

— Dinheiro?

Entusiasmada, dei mais alguns passos em direção a ela, ficando bem perto.

— Sim — continuei —, eu queria ter contado antes. O dinheiro que Clare herdou de Mark. Ele o deixou de herança. — Fiz uma pausa. — Suponho que isso vá para Rachel, agora. E para Ian, é claro. — Esperei uma reação. — Pensei que você poderia estar interessada. A cidade inteira quer ajudar, você sabe. Qualquer coisa que pudermos fazer.

Ela me olhou fixamente por um segundo.

— Quanto dinheiro? — perguntou finalmente, e eu encolhi os ombros.

— Acho que isso você vai precisar perguntar a ele.

Eu a observei caminhando ao longo do rio Bourne, paralelo à rua principal, bifurcando a cidade como uma veia. Acho que agora minha família e eu passamos para segundo plano em suas preocupações.

Ontem à noite, após a reunião da associação de pais e mestres, tomei uma garrafa inteira de vinho depois que as crianças foram dormir. Finn acordou chorando, e entrei descuidadamente no quarto dele, acariciei sua testa, me sentindo culpada pelo hálito de álcool em seu rosto. Jack saiu para dar uma volta depois que vimos Ian e chegou em casa tarde, muito tarde. Pensei nele sentado sozinho em seu carro, a cabeça contra o volante, e me forcei a não perguntar nada quando entrou em nosso quarto. O vinho estava fazendo minha cabeça girar; apertei os olhos tanto quanto pude. Imagens das garotas da associação dançando diante dos meus olhos; elas estavam segurando fitas amarelas, torcendo-as como dançarinas na festa do mastro, cantando sem parar na feira dos namorados. Ouvi Jack tirando os sapatos, afrouxando a gravata. Seda contra algodão, o som sussurrante que conheço tão bem. Quando frequentávamos à Albion Road, ficava ansiosa para ver as gravatas dele; passava a semana imaginando que tipo ele usaria na próxima sessão. Minha favorita era a amarela com chapeuzinhos vermelhos de festa. Acho que ele não tem mais aquela.

Eu sei que ele viu a garrafa de vinho perto da pia. Eu devia tê-la escondido. Devia ter enfiado o saca-rolhas debaixo do travesseiro. A vergonha me cobriu como um edredom extra; meu coração acelerou enquanto eu sentia seu peso afundar na cama.

Houve uma pausa, como se ele também estivesse se contendo.

— Jane? — chamou calmamente, e, mesmo sem ver seu rosto, eu podia dizer que ele estava chorando, e sei que eu deveria estar chorando também, mas não consegui. Já tentei antes. Em vez disso, imaginei seu rosto: olhos vermelhos, a maneira estranha como seu cabelo escuro fica empastelado depois de ficar horas passando a mão por ele. Quando Finn e Sophie choram, eles se parecem com eles mesmos, mas, quando Jack chora, ele se transforma, uma pessoa completamente diferente. Harry nunca chora. Não o vejo derramar uma lágrima há anos.

Mantive os olhos fechados.

De manhã, ele acordou e saiu de casa antes de mim. *Feliz Dia dos Namorados*, sussurro para mim mesma. Não há flores, não há café na cama. Nada de sexo.

Sophie me traz um cartão, me beija na bochecha. Tudo o que posso fazer é não chorar.

— Eu te amo, mamãe — sussurra ela ao meu ouvido, e eu a aperto nos braços e digo que a amo também, mais do que tudo no mundo inteiro. É verdade. Eu faria qualquer coisa pela minha família.

Depois do café, preciso ir para a loja, mas adio isso, vagando na volta da escola. Finjo estar ao telefone quando Tricia faz um sinal para mim. A pessoa fictícia do outro lado diz algo engraçado e eu rio, peço desculpas a ela e vou embora antes que tenha a chance de chegar perto demais.

Chego à loja por volta das onze. Karen sorri para mim, mas tem algo estranho nela, algo de que não gosto. Puxo as mangas para perto dos pulsos, deixando-as bem perto das mãos. Estamos fazendo uma pilha de impressões que Karen quer transformar em cartões de felicitações, então, em vez de conversar com ela, eu me concentro no trabalho, tento me perder na metódica estampagem de tinta rosa e vermelha no papel. São cartões de São Valentim, é claro. Ela quer vendê-los hoje à tarde, pronta para a compra desenfreada antes desta noite.

— Aposto que Jack vai te dar alguma coisa especial, não vai? — Karen arrulha e eu me limito a concordar com a cabeça e dar um meio sorriso.

— Você tem tanta sorte de ter um homem assim — diz ela, nostálgica, e de repente, não sei o que brota dentro de mim, mas penso no que Jack me disse naquela noite, a finalidade com que ele disse, como ele não fez nada para compensar aquilo desde então, e sinto esse desespero aflorar em mim.

— Na verdade — digo —, nós temos tido alguns problemas ultimamente. Jack e eu.

O ar na pequena sala parece se extinguir. Não acredito que realmente disse isso. Nunca digo isso. Nunca falei.

Karen está segurando uma caneta que paira entre nós. Os pulsos dela são finos.

— Verdade?

Agora é o momento, penso comigo mesma, o momento de desfazer, rir, fingir que foi uma brincadeira. Mas, em vez disso, olho para a mesa e vejo minha lágrima alcançar sua superfície na forma de uma pérola perfeita de tristeza. Quase parece ter vindo de outra pessoa, mas são os meus próprios olhos que estão molhados.

— Verdade.

Nunca fomos de trocar abraços, Karen e eu, não temos esse tipo de relacionamento, mas em poucos segundos ela está ao meu lado, seu braço delgado ao redor dos meus ombros.

Mordo com força o interior da bochecha. O ferimento que fiz na semana passada acabou de sarar, mas meus dentes reabrem a ferida e sinto gosto de ferro na boca.

— Todos os casais passam por fases difíceis, Jane. — A voz de Karen é suave e tranquilizadora, e faço acenos, envergonhada pela maneira como as lágrimas lavam minha face, borrando a maquiagem cuidadosamente feita, destruindo a imagem que tento cultivar todos os dias.

— Jack parece ser um homem adorável — continua Karen, e então percebo que é inútil, que esta cidade está verdadeiramente sob o feitiço Goodwin.

Ela continua com seus inúteis afagos no meu braço por alguns minutos.

Finalmente, consigo dizer que estou bem, que não é nada para se preocupar. Mas vejo o olhar de Karen quando ela se afasta, e isso me deixa apreensiva.

Por volta de uma e meia da tarde, Karen avisa que vai sair para tomar um pouco de ar fresco.

— Quer que te traga alguma coisa, Jane? — pergunta, e, embora eu esteja com muita fome, recuso com a cabeça. Ela me lança um olhar esquisito, e sei que está com pena de mim. Seguro a respiração até a porta da loja se fechar atrás dela, então me inclino para baixo da mesa, belisco a coxa por cima do tecido grosso da calça. Seguro o gesto até não aguentar mais, então solto. Ajuda, mas só um pouco.

Nessa tarde, enquanto caminho da loja para casa, vejo Rachel Edwards. Fico horrorizada, e depois, estupidamente, sinto um pouco de inveja quando me dou conta do quão magra ela está, esquelética. O casaco de Rachel parece uma lona sobre ela, os ossos despontam por baixo das dobras de tecido bege. Ela não me viu, então me virei, meio atordoada, e comecei a andar sem rumo para o outro lado, de volta à escola. Sei que sou covarde, mas a ideia de ver a dor tão de perto assim me aterroriza. Ainda falta uma hora para as crianças saírem, mas vê-la agora me levaria além do meu limite. Posso lidar com tudo isso se não vir a pobre mãe da Clare. Vê-la me lembra o quanto eu também poderia perder se tudo entre Jack e eu explodisse. Não posso arriscar perder meus bebês. Não posso fugir. Ela é uma lembrança viva do que pode acontecer.

Mas é tarde demais. Enquanto ando, sinto: uma mão no braço, leve como uma pluma, mal parece estar ali. A aliança de casamento dela brilha para mim.

— Jane?

A voz é suave. Sempre achei que Rachel Edwards fosse do tipo tímido, especialmente quando Mark estava vivo, mas no último ano ou dois, desde que Ian entrou em cena, ela pareceu muito mais alta, mais confiante, nas poucas interações que tivemos. Agora, no entanto, está quase irreconhecível; com o rosto lavado (ela que sempre usava muita maquiagem), a pele parece mais fina, com bolsas sob os olhos. Imediatamente, temi passar mal, mas finjo surpresa, estendo a mão e encontro a dela. Sua pele é áspera e grosseira, unhas roídas. Contrasta com minhas unhas rosa cintilantes e minha pele lisa com o hidratante caro que peço uma vez por mês na L'Occitane.

— Rachel! Como você está? — As palavras soam falsas, até mesmo aos meus ouvidos.

Ela se limita a olhar para mim, e, para meu horror absoluto, vejo que as lágrimas estão se acumulando em seus olhos azuis, ameaçando derramar-se sobre seu rosto pálido. Minha mente está girando, e uma parte de mim desmorona por ela, por essa mulher que perdeu tudo. Mas outra parte está consciente de que estamos em um lugar público e, mais do que isso, estamos em uma pequena cidade onde até as árvores têm olhos, então me aproximo dela e, colocando um braço reconfortante ao redor de seus ombros, desloco nós duas para fora do meio da avenida principal.

— Vamos ali — murmuro, como se ela fosse Sophie no meio de um pesadelo, e Rachel caminha comigo como se estivesse ferida, apoiando-se totalmente no meu braço. O corpo dela não pesa quase nada.

Estamos a dois minutos de nossas casas e Rachel está soluçando agora, barulhentos e indignos soluços que ensopam o ombro do meu casaco de cashmere. Penso em acompanhá-la até a porta de sua casa, mas particularmente não quero ver Ian ou rever o interior da casa deles; não quero sentir o peso total do que aconteceu, o buraco que Clare deixou.

Fixo os olhos no pequeno símbolo heráldico ao lado da nossa porta da frente, no qual o texugo brilha para mim na luz. Odeio esse símbolo. Odeio o nome *Toca do Texugo*. Quando nos mudamos para cá, naquele dia quente e úmido em agosto, Jack riu da placa.

— O texugo é um dos animais mais cruéis do Reino Unido — disse ele, e eu sorri, beijando-o ali mesmo no degrau, sentindo a tensão do dia se diluir enquanto Jack ria. Foi engraçado naquela ocasião. Não é nem remotamente engraçado agora.

Observo a casa dos Edwards. A porta da frente está fechada, não revelando nada, mas há uma pequena pilha de pacotes no alpendre. Cumprimentos, suponho. Ou pior ainda.

— Vamos entrar, Rachel — digo gentilmente e pego minhas chaves da bolsa, ignorando a casa ao lado. Entramos em minha casa, lágrimas ainda escorrem pelo rosto dela.

Uma vez lá dentro, ela se acalma um pouco, sussurra um agradecimento. Ofereço-lhe uma caixa de lenços de papel, do tipo legal que nenhum de nós usa, e aciono o interruptor da chaleira branca cromada para fazer um chá para ela. O vinho ao meu lado pisca para mim. Nós duas provavelmente preferiríamos o vinho.

— Desculpe — ela diz de repente. — Desculpe por estar aqui assim, você deve achar...

— Eu não acho nada — eu a interrompo enquanto tiro duas xícaras do armário, evito aquela com todos os rostos de alunos desenhados à mão, que a escola produziu no ano passado. — Só quero ter certeza de que você está bem, ou o melhor que puder estar, dadas as circunstâncias.

Pego o leite, ainda de costas para ela. A caixa está fria contra minha mão, mas estou ganhando tempo, pensando na melhor maneira de lidar com a situação. Seleciono o leite integral para ela e o desnatado para mim; parece o mais correto.

— Como você está lidando com isso? — pergunto com cuidado, terminando de preparar o chá e colocando as canecas no balcão. O vapor sobe no ar e Rachel coloca as mãos ao redor da bebida, como se estivesse confortada pelo seu calor. Percebo as ondas de dor quase pulsando de seu corpo.

— Eu não estou, na verdade — responde finalmente, sua voz soando estranha, como se Rachel estivesse morta também, como se a vida a tivesse abandonado. — Sinto tanta falta dela, todos os dias. — Ela olha para o chá. — Eu pensava que tivesse passado pela pior parte da minha vida, pensava que tudo estava no passado, mas a perda de um filho, nada te prepara para isso, Jane. Nada. — Faz uma pausa. — Ian conseguiu um pouco de Diazepam para mim.

Penso em Sophie e Finn, aconchegados em suas camas, protegidos ao meu lado na caminhada para a escola, conversando na mesa de jantar. Penso em Harry, teclando no seu iPhone, bagunçando o cabelo do irmãozinho. A ideia de perdê-los, de que sejam tirados de mim, é insuportável. Se ela soubesse quantas vezes imaginei isso. Quão perto cheguei disso.

— Não — digo suavemente. — Não, acho que não.

Mais um gole de chá, os dentes dela se apertando levemente contra a porcelana enquanto o último abalo de tremores do choro passa por seu corpo. Reflito sobre o que ela disse: *Eu pensava que tivesse passado pela pior parte da minha vida.* Ela deve se referir à morte de Mark, suponho.

— E o pior agora — diz ela, balançando a cabeça de um lado para o outro como se não pudesse acreditar — é que as pessoas estão se virando contra Ian. Você já ouviu? A polícia está atrás dele, fazendo mais perguntas, dando ouvidos às fofocas desta maldita cidade que não sabe fazer outra coisa.

Sua voz ao menos soa um pouco mais viva agora, há uma camada de raiva no que ela está dizendo.

— Fofoca pode ser uma coisa cruel — comento —, mas a polícia sabe o que está fazendo. Eles sabem mais do que ouvir especulações ociosas que não são suficientes para condenar alguém.

Conforme pronuncio as palavras, me pergunto se realmente são verdadeiras, mas para o bem de Rachel ela precisa que sejam, por isso continuo, apesar de tudo. Sinto-me um pouco culpada por ter contado a Madeline o que Sandra disse, mas só estava transmitindo informações.

— Sei que é difícil — afirmo — e não posso nem fingir saber o que está passando, mas acho que a melhor coisa que você e Ian podem fazer agora é se concentrar em se recuperar, em usar o tempo para vocês ficarem juntos e superar isso. — Faço uma pausa, olhando para ela. — Isso é melhor do que complicar as coisas, Rachel, não é? Odeio ver você tão triste.

Ela está balançando a cabeça, girando a aliança ao redor do dedo; prata comum, não como a minha. O gesto está me deixando ansiosa; olho para o lado.

— Eu gostaria de poder vê-la — sussurra e eu me inclino ligeiramente para ouvir. — Só mais uma vez. — Coloca a mão no rosto. — Nós tínhamos discutido tanto nas semanas anteriores, sabe? Eu gostaria de retirar ou me desculpar por cada palavra impensada que eu já falei para ela. Ian também, ele é um bom homem, Jane. Você sabe disso, né?

Sinto o estômago apertado.

— É claro que sim — respondo — é claro.

— Eu me sinto tão culpada, Jane — diz, e desta vez a voz é tão sussurrante que penso ter ouvido mal. — Tão culpada, todos os dias. Essa culpa nunca vai embora. Nunca desaparece.

— Não consigo imaginar — afirmo, tomando um gole muito grande de chá, e ela recomeça a chorar, as lágrimas deslizam pela face como um vazamento que não pode ser estancado.

Capítulo 30
CLARE

Segunda-feira, 4 de fevereiro, catorze horas

*M*eu *braço dói um pouco desde que aquele cara trombou comigo no corredor, mas são duas horas e a noite está tão perto agora que não me importo! Mando uma mensagem para Owen durante a tarde — é só a aula de desenho e tecnologia, a sra. Thomas nunca percebe que estamos ao telefone. Nossa tarefa é fazer sinos de vento de madeira, mas o meu ficou um lixo.*

Ainda nem o vi hoje; às vezes nós nos avistamos nos corredores ou na cantina, e sinto uma descarga de adrenalina quando nossos olhos se conectam. Não haveria toda essa emoção se nossa história não fosse um segredo.

Lauren nunca entenderia por que eu gosto de Owen; ele é nerd, acho, embora eu não goste de usar essa palavra. Ele não se destaca na multidão, nunca seria amigo de alguém como Harry Goodwin, mesmo estando no mesmo ano, no último, e não é o tipo de garoto que convidam para as festas legais.

Mas a principal razão pela qual não contei a ninguém é que não quero que mamãe e Ian saibam. Sempre que estou com ele, digo a eles que estou na casa da Lauren, e o pai dele está fora muitas vezes, então nós ficamos com a casa só para nós. A mãe dele morreu. Tem sido um pouco mais difícil durante o inverno, mas quando nos encontramos em julho, passamos muito tempo juntos ao ar livre; saíamos, sentávamos em Sorrow's Meadow onde tem as borboletas, bebíamos cidra juntos ao sol. Mas estamos juntos há pouco mais de seis meses, e quero que as coisas sejam mais sérias. É por isso que estou tão animada com esta noite, e com o que tenho planejado. Lauren acha que já fiz — ela fez —, mas ela está errada. Quero que seja especial. Realmente especial.

Capítulo 31
JANE

Sexta-feira, 15 de fevereiro

Nós devíamos ter feito uma reunião do clube do livro esta noite. Já comprei a batata frita e pensei em fazer meu próprio guacamole porque Sandra fez da última vez e não quero comparações sobre quem é mais dedicada. Minhas mãos estão tremendo enquanto digito a mensagem para o grupo.

Desculpem — escrevo —, *vou ter que cancelar. Finn não está bem, achamos que é alguma coisa que ele comeu. Façam sem mim, se conseguirem outra anfitriã! P.S. adorei o Zadie Smith. Muito o que pensar!*

Teclo em enviar antes que possa pensar muito nisso. O antisséptico dói quando coloco o algodão contra a bochecha, mas não quero que o corte se infeccione. Não deveria ter falado tudo de novo com Jack; ele se irritou, afastou-se ainda mais. Ociosamente, eu me pergunto se alguma vez vou aprender, aprender a não cair em suas armadilhas, aprender a antecipar os gatilhos. *Não fale da noite da morte de Clare. Não o faça pedir desculpas pelo que ele disse.* Talvez eu devesse anotar e colar na geladeira, camuflado entre os horários da escola e os desenhos das crianças.

Sempre foi a mesma coisa entre mim e Jack. A causa e o efeito. Eu o empurro para longe demais, ele ataca. Mas tudo o que estou tentando é fazê-lo me amar, voltarmos a ser como éramos no começo.

Acho tão difícil deixar as coisas para trás.

As respostas à mensagem chegam. *Ah, Jane, que pena! Jack não pode tomar conta das crianças? Você vem à minha casa?*

Jane! Eu estava ansiosa pelo seu guacamole! Zadie é superestimado na minha opinião.

Não se preocupe, Jane! Tão complicado quando as crianças ficam doentes nessa idade. Tudo se resume à alimentação, embora eu tenha certeza de que você já sabe disso. :) Me avise se precisar de alguma dica.

Deixo o telefone de lado, todos os pequenos julgamentos alheios trancados nele. Finn está bem, é claro. Mas não posso deixar que elas me vejam com o rosto assim. Amanhã já terá melhorado.

— Jane? — Meu marido entra no quarto. Ele me vê com a bola de algodão no rosto, e percebo que a expressão dele se fecha, os dentes rangendo. *Sem flores de desculpas desta vez,* acho. Já estamos pouco longe demais desse ponto.

Lá em cima, passo a mão pelos meus livros, os dedos encontram o *Wolf Hall*. Lá dentro, a faca é fina e afiada ao toque. Vai melhorar em breve, imagino, tem de melhorar em breve.

Por volta da meia-noite, ele entra no quarto. Sei que bebeu; seus movimentos são instáveis, ligeiramente fora de sincronia. Já estou na cama, as cobertas sobre mim, as cortinas fechadas. Não quero pensar na família Edwards esta noite.

Sinto o peso de Jack enquanto ele se senta, o colchão afundando ligeiramente sob a pressão do seu corpo, corpo que conheço tão bem.

— Não queria fazer isso, Jane — diz. — Você sabe que nunca tive a intenção de fazer isso.

Endureço, minha bochecha latejando.

— Não importa — respondo. E sinto o tremor, a maneira como seu corpo desaba sobre si mesmo. Sei que se sente culpado agora. Sinto isso.

Ótimo.

Mas ele ainda não fala sobre as coisas que me disse naquela noite.

Capítulo 32
JANE

Sábado, 16 de fevereiro

As mães da associação conseguiram o que queriam.

É um dia agradável, pelo menos; o ar fresco do inverno está mais quente que o normal e o céu é azul sem nuvens. Devo ser grata por isso. Vesti uma blusa rosa mais viva que o normal por baixo do casaco, tentando entrar no espírito das coisas, depois me dirigi para a escola secundária com Sophie por volta das nove horas. Ainda é visível, é claro, mas com todo o pó parece uma fina linha cinza.

Jack ainda não chegou; está com Finn e Harry em casa. Disse que estava cansado de um longo turno no consultório ontem, mas obviamente está de ressaca. A culpa faz isso com você, suponho.

Finn também não dormiu bem, então eu disse que eles poderiam mentir e se juntar a nós um pouco mais tarde, embora eu duvide que Harry queira vir. Ele normalmente tem treino de futebol aos sábados de manhã, mas cancelaram hoje para a feira. Provavelmente vai dormir até tarde, aparecer por volta da hora do almoço, o cheiro de adolescente emanando de seus poros. Jack não se despediu de mim, virou a cabeça para o outro lado quando saí do quarto. Não me dei ao trabalho de levar chá para ele. Desta vez não.

Estamos usando o ginásio de esportes; até Sandra concordou que uma festa ao ar livre em fevereiro seria complicado. Elas montaram as coisas na velocidade da luz durante toda a semana, comportando-se como cães no cio: organizando a rifa, que se tornou uma competição entre as mães para ver quem doaria o melhor presente; pintando gigantescos corações vermelhos na escola primária; montando muitas mesas de madeira cobertas com panos brancos de babados.

Tricia Jenkins tem andado ocupada como ninguém, convulsionando a cidade com uma espécie de frenesi sobre o que é essencialmente um pequeno banquete. Um pequeno banquete em memória de uma adolescente morta. Adorável.

Pessoalmente, acho que um jardim estaria perfeitamente bom. Mais do que bem.

— Bom dia, Jane! — A própria Tricia está vindo na minha direção, usando uma blusa que é bizarramente decotada para um evento familiar, expondo seu peito levemente esticado, falso e bronzeado. Seu marido Hugh vem atrás, carregando o que parece ser um cesto.

— Sorteio de última hora! — Tricia está dizendo, embora eu duvide que tenha sido de última hora, a julgar pelo tamanho. — Pensei que animaria muito as pessoas; tem champagne, chocolate, chá de ervas especiais, jogo de xícaras! Um presente perfeito do dia dos namorados para alguém especial!

— Parece muito bom — digo, forçando um sorriso e me perguntando o que exatamente o chá de ervas tem a ver com tudo isso. Sem mencionar o champagne. É tão inapropriado numa arrecadação de fundos para uma garota morta. Além disso, não *suporto* as palavras *Dia dos Namorados*. Sophie puxa meu braço e eu acaricio o cabelo dela, sentindo a suavidade debaixo dos dedos.

Não temos muito tempo até que todos comecem a chegar; por alguma razão marcamos o início para as dez horas. As pessoas já estão aqui, chegando aos poucos; várias das mães já se voluntariaram para tomar conta das barracas. Engraçado como quase nunca conseguimos que os pais se apresentem para essas coisas. As pessoas começam a se aglomerar pelo ginásio: as multidões sufocantes e totalmente brancas de Ashdon. Tão diferente de toda a variedade de Londres. Tão diferente do meu passado. Engulo em seco. Estamos revistando as bolsas na entrada do ginásio; ideia da Tricia, claro.

— A segurança deve vir primeiro — anunciou ela, seriamente —, você nunca sabe o que pode acontecer. Melhor prevenir do que remediar, não acha?

— É claro — confirmei. Eu temia que a qualquer momento algum deles notasse o machucado no meu rosto.

— Um acidente com Soph — disse. — Uma brincadeira que pedia um pouco mais de cuidado. — Rir, sorrir, vacilar.

— Lamentamos muito você não ter estado no clube do livro — disse Sandra. — Não foi a mesma coisa sem você.

Olhei para ela, depois para o chão.

— Desculpe — acrescentei — Finn está muito melhor agora.

De todo modo, as pessoas se agitam com a revista na entrada. Agora temos dois membros da associação em uma pequena mesa na porta dupla, pedindo a todos que abram suas bolsas como se estivéssemos em um aeroporto, não em um evento de arrecadação de fundos. Conseguimos que as pessoas colocassem as sacolas e casacos grandes em uma das salas de aula. Kelly Richards está levando todos eles, dando-se muita importância. Sei por que estão ansiosas, é claro, mas, honestamente, o que elas acham que vai acontecer em uma festinha escolar? É pouco provável que alguém tenha trazido um machete na bolsa de mão.

Decido ficar com Sophie ao lado da barraca de rifas; é o ponto mais central, caso alguém precise de mim. Mas talvez não precisem para nada.

— Jane! — Eu estava errada.

Sandra vem me abordar, usando um vestido justo coberto de flores; ela deve estar absolutamente gelada. Olho mais de perto e tenho razão; seus braços estão arrepiados. Ela começa a falar comigo sobre números e controle de multidões, como se estivéssemos no Festival de Glastonbury em vez da festa da cidade.

— Jack não veio? — pergunta ela, olhando em volta esperançosamente; forço um sorriso e digo que ele chegará logo. O marido dela, Roger, está lá perto das portas, conversando com um dos professores. Já os vi juntos antes.

Para me afastar dela, vou montar a barraca do chá com Danielle do consultório, fico absorta na tarefa metódica de organizar as xícaras e os pires, os copos com o xarope concentrado e chá mais diluído. Sophie derruba um copo do xarope e eu me abaixo para limpar. Provinciano, provinciano. Enquanto enchemos os copos, Danni e eu conversamos. A voz dela oscila para cima e para baixo, para cima e para baixo. Ela é tão jovem. Conversa fácil.

— Está movimentado — comento e ela assente, olha em volta do ginásio. Será que está procurando pelo meu marido?

— Você acha que Rachel e Ian Edwards vêm? — pergunta ela, derramando outro copo de xarope sem pensar. — Não sei o que eu faria se estivesse na situação deles.

— Não — eu digo —, nem consigo imaginar. Ainda não os vi. — Sorrio para ela, coloco a mão no seu braço. — Segure esse xarope.

Mais pessoas estão chegando, e a tagarelice enche o ar, mas este dia me parece todo errado. Como se estivéssemos fazendo pouco caso de Clare, da memória dela, como se ignorássemos o fato de que pode haver um assassino vagando por aí, mas estaremos todos muito ocupados comendo maçãs do amor para perceber.

Danni desapareceu de repente, deixando-me com a barraca de chá, e eu olho pelas portas abertas do ginásio, para o campinho de futebol da escola. Alguém prendeu bandeirinhas em forma de coração às árvores que ladeiam o gramado; as bandeiras brilhantes se agitam na brisa. Apesar do ar quente que sai do ginásio, sinto frio, como se estivesse atrás de uma nuvem.

Quando estou terminando com os chás, um grito repentino ecoa do outro lado do corredor e olho para cima, meu pescoço dando um estalo de dor, atingindo dos tendões ao topo da clavícula. Encolhendo-me, espio na multidão, buscando a razão da comoção que levou àquele grito. Não demora muito.

Nathan Warren está parado no canto perto da barraca de antiguidades, tripulada por uma das professoras, Emma Garrett, que parece prestes a chorar. Nathan está de pé, desamparado, vestido com o mesmo casaco de néon que usa sempre, por cima de um pulôver preto manchado e jeans azul largo. Nos pés, botas grandes, de operário.

— Você não é bem-vindo aqui!

O grito é masculino; não o reconheço no início. Apressada e ignorando a dor crescente no pescoço, me aproximo agarrada à mão de Sophie, abandonando a barraca de chá nas garras de Lindsay Stevens. É Daniel Jones. O pai de Owen.

Ele está a dois metros de Nathan, com os pés separados, um homem completamente diferente daquele meio manso e desinteressado que às vezes aparece nas reuniões de pais. À medida que me aproximo, vejo a raiva no rosto dele; uma veia na testa lateja e os punhos estão cerrados. Uma pequena multidão começou a se reunir. Em algum lugar, o choro de um bebê começa: alto, perfurante, estilhaçando o ar. Sophie aperta minha mão tanto quanto aperto a dela. Há muitas crianças aqui. Isso não deveria estar acontecendo.

Olho em volta para ver se Jack apareceu, ou se algum dos professores está por perto; o recinto é bem grande, e nem todos notaram o que está acontecendo. A srta. Marsden, chefe da recepção, põe as mãos na boca, os olhos bem abertos enquanto observa a cena se desdobrando. Anna Cartwright, que treina o time de hóquei, está de pé com os dois braços estendidos na frente de um grupo do sétimo ano; um pouco exagerada, é verdade, mas ela aderiu ao lado certo. Precisamos de alguém que possa intervir. Vejo o sr. Carter, o professor de educação física, do outro lado do ginásio, supervisionando as crianças enquanto elas chutam com entusiasmo bolas de futebol levemente infladas em uma prancha improvisada, cinco pontos para um buraco grande, dez para um pequeno. Eu deveria chamá-lo.

Nathan ainda está parado, mudo, e tenho medo.

Outros pais estão começando a formar um pequeno círculo ao redor de Daniel. Não consigo ver Owen em lugar nenhum, e meu pescoço está doendo demais para girar a cabeça e olhar em torno. Será que Nathan não sabe que vir aqui não foi nada inteligente depois de tudo? Pessoalmente, sempre achei improvável que o culpassem pela morte de Clare; ele não parece ter isso dentro de si. Ele é limítrofe, isso é tudo. Mas não há como negar: é um alvo fácil. De repente, sinto um mal-estar.

Os dedos de Sophie estão tão apertados contra os meus que estou preocupada com que se quebrem. A aliança pressiona minha pele. Tenho um desejo repentino e raro de ter Jack comigo, de não ficar sozinha enquanto Daniel Jones grita com Nathan Warren.

Sophie está assustada, percebo isso e sei que deveria afastá-la, sei que estamos muito perto de dois homens adultos, um dos quais tem os punhos cerrados, mas de alguma forma não posso, não posso desviar o olhar do rosto de Nathan. Kelly Richards abandonou sua posição de fiscal de bolsas e veio para mais perto de Daniel.

— Talvez você pense que pode escapar, mas não pode — sibila ela, e murmúrios de apoio se levantam ente os pais enquanto Nathan fica ali ao lado das antiguidades, piscando. Suas mãos estão para atrás e seu rosto parece impassível, neutro.

— Vá para casa! — ordena Daniel, ganhando claramente a confiança dos presentes. Ele dá um passo à frente, em direção a Nathan. — Você sabia que o meu filho foi jogado na fogueira por sua causa? Por causa do que você fez?

Nathan se move, um movimento rápido, aproximando-se da barraca de antiguidades. Enquanto assisto, seus dedos grandes pousam em uma pilha de colares de contas baratas, reunidos em uma exibição improvisada na ponta da mesa, e ele os agarra como uma criança, os levanta para que a multidão os veja. Sophie costumava fazer isso quando era bebê; agarrava objetos brilhantes como sua mãozinha. Eu sempre achava minhas joias no meio de seus brinquedos, minhas moedas enfiadas em seu carrinho de bebê. Ficava em pânico com a possibilidade de ela engolir algum objeto, sufocar até a morte enquanto eu olhava para o outro lado.

— Linda senhora — diz Nathan, e sua voz está desesperada, suplicando, como se tentasse explicar algo, mas nenhum de nós está ouvindo. Ao meu lado, Sophie puxa minha mão, seus pequenos dedos crescendo escorregadios de suor.

Kelly está balançando a cabeça.

— É nojento — diz ela — pessoas como você aqui, perto de nossas filhas. Não me importo com o que a polícia diz. É óbvio para qualquer um com meio cérebro que foi você. Não é a primeira vez que você segue uma garota até em casa, né?

A tensão cresce com assobios, ruídos e sussurros da pequena multidão.

Uma mão se estende, toca meu braço e eu ofego involuntariamente, solto a mão de Sophie. Ela põe a cabeça nas dobras da minha saia e eu me viro para ver Sandra ao meu lado, seu rosto com uma expressão inegavelmente de alegria diante do drama horrível que se desdobra ali.

— Sandra — digo, mas naquele momento o sr. Carter aparece, postando-se rapidamente entre os dois homens e estendendo as mãos, como se isso realmente fosse deter alguém.

Meu coração está acelerado e, quando o professor de educação física começa a tentar dispersar a pequena multidão, não consigo desviar o olhar do rosto de Nathan; enquanto o observo, ele para de olhar Daniel Jones e passa a me fitar. O medo passa por mim, frio e profundo, e sou quem interrompe aquele contato visual, me afastando enquanto ele sai pela porta aberta do ginásio de esportes, para longe da feira. Vejo suas costas recuando, e minha respiração não se normaliza até que ele esteja completamente fora de vista. *Linda senhora.* As palavras me fazem pensar em Rachel. A bela vizinha rainha do gelo.

O suor cobre a parte de trás do meu pescoço, e o corte no meu rosto coça. Está quente agora, o ginásio de esportes lotado; aqueles que não estavam aqui pelo incidente com Nathan estão sendo rapidamente informados, posso ouvir os murmúrios, cochichos ao vento. Sophie chorou um pouco depois que Nathan saiu, então se refez rapidamente quando lhe dei uma barra de chocolate que tirei da bolsa, embrulhada em uma folha de alumínio extra para não estragar o forro. Ela começa a me arrastar pelas barracas, implorando que eu lhe compre um coelhinho gigante de chocolate segurando um coração vermelho brilhante entre as patas. Estou ganhando tempo, prestes a ceder, quando as mãos deslizam pela minha cintura e o hálito de Jack está no meu ouvido.

— Pense nas calorias. E nisto — sussurra, depois beija a lateral do meu pescoço, apaixonadamente excessivo para uma festa de escola num sábado à tarde, especialmente quando ele nem estava falando comigo hoje de manhã. Algo dentro de mim se agita, substituindo o medo que se alojou quando vi Nathan. O que ele está tentando provar? Quando olho para ele, seus olhos estão mortos. Completamente em desacordo com a demonstração de afeto. Performance para o público. Por um momento, lembro-me de como éramos logo no início; rasgando as roupas um do outro, as pernas se tocando por baixo da mesa. Olhares secretos na Albion. No meio da multidão, do barulho e do calor, a necessidade de chorar me esmaga.

— Te assustei? — pergunta Jack, e eu engulo em seco, meneio a cabeça e olho em volta. Algumas mães estão olhando para nós, seus olhos cintilando sobre mim e Jack, seus rostos quase irreconhecíveis. Só consigo reconhecê-las porque estou acostumada — o olhar de inveja. *O monstro de olhos verdes.* Afugento a frase da mente tão rápido quanto ela veio. Era o que minha mãe costumava dizer quando eu reclamava dos meus sapatos furados, do meu casaco rasgado. Ela me dizia que eu não deveria cobiçar os pertences dos mais afortunados. Que o monstro de olhos verdes me pegaria se eu fizesse isso. Ele e Deus, é claro. Minha família também era muito apegada a Deus. Diane costumava dizer que isso me oprimia.

— Onde está Finn? — pergunto, olhando para trás em direção ao meu marido.

Ele percebe a maneira como as mulheres olham, sei que percebe. Claro que sim.

Jack acena na direção das redes de futebol, e identifico a figura familiar de Finn vestido com sua camisa de time favorita, chutando uma bola em direção às redes improvisadas.

— Ele colocou a camisa porque é uma ocasião especial. Harry ficou em casa, não gostou da ideia de vir a uma feira, surpreendentemente.

Hoje ele parece notavelmente alegre e eu pego leve, surpresa. Reparo novamente em seus olhos; desta vez, brilham para mim, e lembro da velha atração, do senso desesperado de urgência que me acometia, da necessidade de estar com ele, de ser parte dele, ser sua propriedade. Isso ainda existe, mas agora me dá medo. Penso na noite passada, ele sentado à beira da nossa cama.

— Quer ir procurar seu irmão, Soph? — Jack pergunta, apontando para Finn, que agora está ao lado do sr. Carter, vendo outro garoto dar chutes, o primeiro dos quais ele perde.

— Posso ficar com o coelho? — Minha filha nunca desiste. Receio que ela vá conseguir que eu compre esse coelho. Instintivamente, minha mão vai até a bolsa, encontro a solidez tranquilizadora ali dentro.

— Talvez, se você for boazinha — diz Jack para provocá-la, e eu dou um sorriso. Sophie foge; observo suas pernas espetadas nas meias brancas de algodão se aproximando das redes de futebol. Ficamos sozinhos com o coelhinho.

— Então — começa Jack, e sinto novamente o brilho do medo, a horrível sensação de mal-estar.

— Nathan Warren esteve aqui — comento em voz baixa, e, enquanto digo esse nome, sinto o suor começar a escorrer novamente na parte de trás do pescoço, umedecendo minha blusa rosa. Jack abre a boca, mas um aviso se faz ouvir com estrondo pelo corredor, a voz do diretor se infiltra em nossa conversa. Estão anunciando a rifa.

— Vou só conferir nossos bilhetes — digo e coloco uma mão na bolsa, afastando o corpo um pouco do de Jack.

Os bilhetes roxos são frágeis nos meus dedos; eu os agarro com força para tentar parar o tremor das mãos. Não quero que Jack perceba. Os números são chamados; o ginásio está mais calmo agora, todos consultando seus bilhetes. Meus olhos inspecionam a multidão: vejo Sandra com Natasha, e Sophie com Finn perto do sr. Carter. Rápido, chamo as crianças; devemos manter nossos filhos por perto. Onde estou com a cabeça ao permitir que se afastem de mim?

Jack foi abordado por uma das tantas professoras que o amam — será que elas realmente acham que o modo como olham e mexem no cabelo não é óbvio? É óbvio para todos, não apenas para mim.

E então eu os vejo. Rachel e Ian estão de pé, seus corpos encolhidos, perto do canto do ginásio onde está a mesa de artes e artesanato. As crianças do ensino fundamental fizeram ramalhetes de rosas de papel machê, expostos com seus nomes; o de Sophie ficou bom, o de Finn nem tanto. Vejo a cabeça de Rachel, ligeiramente curvada enquanto os números da rifa continuam a ser chamados, pontuados pelo estranhíssimo grito de alegria de um vencedor e pelas inevitáveis exclamações de desapontamento do restante. Como se alguém pudesse de fato ficar seriamente abalado por não colocar as mãos numa caixa de bombons e num Prosecco quente. A vida nas cidades pequenas é ótima.

Sophie tira da minha mão os bilhetes da rifa; ela e Finn brincam com eles. Não consigo nem lembrar que números temos.

— Número 434, cor-de-rosa! — Andrea anuncia, mas sua voz parece estranha. Atrás de nós, ouço um grito e uma criança que não reconheço imediatamente se aproxima, enfrenta flamejante a audiência, brandindo seu bilhete vencedor. Sophie faz um barulhinho estridente.

— Daisy. Ela não merece ganhar, mamãe. O ramalhete de rosas dela não estava muito bom.

Quando a garota se volta para nós, olho novamente; é a filha de Lindsay Stevens. Lindsay-que-está-se-divorciando. Eu a observo e a vejo olhando para a filha sozinha na multidão. Nunca cheguei a fazer o bolo que prometi.

Rachel e Ian se aproximaram agora; flagro olhares lançados ligeiramente na direção deles, mirando de longe, rapidamente, como se vissem algo que não deveriam. Ninguém quer encarar a dor, nem eles. Muito menos eu. Rachel ainda está horrivelmente, assustadoramente magra. Mas continua linda.

— E o bilhete final, número 85, verde! — Andrea anuncia, e mais uma vez uma gritaria vem de algum lugar do outro lado do recinto.

— Bem! — digo — Então é isso! Quem quer comer alguma coisa?

— Eu! Eu! — As duas crianças gritam e a atenção de Jack é desviada de volta para nós, como o redirecionamento de um jato d'água. Sinto os olhos dele em mim, e meu estômago se aperta quando penso no resto do dia compartilhado com famílias felizes. De repente, tenho de fugir.

— Pode ficar com as crianças? — pergunto. — Só vou bater um papinho com as mães.

Eu os deixo antes que ele possa responder, indo vagamente em direção ao corredor que leva para longe do ginásio, onde uma placa cor-de-rosa brilhante, escrita à mão, indica os banheiros. Há um zumbido na minha cabeça, cada vez mais alto. Em algum lugar, a música começou a tocar, uma música estranha e canalizada que perfura minha mente, forçando-me a apertar os olhos contra a luminosidade do dia. A luz do sol parece inapropriada. Tudo isso me parece inapropriado. Quero que tudo pare agora.

Capítulo 33
CLARE

Segunda-feira, 4 de fevereiro, quinze horas

Temos um tempo livre esta tarde — devemos usá-lo para estudar para as provas. Lauren passa a maior parte do tempo rindo com Andy Miles e seus amigos estúpidos, mas digo a eles que os verei depois e vou ao banheiro das garotas. Não tem mais ninguém lá, e encontro uma cabine no fundo, tranco a porta e me sento. Respiro fundo e pego o celular, pesquisando tudo novamente, mesmo tendo lido todas as informações tantas vezes. Me sinto estupidamente nervosa agora. Não sei por quê.

A pílula mais comum chama-se Microgynon — é a que a irmã mais velha da Lauren usa, eu acho. Li todos os efeitos colaterais novamente, o coração disparado. Vai ficar tudo bem, só estou sendo muito ansiosa. Eu me forço a pensar em quantas pessoas tomam pílula; a chance de algo ruim acontecer é tão pequena que não vale a pena pensar nisso. Além disso, não posso desistir agora. Já marquei a consulta no médico — é às quatro e meia, logo após as aulas. As garotas não sabem aonde vou — não quero que saibam que não perdi a virgindade no ano passado, que estou blefando há meses. Elas iriam rir muito disso.

Em vez de me preocupar, tento me concentrar em como Owen vai ficar feliz. Sei que ele quer dormir comigo há muito tempo; ele nunca força nem nada, sabe que eu odiaria isso. Sempre fiquei nervosa demais. Sei que é bobagem, mas odeio a ideia de usar preservativos — eles nos mostraram uma vez naquela aula de saúde, todos emborrachados e viscosos. Não gosto da ideia do látex na minha pele. Apesar disso, todos dizem que é melhor assim — para a menina e para o menino. Ele vai ficar tão animado. Tenho de tomar a pílula por uma semana para fazer efeito, então não posso dormir com ele hoje, não "do jeito completo", mas já planejei tudo. Vou mostrar o pacote hoje à noite para ele, para que não haja mais volta, e vou passar a noite, me acostumar com a ideia de dormir na mesma cama. Nunca passamos a noite inteira juntos — é um passo tão grande para mim, não que eu admita isso para qualquer outra pessoa. Parece que vou deixar a velha Clare para *trás, vê-la desaparecer — a pequena Clare tímida e assustada —, e entrar no meu novo eu, adulto. Então, aí sim, na próxima semana — tremo de antecipação, ou de nervosismo —, na próxima semana vamos fazer "do jeito completo", na casa do pai dele. Vai ser perfeito.*

Lembro do momento em que tudo começou com Owen, num jogo de futebol, depois da aula, no campo ao lado da escola. Foi em julho, e o tempo estava muito quente e ensolarado. Os meninos estavam jogando um amistoso. Eu estava sentada com as meninas, tomando limonada — Lauren tinha misturado vodca na dela, mas eu não queria nada. Ela e algumas das outras garotas do nosso ano tinham ficado um pouco tontas e se afastaram, pensando que uma caminhada as deixaria sóbrias, então peguei meu livro, sentada sozinha por um tempo. Owen foi substituído no segundo tempo, e apareceu do meu lado.

Ele estava suando levemente, sua testa brilhava, fios vermelhos grudados na pele como se tivessem sido colados. Havia um cheiro, também, que inconfundivelmente ao ar livre recendia a chuteiras, pernas e roupas enlameadas que precisavam ser lavadas imediatamente. Um cheiro de macho. Um cheiro que me assustou.

— O que você está lendo?

Fiquei surpresa. Eu achava que ele só se sentara ao meu lado porque eu estava perto do campo e ele queria se concentrar no resto do jogo. Meu corpo estava tenso, como sempre quando homens se aproximavam demais. Relutantemente, virei o livro para que um Owen suado pudesse ver a capa: Ratos e homens, *de John Steinbeck. Ele se inclinou um pouco mais para perto de mim e meu estômago se apertou, meu coração batendo mais rápido.*

— Está na nossa lista de leitura — disse, lamentando as palavras instantaneamente. Por que eu tinha de fazer parecer que era para ele sair?

Ele acenou com a cabeça.

— Claro, nós também lemos no ano passado. Eu gostei. Você está gostando?

Os olhos dele tinham desviado do livro de volta ao jogo, mas havia algo em seu rosto que mostrava que estava ouvindo o que eu disse a seguir, ligado na minha presença mesmo que estivesse fingindo não estar.

— Humm... — Eu ainda não tinha me decidido; não gostava muito do personagem George, de como ele era mau para Lenny. Mas também não gostava da ideia das mãos grandes e fortes demais de Lenny; elas me assustavam, embora

eu nunca tivesse colocado isso em um ensaio. — Estou gostando por enquanto — *respondi, mantendo a voz leve, e Owen olhou de volta para mim, sorriu.*

— Me conte quando terminar. Que final! — *Ele soltou um assobio longo e baixo, um assobio que, na minha cabeça, imediatamente, o fez parecer tão mais velho que seus dezesseis anos. Ali estava um cara sofisticado, um cara que lia, um cara que podia assobiar. Alguém que poderia ser diferente.*

— Você vai voltar? — *perguntei, acenando estranhamente para o campo, e Owen olhou diretamente para mim, sorriu, balançou a cabeça.*

— Nah. Acho que estou melhor aqui.

Dei meu número para ele, e passamos parte da semana mandando mensagens desde a saída da escola até a meia-noite, ignorando um ao outro no colégio, até que, na sexta-feira à tarde, ele bateu no meu ombro quando eu estava em frente ao meu armário, atrapalhada com os livros.

— Ei, Clare.

Desta vez ele não estava suado e não tinha aquele cheiro do último encontro. Ainda assim, senti o velho medo familiar presente ao meu redor, mas Owen sorriu e seu sorriso foi tão gentil e eu queria tanto estar livre do passado, provar para mim mesma que agora poderia ser diferente, que mandei uma mensagem para mamãe dizendo que ia para a casa da Lauren e, em vez disso, fomos dar um passeio, subindo por Sorrow's Meadow, nos fundos da cidade. Owen pegou um pouco de sidra de sua mochila, que ele deve ter carregado o dia todo, e nós ficamos ali sentados, sob o calor do sol; conversando, rindo e tomando goles das doces e gaseificadas latas. Eu tinha tido uma sensação estranha quando nos levantamos para ir embora. Era a primeira vez que ficava mais de cinco minutos sem pensar no meu pai.

Desde aquele dia em Sorrow's Meadow, nós nos vemos em segredo o máximo que podemos. Vou muitas vezes à casa de Owen quando o pai dele está fora, escolhendo a comodidade de a casa dele estar vazia em vez da minha própria casa, onde, além das lembranças tristes, mamãe e Ian vigiam cada movimento meu. Algumas noites, as cobranças apareceram: passo um tempo com meus amigos, meu diploma, minhas provas, precisam vir primeiro. Às vezes, eles suspeitam de um menino e dizem que os caras da minha idade só estão interessados em uma coisa. Nessa coisa e no futebol. Tentei argumentar, dizer que isso não é verdade, mas mamãe concorda com Ian toda vez e Ian não é de admitir que está errado. Isso me faz estremecer.

Capítulo 34
JANE

Segunda-feira, 18 de fevereiro

Jack volta cedo do trabalho na segunda-feira à noite. O jantar já está na mesa; as crianças estão em silêncio, ainda cansadas do evento de sábado. Vimos Nathan no caminho da escola para casa; alguém havia quebrado seu cone, quebrado a parte de cima dele de modo que os cacos cor-de-laranja voaram no ar. A coisa foi violenta, coisa de gente furiosa. Ele não sorriu para nós como normalmente faz, mas sorri para ele, olhei para meu relógio. Então agarrei as mãos das crianças, apressei-as.

— Como foi o trabalho? — pergunto a Jack para quebrar a estranha tensão acumulada na cozinha, mas ele dá de ombros, nem me olha nos olhos. Quase rio para mim mesma, imaginando se as garotas da associação de pais e mestres nos vissem agora. O marido amoroso que beijou meu pescoço na feira desapareceu.

Finn não está comendo nada.

— Coma, por favor, Finn — digo com firmeza, batendo a ponta da minha faca na toalha de mesa ao lado do prato dele. As luzes prateadas brilham sobre nossas cabeças na cozinha.

— Não estou com fome — diz ele, amuado, e faço uma pausa, um pouco surpresa. Das três crianças, Finn é o mais solar. Meu menino tranquilo, meu filho de mente leve. Sophie sempre foi o bebê mais difícil, gritando durante a noite, jogando as coisas no chão assim que eu as dava a ela. Está mais calma agora, mas ainda há momentos de desafio, as birras que não param. Harry fica em algum lugar no meio.

— Qual é o problema? — pergunto a Finn, mais rispidamente do que pretendia, não dormi bem e só quero que todos cooperem. Só por hoje. Depois de tudo o que fiz por esta família, será que isso é pedir demais?

— Nada — murmura, empurrando no prato o guisado que preparei, o metal de seu garfo raspando desagradavelmente contra a cerâmica.

Olho para Jack. Ele também não comeu quase nada e não está ajudando com Finn. Uma bolha de pânico começa a se formar no meu peito, embaçando minha visão. É assim que vai ser a partir de agora? Será que as coisas vão melhorar algum dia?

— Mamãe? — Sophie chama e tento sorrir para ela, mas meu peito está apertado e sua voz soa metálica em meus ouvidos.

Tento falar, mas, desta vez nada sai — um barulho crepitante enche minha cabeça e a próxima coisa que sei é Jack ao meu lado, um braço ao redor dos meus ombros e uma mão na parte de trás do meu pescoço, empurrando minha cabeça para baixo entre meus joelhos.

— Respire fundo — diz ele, e por um momento, estou de volta ao hospital, acabando de ter Sophie, e ele está segurando minha mão e sorrindo e tudo está como deveria estar, sem erros, sem raiva. Lágrimas ardem nos meus olhos, mesmo quando sinto o coração bater mais devagar. Eu me forço a respirar profundamente, inspirando em cinco, expirando em três, da maneira como nos ensinaram na Albion Road. Nunca fui muito boa nisso. Jack era melhor do que eu.

Nunca sou boa o suficiente.

— Crianças, a mamãe não está se sentindo muito bem, então por que vocês não levam seus pratos para a sala de estar e assistem televisão? — Jack está dizendo, sua voz acima da minha cabeça, e ouço ao longe os sons dos dois correndo, animados em ter a TV à disposição.

— Vamos lá — ele me diz depois de alguns minutos, e lentamente, relutantemente, eu o sigo pelas escadas até o nosso quarto, com uma mão no corrimão como se eu fosse uma senhora de idade. — Você está bem — diz Jack assim que estou deitada na cama, pequenas gotas de suor pontilhando minha testa. — Só um ataque de pânico.

Ele está franzindo a testa, e sinto uma onda de raiva. Quando ele se aproxima, meu corpo tensiona pelo hábito e ele quase ri, o canto esquerdo da boca se enrugando daquela maneira familiar.

— Não vou te machucar, Jane — diz. — Acho que já fizemos o suficiente disso, você não acha?

E aí sinto as lágrimas começarem a vir, rolando pelo canto dos meus olhos para a nossa grande cama branca. Gentilmente, ele se levanta e fecha as cortinas, ainda está claro lá fora; está anoitecendo, pouco depois das seis. O pesado cortinado azul bloqueia os sons do mundo exterior e sinto meu corpo relaxando sobre o colchão. Se ao menos eu pudesse ficar aqui, assim, manter as portas e as janelas fechadas, manter minha pequena família aqui dentro para sempre. Aqui dentro ninguém pode nos machucar, assim como nós já nos machucamos.

Quando fecho os olhos, o brilho das bandeirinhas enfeitando a feira dos namorados atrás das minhas pálpebras me impede de adormecer.

Capítulo 35
SARGENTO MADELINE SHAW

Terça-feira, 19 de fevereiro

Ela está entre o despertar e o sono quando irrompe um barulho de algo martelando, alto e implacável. Isso a faz acordar, e ela começa a estender a mão para pegar o telefone. É quase uma da manhã. O sono é esquivo na melhor das vezes, mas ela poderia passar sem alguém batendo à sua porta no meio da noite.

Madeline desce os degraus dois de cada vez, alcançando a porta assim que a batida recomeça. Ouve uma voz: feminina, chorando. Rapidamente, ela abre a porta.

Rachel Edwards caminha lentamente até o pequeno corredor, o rosto transfigurado. As lágrimas estão escorrendo pela face e o cabelo parece fosco, empastado. Ela está usando o que parece ser um roupão embaixo de um casaco roxo escuro, abotoado todo errado.

Rapidamente, Madeline sai para ver se há alguém atrás dela, mas a rua parece deserta, as luzes brilhando sinistramente, lançando formas lunares brancas sobre o pavimento vazio. Ela olha dos lados. A casa mais próxima é a dos Bishops, um jovem casal com um bebê de quatro meses que se mudou para cá pouco antes de Clare morrer. Provavelmente estão apenas esperando que o pequeno tenha idade suficiente antes de se mudarem novamente. A cidade não pode ter lhes causado uma boa primeira impressão, não é mesmo? Do outro lado de Madeline vivem Donna Phillips e sua família: ela é membro da associação de pais e mestres, amiga de Sandra Davies, Jane Goodwin, Tricia Jenkins e toda a turma. Ela não quer que ninguém veja Rachel assim do lado de fora de sua porta, ou a notícia alcançará cidade em pouco tempo, então Madeline decide colocá-la para dentro.

Ainda soluçando um pouco, Rachel segue à frente dela, caminha trêmula até o sofá enquanto Madeline a guia pela casa.

Rapidamente, vai para a cozinha e lhe oferece um copo d'água, coloca-o na mesa de café na sua frente.

— Você está bem, sra. Edwards? — Madeline se senta ao lado dela. É estranho tê-la aqui, em seu espaço pessoal; talvez devesse levá-la à delegacia, mas conclui que Rachel não está em condições de ser levada para Chelmsford a esta hora da noite.

— Não consigo dormir pensando nisso — diz Rachel, de repente, sua voz estourando na sala, mais alta do que Madeline já a ouviu falar antes.

— Pensando em quê? — pergunta, esperando que não se trate apenas de uma insônia, que seja algo mais, que possa ser até mesmo o avanço de que a polícia tanto precisa.

Rachel começa a puxar a pele ao redor das unhas, arrancando pequenas tiras brancas de cutícula. Madeline quer estender a mão, dizer a ela para parar, mas, em vez disso, se força a esperar. Rachel veio aqui para dizer algo. Se for pressionada, pode perder a coragem.

— Rachel, se há algo que você quer me contar sobre a noite em que Clare morreu, por favor, você está fazendo a coisa certa ao vir aqui — acrescenta finalmente.

A outra mulher não olha para ela. Está com medo. Abaixa a cabeça de modo que o queixo repousa no decote do casaco, o cabelo escorregando com um estranho som sobre o tecido.

— Eu não deveria estar aqui — sussurra ela, mas Madeline balança a cabeça, sente um súbito desespero invadi-la. Rachel está tão perto de falar.

— É sobre a Clare? — indaga Madeline com cuidado, observando Rachel de perto. A mulher meneia cabeça afirmativamente como uma marionete presa a um fio. *Quem controla o fio?* Madeline se pergunta. — Tem alguma coisa a ver com o seu marido, sra. Edwards? — pergunta, e, ao mencioná-lo, o choro de Rachel irrompe novamente, os soluços ecoando pela minúscula sala. Lentamente Rachel tira um objeto do bolso do casaco e, quando Madeline vê o que é, fica claro por que ela estava com tanto medo de vir.

É o celular de Clare. Um iPhone 6, revestido de uma capinha dourada, um dos cantos ligeiramente amassados. Os pais o descreveram na delegacia repetidas vezes; a polícia fez de tudo para tentar rastrear os últimos movimentos conhecidos do aparelho. Mas tudo parou em Sorrow's Meadow.

Ela ainda está segurando o telefone com força, como se não quisesse entregá-lo, como se soubesse que quando o fizer não haverá volta. Madeline observa seus dedos agarrarem o plástico duro e sua mente antecipa possibilidades, repassando tudo na última quinzena: as pistas falsas, os depoimentos intermináveis, o cabelo loiro de Clare esticado contra o chão escuro e enlameado. Houve relatos de uma discussão naquela manhã. Uma discussão entre Clare e sua mãe. Rachel se sentiu culpada, ela mesma disse isso em depoimento.

Culpada por ter contrariado a filha, culpada por tê-la castigado em razão das provas.

Então de que Rachel é culpada agora?

— Achei isso nas coisas dele — diz Rachel. Seu corpo inteiro está tremendo levemente.

— Nas coisas de quem? — A voz de Madeline é cuidadosa, mas Rachel apenas aperta a cabeça, pressiona a mão contra a boca.

— Você encontrou o celular de Clare nos pertences de Ian? — indaga a policial, querendo ser clara, e Rachel assente, seu olhar encontra os olhos da outra mulher pela primeira vez. Madeline pode ver o quanto isso está lhe custando, essa admissão, pode sentir a culpa que sente ao vir aqui, a sensação de traição.

— Rachel, vou precisar que você vá à delegacia fazer uma declaração — afirma Madeline gentilmente.

Rachel não vai querer, mas, se o que ela está sugerindo é verdade, é sério demais para ser alegado nesta casinha apertada.

Ela começa a balançar a cabeça, o corpo tenso.

— Ele não fez isso — sussurra. — Ele não pode ter feito isso. Ele a amava.

Suas mãos vão até a boca, como se ela quisesse enxotar as palavras de volta para dentro.

— Quando você encontrou o telefone, Rachel? — Madeline quer saber, e Rachel deixa um gemido escapar. — Sra. Edwards, você precisa responder às minhas perguntas — diz a policial com firmeza. — Esconder provas é crime, como acho que você já deve estar ciente.

Rachel se ajeita na cadeira, respira fundo. Madeline consegue ver a determinação em suas palavras.

— Encontrei há algumas horas — esclarece. Um dos punhos aperta a almofada do sofá, os dedos se retorcendo ao redor do tecido. — Eu estava procurando meu carregador, nós compartilhamos uma pequena reserva que levamos quando saímos. — Respira fundo, arrepiada. — As coisas estão estranhas entre nós desde sábado; voltamos da feira dos namorados e foi horrível, estar perto de todos, não deveríamos ter ido. Não nos falamos direito desde então; não sei, parece que há um grande abismo entre nós. — Ela olha para Madeline, quase suplicante. — Então, esta noite, Ian sugeriu que saíssemos para dar uma volta, para qualquer lugar, para qualquer lugar longe daqui, para que pudéssemos conversar no carro. Sempre conversamos em longas viagens, sabe, algo sobre estarmos juntos naquele pequeno espaço... — Sua voz falha, e Madeline pensa brevemente em como deve ser terrível para ela, presa em Ashdon, cercada pelas lembranças da filha. — Então, procurei a bateria reserva — Rachel continua trêmula. — Quero manter meu telefone sempre carregado, no caso de haver alguma notícia. — Ela olha para Madeline. — Tenho medo de não conseguirem falar comigo. Desde Clare.

— Continue.

— Eu estava olhando na mochila dele — diz —, aquela que ele sempre carrega. Eu não estava esperando encontrar nada, como disse, estava só procurando o carregador, mas senti o formato do telefone e o peguei, pensando que Ian tivesse esquecido o dele. Todos nós temos o mesmo modelo; tínhamos.

Ela passa os dedos sobre a capa dourada do telefone de Clare como se fosse parte da filha dela.

— Enlouqueci, nem sequer consegui perguntar a ele, só peguei o telefone e escondi na minha bolsa. Saí para o passeio. Tentei ganhar coragem para perguntar sobre isso enquanto estávamos fora, mas não consegui. Tenho tentado pensar em uma razão, uma explicação, mas sei que ela estava com o telefone naquele dia porque me mandou uma mensagem, e Ian estava no trabalho. A única maneira de poder estar na mochila dele é se, se...

A voz de Rachel se desvanece e Madeline se põe de pé, vai até uma gaveta na cozinha e puxa uma sacola de plástico, que coloca sobre a mão direita. Voltando para Rachel, estende a mão, com a sacola aberta, cobrindo a pele. Enquanto Rachel coloca o telefone dentro dela, algo parece mudar dentro da pequena sala; um aumento da tensão, uma carga de emoção.

— Acabei de carregar agora mesmo — diz Rachel —, olhei as mensagens. A senha é o aniversário dela. — Ela balança a cabeça, como se estivesse incrédula. — Eu nem sabia que ela tinha um namorado — sussurra. — Que tipo de mãe eu sou, Madeline? Que tipo de pessoa não conhece a própria filha?

O inspetor fica em êxtase, mesmo quando Madeline liga para ele às duas da manhã e lhe pede para encontrá-la na delegacia. Usando o código de Clare, eles desbloqueiam o telefone e encontram tudo: as mensagens de Owen, as ligações e os textos, intensos e frequentes, páginas e páginas que valem a pena.

Eles repassam os textos do dia do assassinato, mas a última troca de mensagem deixa a respiração de Madeline suspensa.

Lembra que eu disse que tinha uma surpresa para você?
Eu gosto de surpresas.
Você vai adorar esta. Estou indo para lá agora. Te vejo daqui a pouco. Te amo.
Me ligue quando sair. Bj

Uma surpresa para ele — ela insinuou isso o dia todo, mas nunca dizia o que era. Rachel balança a cabeça quando lhe perguntam se ela sabe o que era.

— Nunca soubemos — diz ela. — Por que ela manteria isso em segredo, Madeline? Por que não me contaria? Eu sou a *mãe* dela.

— Isso é algo que esperamos descobrir — diz Madeline, e acompanha Rachel de volta à sua casa para pegar a mochila de Ian, dar-lhe a oportunidade de tomar banho e trocar de roupa enquanto Ian está em segurança no primeiro trem para Londres. De volta ao seu negócio, pensa Madeline.

Eles revistaram a casa logo após Clare ter sido encontrada, mas não havia nada. Nenhum telefone. O cartão SIM e a bateria agora estão intactos, mas nada foi tocado desde a noite em que Clare morreu. Não até hoje à noite, quando Rachel o carregou.

— É possível que ele tenha mantido com ele ou no trabalho — diz o inspetor. — Descuidou-se agora que já passou algum tempo. Pensei que estivesse limpo. Apareceu no sistema há algumas horas, olha, deve ter sido quando Rachel o ligou. Apareceu uma mensagem na tela dizendo que estava desligado.

— Por que ele colocaria o cartão SIM de volta? — pergunta Madeline. Ian deve ter desconectado o cartão para que o telefone não aparecesse nas torres de telefonia móvel. Mas, pelo que Rachel afirma, o telefone estava completo na mochila. Desligado, mas não desmontado.

O inspetor repassa tudo com Rachel na delegacia, gravando. Ela parece melhor agora que está sem o roupão, mas qualquer um pode ver que está devastada; seu rosto ainda bonito é pálido sob as luzes severas da estação, e ela está mordendo os lábios, rasgando a pele com os dentes. A delegacia cheira como sempre, a café velho e loção corporal. Um excesso de oficiais sem tempo para ir para casa tomar banho.

— Vou orientá-la sobre o que vai acontecer a seguir, sra. Edwards — Rob diz depois que ela lhe contou tudo, e Rachel assente rapidamente, claramente aguardando em suspense cada palavra dele.

— Vamos trazer seu marido de volta à delegacia em razão das novas informações que a senhora nos deu. Ele vai ser interrogado de novo, na esperança de que, para o bem dele, possa explicar as razões para ter e ocultar o celular de sua filha. Se o seu marido não conseguir apresentar uma explicação razoável para isso, talvez precisemos prendê-lo, e se novas provas vierem à tona, ele será formalmente acusado.

Uma pausa. Ela está olhando para baixo agora, para o tampo da mesa, com os olhos vazios. A exaustão é visível nas suas feições. Parece tão frágil. Tão sozinha.

— Alguma vez a senhora se preocupou que o seu marido pudesse fazer mal à sua filha, antes deste incidente, sra. Edwards? — pergunta Rob, e ela os encara de novo com os olhos ausentes.

— Eles... eles discutiam às vezes — responde ela, sua voz pouco mais do que um sussurro —, mas não sei, não acho que eu seja um bom juiz. Interpreto mal as pessoas. Eu sei disso.

Madeline fecha o semblante.

— O que você quer dizer com isso, Rachel?

Ela consegue ver a pulsação de Rachel no pescoço, a fragilidade da garganta enquanto engole em seco.

— Só quero dizer que não confio em mim mesma — responde, e, quando ergue o olhar novamente, seus olhos azuis estão cheios de lágrimas salgadas Madeline percebe a impaciência de Rob ao lado dela; ele não gosta disso, só quer os fatos. Cuidadosamente, ela se levanta, vai buscar um lenço de papel para Rachel na caixa que guardam no armário do canto.

— Desculpe — Rachel pede. — É muita coisa para assimilar.

— Claro. — Rob faz um movimento de cabeça enquanto ela enxuga os olhos, assoa o nariz, o som muito alto na pequena sala de depoimentos. — Essas discussões — acrescenta — eram por causa de algum motivo específico? Você notou um aumento nas tensões entre eles no período que antecede o dia 4 de fevereiro?

— Seu marido nos disse que houve uma discussão na véspera da morte de Clare, sra. Edwards — diz Madeline, sem rodeios, e Rachel empalidece.

— Sim — confirma Rachel —, sim, mas era sobre os exames, as provas na escola. Nós fomos muito duros com ela, sei que fomos. — Ela coloca uma mão na testa, como se estivesse cuidando de uma criança doente. — Desculpe, estou tentando pensar, lembrar; eles discutiram um pouco sobre coisas bobas, principalmente, o rendimento escolar dela, quantas vezes ela via os amigos. Ele queria que ela se saísse bem; bem, nós dois queríamos. Acho que em parte é o treinamento do Exército, você sabe, ele é muito exigente com disciplina. Mas nunca o vi, nunca o vi machucá-la. Ele não era assim, nunca pensei que tivesse um grama de violência em seu caráter.

Rob assente.

— E antes de a senhora encontrar o telefone da sua filha nos pertences dele, a senhora não tinha motivos para suspeitar do envolvimento de seu marido na morte de Clare? Não havia nada que a senhora notasse, algum comportamento estranho, talvez, algum sentimento de culpa?

Rachel parece ter dificuldades com isso, apertando o lenço amassado em uma mão, os dedos pressionando um punho.

— Não sei — diz. — Eu achava que não, mas sim, nós dois nos sentimos culpados. Ainda me sinto culpada. — Pressiona os lábios, como se mantivesse suas palavras em xeque. — Eu me sinto culpada por tudo, esperei muito tempo para chamar a polícia na noite em que aconteceu. Por ser muito rígida com ela sobre as provas. Por cada argumento, cada palavra impensada. Por toda vez que eu a perdi de vista. Por toda vez que ela mentiu sobre Owen. Por que ela não me contou? Eu era realmente uma mãe tão terrível?

— Você não é uma péssima mãe, Rachel — diz Madeline. Com isso, Rachel enterra a cabeça nas mãos, a voz abafada.

— Eu sou — retruca ela, as palavras indistintas. — Sou uma péssima mãe, detetive. Você não sabe.

Um soluço alto escapa e Madeline traz a caixa inteira de lenços para a mesa. A mão de Rachel treme enquanto ela levanta a cabeça e pega a caixa, respira fundo como se estivesse tentando se recompor.

— Mas, quanto a pensar que ele estivesse envolvido, não, nunca pensei, nunca teria acreditado que ele faria isso. — Uma pausa. — Mas, como eu disse, não confio em mim mesma, detetives. É por isso que eu tinha que dizer a você. Eu tinha que avisá-los.

Ela abre e fecha as mãos sobre a mesa.

— A senhora tem sido muito útil nesta investigação, sra. Edwards — diz Rob, tentando um sorriso. — Estou ciente de que esta nova informação foi um grande choque para a senhora, mas nosso trabalho é protegê-la, e fique tranquila, a senhora estará protegida do seu marido.

Nisso, um brilho estranho atravessa seu rosto, por um segundo, e depois desaparece. Madeline olha para Rachel Edwards e não consegue deixar de sentir que a mulher está escondendo alguma coisa, algum pedaço do quebra-cabeças que ainda falta. *Sou uma péssima mãe, detetive. Você não sabe.* O que a deixa tão convencida?

— Estou assustada, detetives — diz de repente, como se tentasse manter a atenção sobre Ian — Estou assustada com o que ele possa fazer.

— Nós precisamos de mais.

O inspetor bate a mão na mesa. Lorna está na frente com Rachel Edwards, arranjando um lugar para ela passar o resto do dia. O melhor para a polícia seria que ela fosse para casa, tentasse ver se Ian confessava alguma coisa, mas eles a colocariam em perigo, e, além disso, não podem confiar nela. Madeline já viu isso antes — casais se ajudando bem no último minuto, justamente quando você acha que eles farão a coisa certa. Esse é o ponto quando do você comete erros no início da carreira — você faz de tudo para evitar cometê-los outras vezes

— A promotoria vai precisar de mais para o indiciamento — diz Rob, passando a mão pelo cabelo. — Uma testemunha, uma arma, qualquer coisa. Estamos tão perto. — Ele começa a murmurar para si mesmo.

— Concordamos que o assassino pode não ter tido uma arma — Madeline lembra a ele. — A ferida na parte de trás da cabeça de Clare pode ter sido infligida por alguém que a bateu no chão, na base do toco da árvore onde ela foi descoberta. Christina confirmou isso.

O inspetor ignora Madeline.

Ela espera e, enquanto ele não responde, Madeline sai pela delegacia, com a cabeça latejando, procurando trocados no bolso. Será apenas a culpa de uma mãe que perdeu um filho? Ou pode ser mais do que isso? A frustração a consome. Eles estão perto, ela sente.

Madeline está prestes a selecionar um Twix quando o vê. Nathan Warren, parado do lado de fora das portas envidraçadas, com as mãos nos bolsos da calça, sem casaco no dia frio. Por um momento, ele se postou atrás do vidro, parado totalmente, e de repente ela se dá conta de que ele está lá dentro, a um metro de distância dela. Ele está imóvel, alerta como se estivesse prestes a dizer algo, mas alguma coisa o detém.

— Nathan?

É tudo do que ele precisa. Abruptamente, começa a falar com tal rapidez que ela não consegue entender direito o que está dizendo, mas ouve a palavra "Clare" e seu coração dispara.

— Nathan, calma, calma, mais devagar, vamos lá. Mais devagar.

O oficial na recepção abre a boca, prestes a falar, mas ela eleva um pouco a mão.

— Está tudo bem — diz Madeline. — Eu cuido disso.

Os olhos castanhos de Nathan estão fixos nela, e ela coloca a mão no braço dele, leva-o cuidadosamente através das portas duplas para o interior da delegacia. Ele continua olhando por cima do ombro, como se estivesse preocupado que alguém viesse atrás dele, como se não estivesse sozinho.

— Lorna! — chama Madeline quando eles entram na sala de depoimentos. — Traga Rob aqui, sim? Temos novidades.

Capítulo 36

SARGENTO MADELINE SHAW

Terça-feira, 19 de fevereiro

Nathan fala devagar agora que estão dentro da sala de depoimentos. Seus olhos estão fixos em Madeline. Ele diz seu nome para o gravador; ela acrescenta a data e a hora em que se reúnem ali e, depois, senta-se de volta em sua cadeira. A detetive vislumbra as botas dele embaixo da mesa, as sólidas botas negras do Exército que estava usando no dia da feira dos namorados.

— Nathan, você poderia repetir o que me disse no saguão, para o propósito da gravação?

— Eu o vi — afirma Nathan. A voz dele é clara, sem os murmúrios dos seus depoimentos anteriores, quando foi interrogado. — Eu vi Ian matar Clare Edwards em Sorrow's Meadow. O campo das flores.

O inspetor respira com força, o som é alto na sala. Madeline assente, observando Nathan.

— Você pode nos dizer por que não deu essa informação antes?

— Eu estava assustado — diz ele, em sua maneira engraçada e infantil, e olha para a porta novamente, como se esperasse que ela se abrisse a qualquer momento.

— Quem assustou você? Ou o quê?

Os olhos castanhos se fixam nos dela.

— Eu estava com medo de Ian.

— E você pode nos descrever seus movimentos naquele dia, 4 de fevereiro? O que foi fazer no campo?

Os olhos dele ainda fitam os dela: sem pestanejar, fixos. Há uma pausa. Madeline se mantém firme. O inspetor tosse.

— Eu estava andando — diz ele. — Eu ando muito por ali. Estava caminhando e vi a garota, eu a vi deitada no chão. Havia um homem de pé em cima dela, aquele homem mau, Ian. Ele estava chorando. Ele se ajoelhou ao lado dela e eu o vi machucá-la, eu o vi machucar a cabeça dela no chão. — Olha para o lado. — Havia sangue, sangue vermelho, muito sangue.

Ela olha para a janela lateral da sala, onde Lorna está observando.

— E o que você fez quando viu isso, Nathan? — pergunta Madeline.

Ele respira fundo, acena como se soubesse que esta seria a próxima pergunta.

— Esperei — diz. — Esperei até o homem mau ir embora, e então fui ver se a garota estava bem. Mas não estava bem. Não está bem.

— Não — comenta Madeline —, ela não estava bem, né? E então o que você fez, Nathan?

Ele parece confuso.

— Eu contei para vocês — afirma Nathan. — Contei para a polícia. Fiz a coisa certa.

Madeline pensa no dia em que eles receberam a ligação em Chelmsford. A voz em pânico de Nathan, relatando que achara o corpo. A chamada dos Edwards relatando o desaparecimento, *Ela não voltou da escola para casa.*

— Mas você não nos contou logo, certo, Nathan? Você esperou. O que você estava esperando?

Ele engole em seco, baixa os olhos para a mesa lascada. Alguém rabiscou nela *Fodam-se todos vocês.*

— Eu estava assustado — repete finalmente. — Eu não queria me meter em problemas.

Às palavras dele, Madeline é tomada por uma grande sensação de fracasso, uma tristeza pesada nos ombros. Porque ele está certo, não está? A primeira coisa que fizeram foi suspeitar dele, tentar culpá-lo por ele ser quem é. Porque ele é um alvo fácil. Porque queriam isso resolvido logo para não serem atacados na imprensa. Porque eles tinham ouvido fofocas de anos atrás que nem se baseavam em fatos.

Madeline puxa uma pasta de debaixo da mesa, abre-a a coloca à sua frente. Os olhos de Nathan se abrem mais enquanto ele vê a fila de rostos olhando para eles.

— Nathan, pode me dizer se você viu alguma dessas pessoas em Sorrow's Meadow naquela noite e qual delas?

Seu dedo pousa na impressão do rosto de Ian antes que ela termine de falar, a pele pastosa cobrindo a pequena fotografia.

— Nathan, este homem te ameaçou depois da descoberta do corpo da Clare?

Uma pausa, seguida de um aceno de cabeça.

O inspetor inclina-se para a frente.

— Nathan — começa —, é importante que você coopere conosco agora. Como foram as suas conversas com aquele homem?

Imediatamente, seus olhos revelam pânico, e Madeline sente pena dele, esse pobre homem solitário que foi humilhado, banido da cidade, escrutinado pela polícia por um crime que aparentemente não cometeu.

— Na feira — murmura —, na feira da escola. Ele disse que você pensaria que fui eu que fiz aquilo. Você pensaria que fui eu se eu te falasse que foi ele.

O silêncio na sala é pesado, constrangedor. Até Rob parece desconfortável.

— Está tudo bem, Nathan — diz Madeline, do modo mais gentil possível. — Você não está com nenhum problema agora. E você fez a coisa certa. É sempre melhor dizer a verdade.

Ele não diz nada, olha para a porta novamente.

— Vou precisar que você assine uma declaração formal de testemunha, Nathan — diz ela —, o que confirma a história que você acabou de me contar. Está claro para você? A detetive Lorna vai te explicar. — Ele faz que sim com a cabeça. — Obrigada por ter vindo falar comigo. Você fez a coisa certa.

Madeline observa enquanto Lorna fala com Nathan sobre o depoimento como testemunha, o inspetor ao seu lado. Ele a toca nas costelas com o cotovelo.

— Desculpe — diz ele, e a sargento fica de queixo caído, pois é a primeira vez que ele lhe pede desculpas desde que ela entrou para a polícia de Chelmsford.

— Pelo quê?

Ele se encolhe.

— Você sabe. Por tentar culpar Nathan, fazê-lo parecer o que não é. Você estava certa em não me deixar continuar com isso.

— Nossa — diz ela —, esta é uma reviravolta histórica.

Ele desvia o olhar com um meio sorriso.

— Quer fazer uma visitinha para o nosso Ian? Acho que devemos isso a ele.

Madeline engole em seco, olha atrás dele para a parede, onde a foto de Clare olha de volta para ela, congelada no tempo. Imagina o rosto de Rachel, o celular dourado em sua mão. Ian sorri para eles do outro lado da mesa de depoimentos, o brilho de sua gravata festiva. Uma gravata em que se lê "Escapei dessa."

— Vamos lá — diz Madeline. — Devemos isso a ele.

Capítulo 37
JANE

Quarta-feira, 20 de fevereiro

De manhã, acordo de um sono pesado e cheio de sonhos distorcidos para encontrar seis novas mensagens no meu celular. Imediatamente, meu coração pula; pensamentos sobre as crianças me penetram a mente, caídas na rua ou de bruços no parquinho, sangue por todo lado. Eu me sento rapidamente, os lençóis macios me sufocam. Jack já saiu, e há um recado no abajur perto da cama dizendo que levou as crianças para a escola, não queria me acordar. Dormi até mais tarde. Uma raridade.

Pegando o telefone, vejo os nomes brilhando: Sandra, Tricia, Donna. Também há uma ligação perdida do consultório de Jack. Meu coração parece falhar. Mas não são as crianças. São as meninas.

Prenderam Ian! Hubby viu a viatura em frente à casa deles hoje cedo. Não diga que não avisamos... S bj

Ninguém viu a Rachel. Será que devemos fazer uma visita? O que você prepararia numa situação destas? "Cookies de lamento que seu marido seja um assassino"...? T bj

Senti sua falta na escola, Jane, você já ouviu a notícia? Donna
Obs. Vi o Jack mais cedo com as crianças, sorte sua poder dormir um pouco mais! S bj

Eu estou pensando em talvez um bolo. Ou uma lasanha. Algo para durar um pouco. Duvido que ela vá ter vontade de cozinhar. Você sabe se ela é vegetariana? Será que ela comeu a última que você preparou? T bj

Sempre achei que havia algo estranho no Ian. Acho que ele se insinuou para mim uma vez, num dia de jogo. Que inapropriado! Provavelmente escapei por pouco. De qualquer forma, responda logo. Donna.

Deito-me contra os travesseiros, meu coração bate com tanta força que tenho de colocar uma mão no peito, pressionar contra os ossos da caixa torácica. Posso sentir cada um deles, fino e duro debaixo dos dedos. Graças a Deus não fui levar as crianças hoje; imagino a cara daquelas mulheres, como abutres, se aglomerando, as notícias correndo como fogo morro acima de uma ponta à outra da cidade. Pobre Rachel. Pobre, pobre Rachel.

Há uma mensagem de Harry também. *Você está bem, mãe?*

Eu me pergunto novamente o quanto meu filho sabe sobre os pais. *Claro, querido* — respondo —, *está tudo bem aqui.*

Imagino o rosto de Ian na feira da Páscoa, a forma como ele dominou Rachel. A voz rouca, o passado militar. A preocupação com a enteada; o ódio por Mark. Preso. Assassinato. Ele vai ser julgado. A menos que se declare culpado. Nesse caso, será condenado rapidamente. Acabou e pronto.

Meu Deus.

Eu me viro, afasto o celular e enterro a cabeça nos travesseiros, a pulsação latejando nos ouvidos. O celular avisa sobre uma nova notificação, mas nem sequer olho para a tela. Alguns segundos depois, ele começa a tocar, mas o ignoro.

O calor do algodão me acalma de vez e eu me forço a fechar os olhos, sinto a ponta do edredom contra a face. Na minha cabeça, começo a recitar o menu que farei para as crianças esta semana: guisado na segunda, frango na terça, torta de carne na quarta, carbonara na quinta, peixe cozido no vapor na sexta. Tenho de continuar. Eu consigo. Não há razão para não conseguir. Repita, repita e repita. Essa é a minha única opção.

A menos, é claro, que eu diga a verdade.

Capítulo 38
CLARE

Segunda-feira, 4 de fevereiro, 16h10

Toca o último sinal e eu me levanto com pressa, colocando o livro de biologia na bolsa e caminhando rapidamente à frente da Lauren, alegando que tenho de chegar cedo em casa para o jantar.

— Até amanhã — diz, me dando um abraço, e mando um beijo na direção dela. Quando saio pelo portão, vejo Harry Goodwin me olhando, e então flagro Lauren olhando para ele. Deus, quem me dera que ele apenas mudasse suas atenções para ela. Isso a faria tão feliz. E o tiraria das minhas costas.

Sinto-me estranha ao caminhar em direção ao consultório, meu chapéu puxado para baixo por cima do cabelo. É a mesma clínica a que vou desde pequena; acho que posso até me lembrar das primeiras visitas, agarrada à mão da mamãe, aterrorizada com a imagem das portas de correr, dos assentos estéreis e do homem sorridente com seu estetoscópio, agulhas e termômetros. Mamãe estava sempre muito maquiada, de manga comprida e nervosa, esquivando-se de perguntas. Mesmo assim, eu sempre ganhava um pirulito vermelho no final. O prédio parece mais moderno do que a maioria das casas em Ashdon; eles fizeram uma grande reforma há dois anos. Afastado da rua, ele brilha na fraca luz do sol de inverno, uma sebe em canteiros bem atalhados ladeia a alameda de pedra que leva à porta. Lá dentro, de repente estou irracionalmente nervosa, como se do nada Ian ou mamãe fossem aparecer, vindo para cima de mim com raiva, me arrastando do consultório, sabotando minha vida adulta com tudo.

No balcão da recepção, faço um leve pigarro e cuidadosamente, em voz baixa, anuncio meu nome à recepcionista, que tem unhas longas e bem cuidadas pintadas de cinza prateado e um crachá com o nome "Danielle" escrito em uma fonte redonda e cursiva. Ela escreve sem nem sequer olhar para mim, sua atenção em um iPhone ao lado dela que não para de piscar com as notificações do WhatsApp e Bumble. A recepcionista bate as unhas em *um formulário na mesa e eu rabisco minha assinatura; e depois as unhas prateadas afastam o formulário. Instintivamente, fecho as mãos, escondendo os dedos para que não vejam minhas unhas, que, por contraste, são roídas, sem esmalte, infantis. Depois desta noite, vou pintá-las, talvez até fazer algo com o cabelo, que é longo, loiro e sem graça.*

— *Pode sentar, não vai demorar muito* — *a funcionária anuncia casualmente, depois pega o telefone e começa a conversar com alguém que é presumivelmente um amigo, e não um paciente, considerando as gargalhadas que permeiam a sala de espera. Eu me sento, com chapéu sobre o cabelo loiro, de costas para Danielle, ao lado da pilha de revistas brilhantes, que, para minha decepção, datam de 2014. Mal abri a capa de uma* Elle *ligeiramente decadente quando ouço o dr. Goodwin chamando meu nome, sorrindo para mim de forma receptiva. Fico de pé e ando em sua direção. A porta se fecha atrás de mim.*

Capítulo 39
JANE

Quarta-feira, 20 de fevereiro

Enquanto estou fazendo a torta de carne para o jantar, penso na minha segunda opção. A verdade. A verdade é uma coisa escorregadia, não é? Mas estou cansada, o ataque de pânico de ontem paira no limite da minha consciência. Estou aterrorizada com a possibilidade de acontecer novamente se eu continuar com isso, essa charada que se tornou minha vida. A narrativa que eu mesma construí. Para o meu público.

Paro de mexer a panela por um momento, deixo os legumes borbulhando na placa do meu fogão Aga. Devagar, vou até a janela, puxo a cortina para trás para deixar entrar uma réstia de luz do lado de fora. Dentro de mim, a verdade se ergue. Não há ninguém aqui para ouvir.

A verdade é que Jack e eu nos conhecemos na aula de controle da raiva.

Não há uma maneira fácil de dizer isso, nenhuma forma de dourar a pílula; acredite em mim, eu tentei. Pensei que essa aula me salvaria, e por um tempo ela me salvou. Mas então Jack Goodwin apareceu, e o meu mundo inteiro mudou.

Jack é um homem lindo. Cabelo escuro, maxilar forte, olhos azuis. Nunca pensei que veria alguém tão atraente em toda a minha vida. Mal falei com as outras pessoas naquela aula; acho que ele também não. Mesmo depois de tudo o que aconteceu, não consigo desejar que aquelas primeiras semanas não tivessem existido. Elas foram o que houve de mais emocionante na minha vida.

Quando entrei por aquela porta pela primeira vez, saí do carro naquela noite gelada de novembro para começar o que pensava ser o caminho para a recuperação, intuí que aquela era a coisa certa a fazer. Agora? Os limites entre o certo e o errado se tornaram horrivelmente, assustadoramente embaçados.

Volto para o Aga. A panela está borbulhando, ameaçando ferver. Encho uma taça de vinho tinto da garrafa ao meu lado, sinto a doçura afiada na língua. Quero beber a noite toda, beber toda essa verdade.

As sessões aconteciam nas terças à noite, das 7 às 9h45, na Albion Road, perto da estação East Finchley. Eu geralmente comia antes, comprava um sanduíche no pequeno Tesco Metro, depois do trabalho na agência de publicidade, pegava o metrô até a Albion Road. Observava o vagão, na suspeita paranoica e irracional de que um colega estaria me seguindo para saber aonde eu estava indo.

A sala estava sempre fria, com aquecedores empoeirados para tentar atenuar o desconforto. Estava gelado aquele novembro; meus sapatos derraparam um pouco nas poças congeladas na rua. Minhas mãos estavam vermelhas da exposição ao frio na curta caminhada da estação de metrô; eu baforava nelas na subida das escadas. Antes de entrar, naquela primeira noite, hesitei, como sem dúvida todo mundo faz. Encorajando a mim mesma a aceitar o desafio. Encarar os estranhos. Encarar tudo isso. Quase desisti, não tenho vergonha de admitir. Mas, então, o olhar da minha amiga Lisa me veio à lembrança, o choque, e eu sabia que tinha de fazer. Abri a porta e entrei.

Havia um círculo de cadeiras, com assentos almofadados verdes desbotados, e a máquina de café no canto com uma pilha de copos de plástico e três grandes jarras de água; sem gás. O lugar bem que merecia uma mão de tinta, mas, de todo modo, eu não me interessava por decoração. Não naquela época.

Foi desconfortável no início. Eu não estava no controle; nenhum de nós estava. A mulher que liderava o grupo se chamava Diane; o cabelo ruivo alcançava o ombro, o terno escuro parecia de alguém que estava num tribunal, jamais num salão mal iluminado. O site o anunciava como uma "área tranquila e arborizada", mas não conseguimos ver muitas das folhas. Cheguei no escuro e saí no escuro. Talvez tenha sido melhor assim.

Tivemos de nos apresentar. Diane deu a volta no círculo, pedindo a todos nós para dizer um pouco sobre o porquê de estarmos ali e o que queríamos tirar das sessões. Ela nos disse que nossa raiva era uma energia a ser aproveitada, algo que precisávamos controlar.

— A raiva é uma emoção natural — afirmou ela — que todos nós experimentamos. Acho que muitos de vocês aqui sentem que a raiva os está controlando, não é mesmo? O que precisamos fazer, nosso objetivo nestas sessões, é fazer vocês se sentirem como se fossem quem está no comando. Suas emoções, sua vida. A escolha é sua.

Éramos doze na sessão inicial, e me lembro de olhar ao redor da sala refletindo se aquelas pessoas eram iguais a mim, se lutavam contra as mesmas coisas que eu. Como todos tinham ido parar ali? Tinham admitido a si mesmos, tinham sido forçados por um ente querido, um colega recomendara? Uma mulher se adiantou e contou que a família havia feito uma intervenção, ela foi encurralada uma noite, de surpresa.

— Todos estavam envolvidos: minha mãe, minha tia, meus dois filhos — ela nos disse, balançando a cabeça como se não pudesse acreditar. Ela contou isso como se fosse humilhante, mas parte de mim sentia uma pontada de algo como inveja: eu não tinha ninguém que me amasse o suficiente para realmente me arrastar àquele lugar. Não até então. Minha família tinha se mudado, e eu tinha feito o máximo que podia para me distanciar dela. Eu estava ali a conselho de Lisa.

Assim que chegou minha vez, a porta se abriu e um homem entrou. Um casaco acolchoado, sapatos bacanas, nariz vermelho do frio. Ele tomou seu lugar em nosso círculo em silêncio, suavemente, sem fazer alarde.

Então, eu disse que meu nome era Rebecca. Não queria que soubessem meu nome verdadeiro; isso teria piorado tudo de alguma forma. Revelei todas as coisas básicas: que eu trabalhava com publicidade, tinha lutado contra a raiva desde a adolescência. Falei rapidamente do meu pai, disse que não nos dávamos bem, que ele me fazia sentir pequena, que só me dava ordens, que não nos falávamos fazia quase oito anos. Eu podia sentir as reações, algumas simpáticas, algumas compreensivas, algumas talvez até desdenhosas. Pobre garotinha com seus problemas com o pai. O que me fazia especial? Nada, a não ser o fato de eu ter ingressado na universidade, cortado todos os laços com ele o mais rápido possível e nunca ter olhado para trás. Eu podia senti-lo olhando para mim enquanto eu falava, seus olhos escuros fixos no meu rosto. Isso fazia todo o sangue do meu corpo vir para o rosto.

Todos nós dissemos a palavra "raiva" em voz alta tantas vezes que começou a ficar estranha na minha boca, as consoantes e vogais perdendo o significado. Nossos olhos se encontraram, logo após eu ter terminado de falar, e senti como se estivéssemos compartilhando um segredo.

Mesmo sendo difícil, eu me forcei a ficar, a manter os pés quietos, mesmo querendo ir para a porta. Se eu tivesse feito isso, as coisas poderiam ser diferentes agora.

Tomo outro gole de vinho, mexo a comida. Estará pronta em breve.

— Muitas vezes — dizia Diane —, nossa raiva vem de nós mesmos. Criamos histórias que não são reais, temos reações desproporcionais a pequenas coisas. Há sempre algo mais, algo por baixo, e é nisso que quero que trabalhemos nas próximas semanas. Entendendo isso e trabalhando as maneiras de sermos *nós mesmos;* mas de maneiras diferentes, novas. Nem negativas, nem positivas, mas *diferentes*.

O homem de sapatos bacanas gostou do café; nós dois nos encontramos ao lado da máquina no final da primeira sessão, depois que Diane nos disse que tínhamos feito um ótimo trabalho, que ela nos veria na próxima semana.

— Pegando um para viagem? — perguntou, e reagi com um meio sorriso.

— É melhor do que tomar água — disse, depois me inclinei perto dele, baixei a voz para um sussurro. — Sou Jane. Viciada em café. Prazer.

Ele me olhou fixamente por um momento.

— Pensei que fosse Rebecca — disse ele, denotando estranhamento, e eu balancei a cabeça.

— Eu não queria usar meu nome verdadeiro aqui. Pensei que ajudaria, sabe? Uma coisa de confiança. Mas você parecia que podia lidar com a verdade.

Ele parou por um segundo, olhando para mim, e me perguntei se eu tinha me enganado. Então, encheu meu copo e o passou para mim com um sorriso.

— Prazer em conhecê-la, Jane. Vá lá, tome um café. Nosso segredo.

Eu sorri e peguei o copo. Sempre fui boa em guardar segredos. Esse foi o primeiro de muitos.

As lembranças correm ao meu encontro agora, de pé junto ao Aga. Elas vêm até mim espessas e rápidas. Penso no hematoma que causei a Jack na outra noite, na maneira como ele arranhou meus braços, tentando se defender sem me machucar.

Já ficou claro: Jack dirá que ele não tem um problema de raiva há anos. Que se defende, jamais ataca. Mas é certo dizer que ele tem mais autocontrole do que eu.

Capítulo 40
CLARE

Segunda-feira, 4 de fevereiro 16h30

O interior da sala do dr. Goodwin cheira a antisséptico. Lembra-me de quando meu pai batia na minha mãe. Ela tentava esconder, mas eu sempre soube. Ela tinha uma gaveta inteira no banheiro dedicada a se consertar: curativos, toalhinhas, bactericida. Um guarda-roupa cheio de blusas de mangas compridas. Uma caixa cheia de maquiagem pesada: bases espessas, corretivo para os hematomas. As outras crianças costumavam me dizer que minha mãe usava maquiagem demais, "parece uma Barbie", diziam.

Eu era a única que sabia o motivo.

Eu odiava a aparência que as outras mulheres atribuíam a ela, odiava os julgamentos que as pessoas faziam. Minha mãe é tão linda. Nenhuma delas sabia a verdade. Ainda não sabem. Mamãe diz que é melhor assim, que devemos "preservar a memória do papai". Logo depois que ele morreu, depois que voltamos da igreja de St. Mary lotada, mamãe aproximou seu rosto do meu, me abraçou com força. Doeu, só um pouquinho.

— É nosso segredo, Clare — disse ela. — Temos de guardar o segredo pelo seu pai.

Ainda me lembro do hálito quente de mamãe no meu rosto, o vinho do velório, meu corpo apertado no vestido de veludo preto, como uma mola pronta para saltar. Em alguns dias sinto tanta raiva da mamãe, tanta raiva por me obrigar a permanecer fiel à promessa de proteger um homem que só nos causou dor. Mas mantive a palavra, não foi? Mantive o segredo. Nem mesmo Owen sabe por que os homens podem me fazer sentir tanto medo, por que quero entrar para a polícia quando ficar mais velha. Ele acha que tem tudo a ver com Ian, mas está errado.

O cheiro de antisséptico parece que está se tornando mais forte. Entrelaço os dedos impacientemente enquanto o dr. Goodwin digita no computador. Olhando ao redor da sala, vejo uma foto emoldurada na mesa; há uma foto de seus filhos mais novos, sorrindo para mim, a boca suja de sorvete. Harry não está lá.

— Clare! — diz, girando em sua cadeira de frente para mim. — Que bom te ver. O que posso fazer por você?

Respiro fundo. Seja confiante.

— Eu gostaria de começar a tomar anticoncepcional, por favor. Se não houver problema.

Imediatamente, fico irritada comigo mesma. Se não houver problema. Ele não tem que decidir, não é mesmo? Seguro meu colar. Agora tenho dezesseis anos, amo meu namorado; claro que está tudo bem! O rosto do meu pai pisca na minha mente, a voz alta dele nos meus ouvidos. Seus perdigotos alcançando minhas bochechas. Em algum lugar do outro lado da sala, minha mãe está chorando. Aperto os olhos, bloqueando as lembranças do meu pai que vêm à tona sempre que me sinto inquieta, insegura. Está tudo no passado, agora. Ele está morto. Acabou.

— Você está bem? — O dr. Goodwin está me fitando preocupado. Eu me recomponho.

— Desculpe! Sim, estou bem. Então. Pode ser?

— Acho que pode ser, sim — diz ele, ainda parecendo um pouco confuso com meu comportamento. — Só preciso fazer algumas perguntas, Clare, e vou precisar verificar sua pressão arterial também, então podemos discutir as opções que estão disponíveis para você. Que tal?

Eu assinto e respiro fundo. Aquele cheiro de antisséptico de novo. Eu gostaria que ele abrisse uma janela. Antes de ele medir minha pressão, sinto o celular vibrar contra minha coxa. É Owen, sem dúvida, perguntando novamente qual é a surpresa. Eu me pergunto se ele vai estar nervoso na próxima semana sobre o que vai acontecer entre nós. Lauren sempre diz que a pressão fica sobre o garoto, mas odeio quando ela diz coisas como essa. É parte da razão de eu não ter contado para ela; sexo deveria ser entre mim e Owen, particular, especial. Talvez eu seja antiquada, careta, todos esses rótulos com que me provocariam se soubessem, mas não me importo. Amo Owen. Confio nele. Demorei muito tempo para confiar em algum homem depois de papai, mas em Owen eu confio. O mesmo não pode ser dito ainda sobre Ian, mas estou tentando. Sei que fico nervosa perto dele, mas não posso evitar: meu pai me treinou bem. Ian é um homem grande, e sua presença na nossa pequena casa ainda me deixa tensa. Não importam as aparências, sei que as coisas podem mudar a qualquer momento; os ânimos podem se exaltar, inflamar, agredir. Já vi acontecer antes.

— Você quer se sentar novamente? — o dr. Goodwin removeu a braçadeira do medidor do meu braço. — Bem, há alguns contraceptivas diferentes que podemos começar a tentar com você — diz. — O mais comum é conhecido como Microgynon, podemos começar com ele, embora sempre aconselhemos a pessoa a voltar se sentir que não está funcionando; o organismo de cada uma pode reagir de maneira diferente, você sabe. Você já tentou algum tipo de contracepção antes?

Faço um sinal negativo com a cabeça, e ele puxa um bloco verde de receitas, começa a rabiscar. O celular vibra novamente, mas resisto ao impulso de olhar para ele, tento me concentrar no que o médico está dizendo.

— E você é sexualmente ativa agora, Clare?

Balanço a cabeça de novo. Ele é bonito, percebo enquanto me inclino mais para ver o que está escrevendo, e, enquanto me inclino para a frente, ele olha para mim, encontra meu olhar. Outro sorriso.

Capítulo 41
SARGENTO MADELINE SHAW

Sexta-feira, 22 de fevereiro

Ian ainda não confessou. Já contratou uma advogada, uma bem cara, então agora eles estão sentados diante de Madeline enquanto a advogada discretamente faz anotações, se afasta vez ou outra, sussurra coisas para Ian Edwards que vão contra tudo o que Madeline acredita.

Ela sempre odiou os advogados de defesa. Defendendo os sem lei, os mentirosos, os moralmente falidos. Capitalizando enquanto atacam o sistema de justiça. Isso a deixa louca.

Esta se chama Annabel. Annabel McQuirter. Cabelo comprido e loiro como o de Clare. Madeline se pergunta como ela se sentiu quando viu as fotos da menina deitada na grama, o sangue na parte de trás da cabeça. Ela se pergunta como a dra. Annabel se sente ao ouvir Ian e saber que ele está mentindo, que provavelmente está mentindo. Ele lhes diz que não tem ideia de como o telefone entrou na sua mochila dele, que deve ter sido plantado.

— Quem faria isso? — pergunta Madeline e ele empalidece, uma vez depois da outra.

Nathan Warren está mentindo, ele afirma, possivelmente para afastar as suspeitas de si. Ele é um simplório, um imbecil, sua palavra não pode ser confiável.

Madeline estremece com essas palavras, o preconceito que elas transmitem.

— Isso cabe ao tribunal decidir — argumenta, e ele cerra os dentes, faz um som animalesco; metade fúria, metade dor. Já se passaram dois dias desde que o prenderam, e ele ainda não recuou um centímetro.

— Por que você queria machucar sua enteada, Ian? Você estava interessado no dinheiro que o pai deixou para ela? — pergunta Madeline, uma e outra vez, mas ocasionalmente ele silencia ou diz que não responderá seguindo os conselhos da advogada. A certa altura, Madeline acha que vê lágrimas nos olhos dele, de frustração, de tristeza, de pânico; ela não tem certeza.

— Talvez ele quisesse Rachel só para si — diz Lorna, suspirando. — Clare estava no caminho, eles não se entendiam, ela começou a causar problemas entre os dois. E ele não gostou.

— Ou ele tem problemas para criar a filha de Mark Lawler — diz o inspetor. — Nós tivemos um caso assim há alguns anos. Os homens ficam esquisitos com esse tipo de situação. Questão de território.

Madeline ergue as sobrancelhas.

— Eu não — explica ele. — Só, você sabe, alguns homens.

— Se ele não confessar agora, vamos ver como estará em uma semana ou duas — afirma Lorna. — Acho que a promotoria vai aceitar a acusação, com base no que nós temos.

Madeline olha para ele ouvindo a advogada, os punhos cerrados sobre a mesa.

— É melhor nós apoiarmos Rachel — sugere. — Acho que ela não vai pagar a fiança.

Eles tinham avisado Rachel, é claro, ela sabia que estavam chegando. Mesmo assim, quando os policiais chegaram na quarta-feira de manhã, ela começou a chorar, e, quando o inspetor foi buscar Ian, todos ainda podiam ouvir seus soluços ecoando pela casa. Ian estava lá em cima, era por volta das seis da manhã, pouco antes do horário em que ele normalmente sai para pegar o trem. Ele não se entregou; entrou em luta corporal com os agentes, aos gritos.

— Isto é uma infâmia maldita! — exclamava ele enquanto o inspetor lia seus direitos, e Madeline sentiu partículas de saliva caírem sobre seu rosto, seus braços. Isso só fez Rob agarrá-lo com mais força, fechar as algemas sobre seus pulsos mais rapidamente.

Quando o levaram, Rachel ficou no alpendre da casa deles, olhando para o gramado e o chafariz. Enquanto o colocavam no carro, ela olhava fixamente, as lágrimas correndo pelo seu rosto, e então abriu a boca e soltou aquele som. Um grito terrível e perfurante. As luzes começaram a piscar nas casas vizinhas, as cortinas começaram a se abrir.

Ian gritou mais então, e já tinha gritado muito. Ao ar livre, Madeline pôde ver facilmente a sequência de agressões. Talvez ele quisesse Rachel só para si. Talvez a filha de outro homem tenha levado a melhor, afinal. Talvez Clare tenha visto algo que não deveria. Talvez ele só precisasse de uma saída, e ela impediu.

— Vou mandar Theresa para ficar com Rachel — Rob anuncia. — Você está certa. Não acho seguro deixá-la sozinha.

Capítulo 42
JANE

Sexta-feira, 22 de fevereiro

A primeira vez que bati em Jack, ele chorou. Soluços horríveis e arrastados que passavam por mim. Segurei uma bolsa de gelo no hematoma, fiquei com ele a noite toda. Ele me trouxe flores no dia seguinte, disse que não importava, que entendia. Ele não faz mais isso.

Antigamente, suponho que fôssemos igualmente ruins um para o outro, mas agora sou eu quem está no controle. Desde que Clare foi morta, sou eu quem estou no controle. Jack não ousa.

Ele está muito assustado, vou contar à polícia o que fez.

A coisa começou a se desvendar na manhã em que Clare Edwards morreu.

Era cedo, antes mesmo de as crianças se levantarem. Quatro de fevereiro; o céu só clareou às sete e meia. Ele me trouxe chá na cama, o saquinho de chá dentro da xícara, da maneira que sempre gostei. Ele se sentou na beira da cama e estendeu a mão para tocar meu cabelo, mas me retraí.

— Jane — disse calmamente. — Acho que devemos voltar ao aconselhamento. Não precisamos contar para ninguém. Não precisamos contar para as crianças. Nós podemos ir separadamente, uma vez por semana ou algo assim. Só para começar. Eu pesquisei; há um grupo em Saffron Walden, não é tão longe, ou podemos até voltar a entrar em contato com a Diane.

Eu tinha estendido a mão e agarrado o pulso dele, com raiva. Já estava dolorido e ele se encolheu com meu movimento. Está acostumado comigo agora; seria de esperar que ele parasse de se retrair. Eu não tinha dormido bem, estava de ressaca, com raiva da sugestão.

— O que você está dizendo, Jack? Você acha que não sou boa o suficiente? Não sou boa para as crianças? Você sabia do acordo quando se casou comigo, sabia que não seria fácil. — Faço uma pausa. — Você sempre soube o que é esta relação.

Eu sabia que não estava sendo justa, mas não pude evitar. Nossas brigas estavam ficando piores. As mães da associação de pais e mestres estavam me deixando louca. Tudo isso estava me afetando. Eu me sentia culpada por ser uma mãe ruim. Estava em pânico.

— Não estou dizendo nada disso, Jane. Você é uma mãe maravilhosa. Você sabe disso. Isso é entre mim e você. Sempre foi.

Fiquei em silêncio por um momento, a cabeça deitada contra os travesseiros brancos da nossa cama. O quarto estava imerso na penumbra, meio iluminado pelo abajur ao meu lado.

— Não quero falar sobre isso agora — eu disse finalmente. — Tenho de arrumar as crianças para a escola e depois preciso ir à loja, ver Karen. Sandra vai estar no meu pé, querendo que eu faça mais alguma coisa. Você não vê que tenho uma vida, Jack? Não posso deixar isso, essa feiura assumir o controle. De novo não. Trabalhei tanto para me afastar dela. — Aliso o edredom, desfaço as dobras com as mãos. — Eu trabalho duro nesta vida todos os dias.

— Mas é isso que estou dizendo! — ele me disse, irritado. — Estou preocupado com você, com a gente. Quero lidar com isso, cortar na raiz. Como nós fizemos antes. Lembra?

Ele colocou o rosto perto do meu, tentou beijar minha bochecha.

— Lembra quando tivemos a Sophie, Jane? Como estávamos felizes?

Eu não queria olhar para ele; olhava para o nosso guarda-roupa, a porta meio aberta, as camisas dele penduradas ao lado das minhas blusas bem engomadas.

Eu me lembro, claro que me lembro; estávamos inebriados, enlevados um com o outro, determinados a melhorar, parar de brigar, parar de nos enganar, as coisas que fazíamos juntos eram apaixonantes, normais. Não eram. Mas a semente no meu útero mudou as coisas, por um tempo. Queríamos Sophie, éramos complacentes, num encantamento mútuo; saíamos da luta contra a raiva levando como troféu um casamento e um bebê. Melhor impossível, não é mesmo?

Fitei seus olhos, escuros na luz. Afastei as lembranças.

— Melhor você ir — eu disse. — Vai se atrasar para o trabalho.

— Venha me encontrar hoje à noite — acrescentou ele — depois do trabalho. Vamos caminhar juntos para casa de volta do consultório, pelo campo, como fazíamos antes. Nós podemos conversar.

Eu só olhava para ele, repetia minhas palavras.

— É melhor você ir.

Ele me encarou, seus olhos tristes.

— Janey. Eu não sei mais quem você é.

Não gostei nada disso.

Capítulo 43
CLARE

Segunda-feira, 4 de fevereiro, 16h50

Quando saio do consultório, ligo para Owen enquanto espero pelas minhas pílulas, que estarão disponíveis na pequena janela em poucos minutos. Meu estômago está agitado e ansioso. O dr. Goodwin foi simpático, mas e se isto de alguma forma chegar aos ouvidos da mamãe? De Ian?

Quando ele responde, a voz de Owen é urgente, entusiasmada. Me dá vontade de rir, meu estômago parar de revirar.

— Onde você está? Te esperei depois da aula.

— Desculpe — respondo, mas minha voz parece pastosa e não consigo evitar que a excitação se espalhe. — Já estou indo.

— Para minha casa?

Rio, feliz com o fato de tudo ter corrido bem, de que realmente fiz isso.

— Sim, para a sua casa, bobinho. Tenho uma surpresa para você. Eu disse que tinha.

— Quanto tempo você vai demorar?

— Não muito, provavelmente quinze.

Eu me afasto quando uma senhora sai do consultório; não quero que ninguém me veja aqui.

— Ok. Acabei de chegar em casa. Meu pai está fora — diz Owen, e posso perceber pelos sons que ele mudou de ambiente, que acabou de entrar na grande casa dos Jones no final da Little Dip Road.

— Até breve, então — digo. — Vou pegar um atalho por Sorrow's Meadow. Te amo.

— Precisamos fazer outra sessão de sidra lá quando ficar mais quente — diz ele, e eu assinto feliz, esquecendo que ele não pode me ver.

— Precisamos mesmo — confirmo. — Por favor. Eu iria adorar.

Eu recolho os comprimidos no balcão do farmacêutico. Está ficando escuro lá fora agora, mas se eu andar rápido posso estar na casa de Owen em menos de quinze minutos. Enquanto arrumo meus fones de ouvido, desembaraçando os fios, ouço alguém se despedindo e vejo o dr. Goodwin se afastando, terminando o expediente. Penso na foto em sua mesa, nos rostos sorridentes de seus filhos. Sua linda esposa. Nem todas as famílias têm de ser como a minha, não é mesmo? Talvez um dia Owen e eu tenhamos uma família, recomecemos, façamos nossa própria história. Talvez isso me ajude a apagar a história dos meus pais. Imagino a história deles diluindo-se com o tempo, a memória do meu pai ficando cada vez menor até que um dia, no futuro, ele será uma sombra desbotada de que ninguém mais poderá lembrar. O pensamento me faz sorrir, só um pouquinho.

Meu hálito embaça o ar enquanto começo a andar. Eu deveria estar ouvindo o audiolivro 1984, que está no programa de exames para o verão, mas baixei um novo podcast de comédia e a tentação é muito forte. Mando mais uma mensagem para Owen dizendo que estou a caminho, depois aperto o play e calço as luvas, luvas roxas que são surpreendentemente quentes. Meu celular vibra com outra mensagem; é a mamãe. Merda. Esqueci de avisar que estou "na Lauren", mas não vou tirar as luvas agora para usar o touchscreen. Vou mandar uma mensagem da casa do Owen para ela. É mais fácil assim.

Coloco o celular e as mãos nos bolsos enquanto viro a esquina da estrada principal, através do pequeno caminho que leva a Sorrow's Meadow. Não tem flores agora, mas no verão eu amo isto aqui, todo mundo ama: o brilho de ouro iluminando a cidade como um alegre cobertor amarelo. Há uma crispação debaixo dos meus pés — o começo da geada. Este Natal foi mais frio que o normal, mas não me importo com o inverno; gosto do aconchego, de poder me enrolar com um livro em frente ao fogo sem ninguém me pressionar para parar de ser chata e sair de casa. Não que haja muitos lugares para sair por aqui; às vezes vamos ao pub, mas faz alguns meses que o barman ficou mais rigoroso. Owen acha que a polícia pode ter aparecido por lá, o que seria aleatório, nunca tem polícia aqui no interior. Além disso, Ashdon dificilmente precisa deles. O crime mais comum aqui é geralmente o furto de doces da loja da Walker.

Ao percorrer o campo, escuto vozes alteradas, misturadas ao riso do podcast que ouço nos meus fones. Franzindo a testa, eu paro, tiro um fone para me certificar se não é apenas o podcast, mas não, definitivamente há o som do grito, vindo da vegetação no fim do campo, bem em frente a um caminho de árvores com uma passarela de madeira que levam de volta à rua principal e à casa de Owen. É um pedaço pequeno; no verão as crianças mais novas brincam aqui, fazendo cabanas entre os galhos, aproveitando a sombra contra o sol que ilumina o campo. Agora não há crianças. Eu achava que não havia ninguém aqui.

Intrigada, removo o outro fone e me lanço no meio da escuridão. A noite está caindo rápido agora, mas consigo ver duas figuras de pé na frente da primeira fileira de árvores. Uma voz masculina se levanta, as sílabas se movem na minha direção. Não consigo perceber bem o que está sendo dito, mas depois ouço as palavras "as crianças".

Tiro uma luva e aciono meu iPhone, iluminando a tela. Cinco chamadas perdidas. Podem ser crianças da escola, é claro, mas a aula acabou faz quase uma hora e ninguém realmente fica por aqui no inverno. Está muito frio. Muito escuro. Além disso, as sombras parecem altas, e a voz é profunda. Mais velha.

Fico parada por um momento, a sensação de felicidade que me guiava enquanto me afastava do consultório médico começando a se desfazer. Quero ver Owen, quero chegar em casa, mas, se há algo acontecendo na floresta, não quero simplesmente ignorá-lo. Penso em Madeline Shaw, sorrindo seriamente para mim naquela manhã na escola, quando contei que queria entrar para a polícia. "Você tem que estar preparada para entrar", ela me disse, "colocar-se em situações de que os outros não vão querer participar.".

Provavelmente não é nada, digo a mim mesma, provavelmente só minha velha paranoia me assustando. Leio muitos livros. Tenho muitas lembranças ruins. E é tudo. Mas eu deveria só verificar. E se for alguém da minha idade, e se ele precisar de ajuda?

Mantendo o celular na mão, vou em frente. A única maneira de sair do campo agora é passando pela floresta e pela passarela de madeira, caso contrário terei de voltar, pelo caminho que já percorri, passando pelo consultório, alongando o caminho até Owen.

Então ouço a voz de uma mulher, mais nítida que a do homem.

Vagamente familiar, mas não consigo distinguir quem é.

A mulher está dizendo: "Somos bons pais", o som está bem claro agora, carregado através da escuridão, e é minha imaginação ou ela parece assustada? Lembro por um momento da minha mãe, vendo-a se encolher na minha mente, protegendo a cabeça dos punhos do meu pai. Imagino mamãe de pé, calma, em frente ao espelho do banheiro, com um corretivo bege sobre uma mancha roxa nova, passando batom vermelho na boca machucada. Bolas de algodão no cesto do banheiro, tingidas de sangue. Papai chorando, pedindo desculpas, fazendo a mesma coisa dois dias depois. Flores morrendo no embrulho de celofane na mesa da cozinha. Eu no meu quarto, dedos nos ouvidos, soprando bolhas com minha própria saliva para bloquear o barulho.

O diagnóstico de câncer. As lágrimas conforme o estado do meu pai piorava. Eu costumava observá-lo da porta do quarto semifechada enquanto mamãe acariciava a testa dele, segurava o canudo entre seus lábios. Gentilmente, gentilmente. Muito mais gentil do que ele jamais foi com ela. Será que ela o perdoou? Ou ela estava assustada, até o final, mesmo no ponto em que papai estava morrendo, fraco e doente, incapaz de agredir alguém mesmo que quisesse? Será que esse medo ainda a prende, impede-a de falar sobre o que aconteceu? É um pensamento que me mantém acordada à noite. Não quero que mais ninguém se torne minha mãe. Tenho certeza disso.

O homem fala novamente, e desta vez me obrigo a ser corajosa. Avanço em direção às árvores, ligo a lanterna do celular no crepúsculo. Uma das figuras se vira e vejo de repente o rosto bonito do dr. Goodwin, mas sua expressão é diferente de como era nas luzes brilhantes do consultório. Está tenso. Zangado.

Ao seu lado está uma mulher, que reconheço agora como sua esposa, a vizinha. Sua bela esposa, mãe dos filhos sorridentes na fotografia. Jane. A mãe de Harry. O rosto dela é mais calmo que o dele, mas seu pulôver está caído ligeiramente no ombro, como se alguém o tivesse puxado violentamente. A palidez da pele tem um brilho estranho sob a lanterna do meu iPhone. Ela me vê e arruma o pulôver, fecha seu grande casaco sobre ele. Escondendo-se.

— *Você está bem?* — *pergunto.*

As palavras são ditas antes que eu possa me deter, antes que eu possa pensar demais e perder a coragem. Dou um passo adiante, mais perto do casal. Estou a apenas alguns metros de distância.

Capítulo 44
SARGENTO MADELINE SHAW

Sábado, 23 de fevereiro

O inspetor quer apresentar queixa, ou é isso ou eles teriam que deixar o Ian sair. Ontem à noite eles pediram prorrogação. Madeline estava convencida de que ele cederia, admitiria tudo, mas o tempo se esgotava, e ele ainda não tinha falado.

A imprensa está querendo sangue. A cidade também.

Owen Jones anda como uma concha, fechado em si mesmo, os ombros curvados, com o casaco um pouco grande voando à sua volta. Madeline o viu ontem no caminho de volta à cidade; estava dirigindo devagar, exausta de um dia de interrogatórios, preocupada com o risco de adormecer ao volante.

Owen estava andando na frente da Walker, uma sacola na mão. Uma repórter o encurralava, um microfone perto de seu rosto pálido e jovem.

— Fique longe dele! — Antes que ela pudesse se conter, Madeline gritava, encostando o carro e apressando-se em direção à repórter.

— Você tem algum comentário que gostaria de fazer sobre Ian Edwards, detetive? — perguntou a mulher, forçando uma resposta e colocando seu horrível rosto anguloso perto do de Madeline, a saliva cintilando nos cantos de sua boca. — Sabemos que ele é ex-militar. Você acha que isso tem a ver com o motivo de ele ter matado a enteada? É verdade que o motivo era dinheiro?

— Ainda não acusamos Ian Edwards — respondeu Madeline, ciente de Owen pairando ao seu lado. — E você faria bem em sair do meu caminho antes que eu seja forçada a chamar reforços.

— É verdade que ele também estava cometendo abusos contra a esposa?
— Era como se ela não tivesse dado o alerta. Exasperada, revirou os olhos, gesticulando para Owen segui-la. Ele o fez, e ambos formaram um estranho par caminhando para longe da loja e de volta ao carro dela.

— Vou te levar para casa — disse Madeline. — É melhor você não falar com ninguém da imprensa, Owen. Eles distorcem as coisas. Abutres, a maioria deles. Farejando carniça. Querendo transformar isso numa história obscena.

— Eu sei, senhora — disse ele, e a desolação em sua voz era tamanha que ela parou e olhou para ele, bem ali na rua. Havia outros adolescentes, passando o tempo do lado de fora da Rose and Crown na esquina. Ele não parecia notá-los.

— Você está lidando bem com isso tudo, Owen? — indagou ela gentilmente, mas ele apenas desviou o olhar para o chão, no asfalto arranhado em que todos nesta cidade já andaram milhares e milhares de vezes.

— Simplesmente sinto falta dela — respondeu finalmente. — Sinto falta dela todos os dias.

Isso foi ontem. E Ian ainda está ali sentado na delegacia, algemado, jurando que não teve nada a ver com isso, que lhe armaram uma cilada. Theresa, a oficial do apoio familiar, está na casa de Rachel Edwards e informou que a mulher tirou das paredes todas as fotos do marido. As palavras agitam algo dentro de Madeline — uma lembrança, ela olhando as fotos de Clare em molduras ao redor da casa, percebendo que não havia nenhuma do primeiro marido de Rachel, Mark. Ian havia substituído todas elas por fotos de si mesmo.

Ele está esperando, de cabeça baixa, mas olha para Madeline quando ela entra. Ela o encara, as linhas duras do rosto, e de novo lhe vem a imagem do cabelo loiro de Clare brilhando ao redor da cabeça como uma auréola dourada e ensanguentada.

Ela está tão convencida agora como jamais estará.

— Ian Edwards, você está sendo detido por suspeita do assassinato de Clare Edwards. Você pode permanecer calado, mas isso pode prejudicar sua defesa se você não mencionar, quando questionado, algo que mais tarde declare no tribunal. Qualquer coisa que você diga pode ser considerada prova...

Annabel McQuirter chega cinco minutos depois. Para o bem dele, é melhor que ele se declare culpado.

— Maddie! — Lorna agarra Madeline enquanto volta para a sala de depoimentos principal. — Ele confessou?

— Não, mas a história será diferente quando ele estiver dentro da prisão.

Ela dá um sorriso triste.

— Há data do julgamento?

— Ainda não. Acho que não antes do Natal, talvez início do ano que vem, mesmo com a promotoria reclamando.

— Não é para logo, então.

Capítulo 45
CLARE

Segunda-feira, 4 de fevereiro, 17h05

— Tem certeza de que está bem? — *pergunto a Jane Goodwin, mantendo os olhos nos dela. O marido está ao seu lado.*

— *Nós estamos bem* — *ele responde por ela.*

Jane ainda não falou. Não sei o que fazer.

— *Por favor, Clare, está tudo bem* — *diz o dr. Goodwin, mas fico parada, com os pés bem postados no chão. Não quero deixá-la.*

— *O que vocês estão fazendo aqui fora?* — *pergunto olhando entre eles, tentando não perder a coragem.*

— *Estamos só conversando* — *diz o médico.* — *Estamos indo para casa.*

O campo está quieto, silencioso, exceto pelas nossas vozes.

— *Meu marido está me dando uma lição* — *diz Jane, sua voz sarcástica, e meus olhos se alargam.*

— *Isso não é verdade* — *diz o dr. Goodwin, e dá um passo em direção a ela. Meu coração acelera. Parte de mim quer se virar e fugir, correr para o calor da casa de Owen, mas, quando olho para Jane Goodwin, tudo o que posso ver é mamãe. Eu odiava a maneira como todos choravam por papai no funeral, como continuaram com isso e com a história de que ele era um bom homem, um pilar da comunidade, um marido e um pai tão bons. Ele se safou. E eu era muito nova para fazer qualquer coisa. Bem, não sou mais.*

— *Acho que você deveria deixar sua esposa em paz, dr. Goodwin* — *digo, minha voz firme e ousada na escuridão, surpreendendo até a mim mesma, e por um segundo ele se vira para mim, parece não acreditar no que ouve. Então ele encara a esposa.*

— *Jesus* — *diz* —, *você realmente enfeitiçou a cidade toda, Jane, não?*

Ela silencia, suponho que tenha medo, mas ele ri então, uma risada horrível e impiedosa que corta a noite de fevereiro como uma faca.

— Olha — ele diz, erguendo as mãos na minha direção — você entendeu tudo errado, Clare. Não sou eu que estou fazendo algo de errado aqui. — Nisso, ele se volta para Jane novamente, e há uma atmosfera estranha entre eles, algo escuro e perigoso.

— Você não consegue lidar com isso, consegue? — provoca a esposa, — eu apontando a sua farsa. — Ele se aproxima dela. — Um dia destes ainda vou te deixar.

Não consigo tirar os olhos deles; não sei do que ele está falando, mas sei que ela parece vulnerável e assustada, e então o vejo sorrir. Ela se aproxima dele e de repente estou confusa; ela puxa a mão para trás como se fosse dar um tapa no rosto dele, mas ele reage empurrando-a, as mãos apertando os ombros dela, empurrando-a para longe dele. Ela grita, um barulhinho afiado que me corta, e antes que eu possa me deter, me apresso para me colocar entre eles, impedi-lo de fazer o que meu pai fez, parar tudo isso antes que comece.

Há um som apressado, um baque monótono, e então uma onda de dor atinge meu corpo de uma só vez. Há um cheiro de terra, uma frieza úmida, e sinto uma dor aguda e paralisante na parte de trás da cabeça ao mesmo tempo que um golpe perverso trinca o ar, ecoando horrivelmente através da escuridão do campo.

Por um momento, o tempo paralisa. O mundo parece encolher um pouco, de modo que tudo o que posso ver é o céu, uma pequena estrela solitária brilhando alto acima de mim, a escuridão ao meu redor apaga o resto do mundo. Estou no chão. O dr. Goodwin me empurrou. Sinto meus olhos se fechando.

Quando os abro novamente, vejo uma Jane Goodwin sombria, de pé sobre mim, ofegante, com os olhos arregalados e desfocados. As visões vêm em instantâneos — o rosto dela, o rosto de Jack, depois a escuridão novamente. Posso senti-lo se movendo ao meu redor, suas mãos e joelhos, depois seus dedos com luvas estão no meu pescoço, procurando minha pulsação. A parte de trás da minha cabeça parece estranha — pesada e pegajosa, como se eu tivesse caído numa lata de tinta.

Não consigo ouvir nada. Quero dormir.

Então ouço a voz de Jane.

— Jack, levante-se. Levante-se, Jack.

— O que você está fazendo? — diz ele, mas as palavras soam como se viessem do fundo de um poço, todas ecoantes e estranhas. — Ela bateu a cabeça!

Jesus, ela está inconsciente. Foda-se. Eu não queria empurrá-la, pensei que você fosse perder a calma; eu estava tentando protegê-la, pelo amor de Deus.

Vejo um flash, uma luz branca, ofuscante, que poderia ser um telefone, fazendo minhas pupilas dilatarem contra minhas pálpebras.

— Precisamos chamar uma ambulância — diz o médico —, ou pode haver alguém ainda no consultório que possa vir mais rápido. Nigel Murphy disse que ficaria até tarde.

— Jack, precisamos ir embora. — *A voz de Jane está baixa. Percebo, embora não a veja, que ela está agachada ao meu lado, seus olhos vagando pelo meu rosto. Quero dar a ela um sinal, deixá-la saber que estou acordada, que posso ouvi-los, mas me parece um esforço enorme abrir os olhos.*

— Não podemos deixá-la! Do que você está falando? — *É o médico novamente, mas Jane está falando com ele e, por um minuto, não entendo o que ela está dizendo. Preciso mesmo de ajuda. Quero a ambulância. Por que ela não o deixa chamar?*

— Jack, pense. Você a empurrou para o lado. Se souberem que você a machucou assim, você vai perder seu registro de médico. Você vai ser expulso da cidade. — Uma pausa. — Como você explicaria isso?

A dor na minha cabeça parece que está aumentando.

Eu quero me sentar, mas não posso.

— Jane, ela está ferida na cabeça. Não podemos deixá-la!

— Ouça. Vamos para casa. Não é nada sério, Jack, você só a derrubou, é só um galo, ela vai se refazer muito rápido. Vou falar com ela. Vou voltar e falar com ela e resolver tudo, de mulher para mulher, vou explicar que você não estava me machucando, que foi um acidente. Dessa forma ninguém precisa saber. Será melhor se você não estiver aqui, ela vai ficar menos assustada. Por favor, Jack. Pense no que nos aconteceria se você fosse preso por agressão. No que aconteceria com você. — Há uma pausa. Você a empurrou, Jack.

Eu o sinto agachado de novo, sinto uma mão com luvas no meu rosto, no meu pescoço. Meu cabelo está agitando um pouco no vento, e quero empurrá-lo para longe, mas não consigo. Está tão frio; o chão está congelando debaixo de mim.

— Devo cobri-la com meu casaco? — o homem diz, finalmente.

— Não. Venha, vamos embora. Ela vai voltar a si em qualquer momento e, então, quando ela se acalmar, eu explico tudo, conto o que aconteceu e *me certifico de que ela está bem. Vá embora. Por favor, Jack. Se ela acordar agora e você ainda estiver por aqui, ela vai entrar em pânico. Pode até chamar a polícia. Vou consertar isso.*

— Ela teve uma consulta comigo, foi buscar pílulas. — *Enquanto ele fala, eu me ouço gemendo um pouco, e minhas pálpebras tremem, deixando entrar um novo eixo de luz fraca.*

— Vá embora, Jack. Eu te encontro em casa — *diz Jane, e então eu o ouço exalar, a pressa do seu hálito varrendo meu rosto. Há um som crocante, passos em folhas geladas, e então sinto o peso dele se afastando de nós, me deixando lá no chão molhado, minha cabeça latejando, e Jane Goodwin parada ao meu lado.*

Capítulo 46
SARGENTO MADELINE SHAW

Domingo, 3 de março

O funeral de Clare está lotado. Agora que o corpo foi finalmente liberado do necrotério, ele está deitado em um lindo caixão de carvalho na frente da Igreja de St. Mary, decorado com flores amarelas. Rachel Edwards está sentada em um banco na frente, e ao lado dela estão as amigas da mãe: Tricia Jenkins, em um vestido de veludo preto menor que o seu número; Sandra Davies, sorrindo simpaticamente para todos; e Jane Goodwin, segurando a mão do marido, ambos ladeados pelos filhos. Talvez Ashdon possa, às vezes, realmente dar uma mostra de solidariedade.

Owen Jones se levanta, lê um poema que escreveu na aula de inglês. As crianças do ensino fundamental cantam um hino, todas juntas, e Madeline fica com um nó na garganta que cresce ainda mais ao vê-las todas com suas pequenas roupas pretas, cabelos penteados, sapatos lustrados para a ocasião. O inspetor não vem; há um caso novo, um estupro em Saffron Walden, e é nisso que a atenção dela estará quando o dia acabar e enquanto esperam pelo julgamento.

— Você acha que Ian vai se livrar? — Lorna continua perguntando, e a resposta de Madeline não mudou.

— Espero que não — responde — Realmente espero.

Muitas pessoas se apresentaram nos últimos dias dizendo que acham que Ian pode ter agredido Rachel, fato que ela nunca admitiu e que ele nega sem hesitação. As mulheres cercam Madeline; Jane Goodwin a parou na rua.

— Você sabia que ele é um agressor de mulheres? — pergunta ela, seus olhos se estreitando, vendo-a debaixo daqueles longos cílios negros.

— Isso ainda não foi provado — afirma Madeline.

Rachel nunca disse, mas Jane colocou a mão no braço da detetive, suas unhas cor-de-rosa brilhantes sob a luz do dia.

— Ela me contou — acrescentou Jane —, na minha casa, no ano passado. Organizei uma recepção lá em casa perto do Natal, tínhamos bebido um pouco demais e ela admitiu. Estou tão feliz que esteja tudo esclarecido agora. Eu ficava tão preocupada.

Houve uma pausa.

— Certo — disse Madeline finalmente —, obrigada por me avisar. Nós vamos averiguar isso. — Jane sorriu para ela, com seus dentes brancos como a neve.

— Obrigada, detetive. Sei que vocês vão.

Madeline a observou na sua caminhada de volta para aquela casa cor-de-rosa com o gramado na frente. Toca do texugo é o nome. Ela viu a cena — as mulheres da cidade se aconchegarem ali à noite, tomando vinho nas grandes bay-windows.

Assim que Jane chegou ao cruzamento, ela se virou. Gargalhou, sorriu.

— Você deveria vir da próxima vez, detetive — disse ela, sua voz melosa como xarope, parecia capaz de ler os pensamentos de Madeline.

— As garotas estarão lá também. Eu adoraria se você se juntasse a nós.

Madeline fez que sim com a cabeça, acenou, mas a verdade é que ela não conseguia pensar em nada pior. Jane é uma mulher engraçada, pensou. Mas aqui todas elas são. Mesmo assim, se há meio grão de verdade no que ela lhe contou sobre ele, Madeline espera que Ian Edwards fique preso por muito tempo.

O que tende a acontecer no caso de assassinato.

Capítulo 47
JANE

Dez meses depois

Está frio hoje: primeiro de dezembro. A cidade está em plena preparação para as festas de fim de ano, igual a todos os anos, só que este ano, é claro, as coisas são diferentes. A árvore foi colocada no cruzamento, junto à placa da cidade, e as luzes foram acesas ontem à noite. Jack e eu não fomos; Sandra se ofereceu para levar as crianças e nós deixamos. Isso está acontecendo cada vez mais nos dias de hoje. Acho difícil estar perto de outras pessoas. Só Deus sabe o que Jack está pensando. Algumas noites, se as crianças estão em outro lugar ou na cama, eu o vejo, pela janela, sentado do lado de fora da nossa porta dos fundos, seu corpo congelando contra a madeira, o frio mordendo seus tornozelos e orelhas.

Em outras noites, quando as crianças estão comigo, ele sai de carro. Ele nos diz que precisa trabalhar e sai à noite, afunda no banco do motorista e liga o motor. Não sei para onde vai; imagino-o saindo da cidade, por campos anônimos sob o céu enorme, onde não há vizinhos intrometidos questionando o que ele está fazendo. Eu o imagino parando o carro no acostamento, onde costumávamos nos encontrar às vezes para conversar. É o que eu faria se pudesse deixar as crianças. Se eu pudesse deixar tudo de uma vez.

Às vezes, quando chega em casa, parece que está chorando. Nunca mais digo alguma coisa, só o deixo em paz. Desde que ele não confesse. Na outra noite, quando ele estava se despindo, vi pequenos vergões roxos em suas costas, no alto, onde as crianças nunca verão. Eles não são nada em comparação com o que Ian Edwards deve estar sofrendo na prisão. Feridas insignificantes, brincadeira de criança.

Já se passaram dez meses desde a prisão, e meu estado mental não está melhor. O julgamento está marcado para o ano-novo; Ruby Walker está contando para quem quiser ouvir, que é todo mundo. Pensei que sentiria alívio quando prendessem Ian, mas não sinto, mesmo agora, todos esses meses depois. Não é o suficiente. Ele está esperando o júri, esperando um veredito; ainda não acabou. As acusações ainda podem ser retiradas, e, até que seja condenado, não posso relaxar. Faço o que posso para manter a calma e a lucidez, me forçando a pensar em tudo o que quase perdemos, observando as crianças, minha família, minha família que teria sido tirada de nós, desmembrada. Não merecíamos isso. Ainda não merecemos.

Não vejo Rachel com muita frequência; nenhum de nós vê. Ela está escondida em casa, e as cortinas estão quase sempre fechadas. Ocasionalmente, eu a vejo de relance no jardim dos fundos, de pé lá fora, olhando para o céu. Está mais magra do que nunca. Eu a vi no final de uma tarde, quando eu estava pendurando as pequenas luzes na árvore da frente, algumas novas, vermelhas, pelas quais as crianças clamaram na semana passada. Ela vestia um grande casaco de inverno, com botas marrons desajeitadas.

— Rachel — disse eu —, como você está?

Ela estava de cabeça baixa, os braços enrolados em volta de si mesma como para se proteger do frio.

— Fui visitar Ian — contou ela. — Eles não comemoram muito o Natal na prisão.

— Não — disse eu. — Não consigo imaginar que comemorariam. Mas me avise se quiser aparecer aqui em casa. Temos tortas de carne demais para darmos conta.

Eu estava tentando ser gentil, mas talvez não tenha soado como pretendi. Parecia que ela ia chorar. Coloquei a mão em seu braço, tentei afagá-lo, mas o casaco dela era tão grosso que eu mal consegui sentir qualquer coisa. Então, eu a deixei se afastar de mim, me ocupando com a guirlanda que havia comprado para a nossa porta da frente.

Não é que eu queira que a pobre Rachel seja infeliz; claro que não. Mas tenho de proteger meu marido, nossa família.

— Talvez ela deixe a cidade — Sandra sibila para mim uma noite, especulando em volta de uma taça de vinho. — Quero dizer, o que sobrou para ela aqui? — Ela balança a cabeça tristemente. — Todas aquelas lembranças. Se fosse eu, levantaria acampamento e partiria. Começaria de novo.

Acordada na cama, naquela noite, com o luar se derramando dentro do quarto, penso no que Sandra disse. Jack não dorme muito, fica andando lá embaixo durante a noite, então permaneço com meus pensamentos na maior parte das noites. Imagino um "Vende-se" em uma tabuleta ao lado do chafariz, o caminhão de mudanças levando os pertences de Rachel. Uma nova família ao lado; um casal, talvez com filhos. Pessoas de quem eu poderia ser amiga. Uma mulher que se sentaria comigo no jardim dos fundos, elogiando quando eu lhe mostrasse a glicínia que escala o nosso muro, os lindos móveis de jardim que ficam ao redor do mosaico no grande pátio delimitado. Uma amiga, assim como uma vizinha; alguém que pode aparecer para o jantar, admirar o luxo da minha cozinha, tocar deslumbrada os lindos castiçais de prata quando pensar que não estou vendo.

Riríamos juntas sobre os acontecimentos na escola, os maridos que ficam mais saidinhos quando estão em Londres, as crianças. Ela se juntaria ao nosso clube do livro, talvez até à associação de pais e mestres. Nós trocaríamos receitas, contatos de babá e quem sabe sapatos.

Eu me deixo levar pela imaginação, só por cinco minutos. Como poderia ter sido. Como poderia ter sido o futuro.

Jack não confia em mim. Posso dizer pela maneira como ele se comporta, voltando para casa tarde do consultório, evitando me encarar quando nos sentamos à mesa de jantar, focalizando a atenção nas crianças como se achasse que eu não iria notar o que está fazendo. Preciso tentar falar com ele para reconstruir as coisas. Caso contrário, tudo isso terá sido em vão.

— Jack — chamo calmamente uma noite, indo atrás dele na sala de estar quando a televisão estava ligada. Acho que ele nem está assistindo o que está passando. Ele se encolhe quando coloco as mãos em seus ombros, como se não pudesse mais suportar a sensação do meu toque.

— Não faça isso — digo —, não se afaste de mim quando eu te tocar. Sou sua esposa, Jack. Sua esposa.

Quando ele se vira para mim, seu rosto parece diferente, e isso me assusta. Ele não se parece o homem com quem me casei, o homem por quem me apaixonei anos atrás na Albion Road. Parece abatido, abatido pelo que fez. Tento não culpá-lo, mas sei que ele se culpa. Estamos nisto juntos, até que a morte nos separe. Visualizo mentalmente; o cartório, nossas mãos enlaçadas.

Devagar, avanço pelo sofá e me sento ao seu lado, tratando-o com cuidado, como se ele fosse um bibelô de porcelana, aqueles que minha avó costumava colecionar e alinhar em uma fileira arrumada acima do fogão.

— Jack, fiz isso por você. Pela nossa família. — Uma pausa. — Ele não vai ficar preso para sempre. Além disso, a cadeia é como um clube hoje em dia. — Sorrio, mas ele me ignora.

É como se eu não tivesse falado nada; ele continua olhando fixamente para a televisão. Vejo as imagens refletidas em seus olhos vidrados, as cores que vão e vêm. Uma lembrança me alcança, nós dois logo depois de termos ficado juntos pela primeira vez. Tínhamos ido ao cinema, mas não vimos muito do filme. Depois, passeando pela rua principal, tínhamos passado pela entrada do Regent Canal, uma pista escura inclinada e rodeada por salgueiros.

— Quer dar uma volta? — Jack me perguntou e eu peguei a mão dele, puxando-o pela encosta do canal. A água brilhava ao nosso lado, a margem, normalmente lotada, estava tranquila, como se todos os ciclistas, corredores e passeadores de cães tivessem aberto caminho para nós. Eu olhava fixamente para a água que reluzia, as cores dos barcos refletidas na luz, os vermelhos, os verdes e os azuis embaçando à medida que a água era revolvida.

Tínhamos começado a caminhar, sem dizer muito, mas o silêncio que pairava entre nós era eloquente. Antes de Jack, não me sentia próxima de ninguém por muito tempo. Não me sentia capaz, suponho.

— Jane. — A voz dele quebrou a estranha quietude, sua mão de repente escorregando na minha. — Você ficaria assustada se eu dissesse que te amo?

Minha boca estava na dele antes que ele tivesse tempo de ficar nervoso. Foi perfeito ninguém ter passado por ali naquela noite.

— Eu te amo, Jack — sussurro agora, sento-me ao lado dele no sofá, e, enquanto profiro essas palavras, me pergunto se elas são verdadeiras. Será que eu amo esse homem? Nós construímos uma vida juntos, contra os conselhos de profissionais, de amigos, da família. Menti por ele, várias vezes, durante dias, semanas e meses. Um homem está agora aguardando julgamento por um crime que não cometeu.

Como meu marido não responde, eu me levanto lentamente, sentindo como se meus membros fossem de chumbo. Será que provoquei tudo isso lentamente ao longo dos anos? Ou está tudo finalmente me alcançando — a bebida, a culpa, a constante pretensão de ser algo que não sou. Meu passado me alcançando. Talvez eu seja exatamente como meu pai, afinal de contas.

Cada parte de mim quer ir para o quarto, tirar a roupa, ficar debaixo de um chuveiro quente e esquecer o dia; depois, deslizar para debaixo dos nossos lençóis brancos e descansar a cabeça no travesseiro. Eu fazia muito isso quando era solteira, antes de conhecer Jack. Em vez disso, entro na cozinha, sirvo uma taça de vinho tinto e abro a gaveta dos talheres. Já olhei aqui, sei que sim, mas meus dedos correm pelos mesmos caminhos desesperados — sentindo debaixo da prata, debaixo da confusão de nossas vidas, velas de aniversário, pregos sortidos, a chave de fenda de Jack que ele nunca usa, um pacote de luvas. Meu ritual tarde da noite. Minha mão raspa o fundo da gaveta antes que eu a bata, irritada. Não está lá. Sei que não está lá.

— Jane — Jack está de pé na porta, com as mãos em cada batente lateral. — O que você disse sobre Ian ter batido em Rachel é mesmo verdade?

Sei que ele quer que eu diga que é, que lhe dê aquela pequena migalha de paz. *Pode* ser verdade, suponho. Mas duvido. E já contei mentiras suficientes. Como não respondo, ele vai embora finalmente.

Termino o vinho, pensando na ideia de uma placa de "Vende-se" ao lado. Talvez então eu me sentisse livre de tudo isso.

Capítulo 48
JANE

Sábado, 7 de dezembro

— Mamãe, papai, podemos ir agora?

A mãozinha de Finn está puxando minha saia, insistente e sem pausas, o que a faz escorregar levemente; sinto que está larga nos quadris. Tenho perdido peso ultimamente. Não de propósito, e não tanto quanto Rachel Edwards, mas é um bônus.

Jack e eu prometemos às crianças uma ida a Saffron Walden; a desculpa são as compras de Natal, mas sei que tudo o que eles realmente querem fazer é visitar a Gruta do Papai Noel que abriu na semana passada, no novo shopping. Aparentemente, todas as outras crianças da escola já foram, o que acho um pouco difícil de acreditar. Ainda assim, este é provavelmente um dos últimos anos em que Sophie será pequena o suficiente para até mesmo acreditar em Papai Noel, então concordei em levá-los. Além do mais, isso nos tira de casa.

— Mãããães, paaaapai! — Finn está descontrolado, começa a balançar o corpinho de um lado para o outro como faz quando sua paciência está no limite. — Quero ir logo!

— Desculpe, querido — digo e tento me concentrar nas tarefas do dia, no que é preciso providenciar. Estou tirando as galochas de debaixo das escadas e Jack está procurando os gorros e as luvas das crianças; o tempo mudou e o rádio esta manhã disse que poderia nevar. Na semana passada, eles voltaram do evento para acender as luzes de Natal vestindo trajes estranhos, emprestados por Sandra ("Eu não queria que eles passassem frio; você sabe que agora é inverno?", riso tilintando). Jack e eu tínhamos assentido, pedindo desculpas profusamente. Estamos perdendo o controle de tudo, pouco a pouco.

Tiro as botinhas azuis de Finn do armário e coloco-o sentado no degrau inferior, começo o longo processo de calçá-las em seus pés pequenos. Suas meias estão escorregando para baixo e ele se lamenta, impaciente, mas eu encaixo o pé esquerdo, depois o direito.

— Jack? Você pode se apressar? — pergunto, fechando o casaco de Finn e levando-o até a despensa, onde meu marido está fuçando na caixa de chapéus e luvas. Não os usamos desde o inverno passado, e a pequena despensa acumulou uma fina camada de poeira que incomoda um pouco a parte de trás da minha garganta. Finn quer seu chapéu com orelhas de raposa; Jack colocou um chapéu de pompom rosa brilhante em Sophie e um par de luvas que ostentam punhos cintilantes. Ela sempre foi muito atenta aos detalhes.

Ele tira um chapéu velho do arsenal e o oferece para Finn, cuja carinha diz tudo.

— O da *raposa*, papai, com as orelhas! Esse não. Esse é bobo.

Ele range os dentes.

— Tudo bem, tudo bem, o da raposa. Vou pegar para você. — Ele me olha de volta. — Vamos estar no carro em cinco minutos.

Estou prestes a seguir Finn enquanto ele se dirige para a escada onde Sophie está esperando, quando vejo meu marido parar mais uma vez. Eu me viro para encará-lo, e vejo o brilho de algo, aninhado em um velho lenço amarelo que Sophie descartou no ano passado.

— Mamãe! Quero iiiiir! — O chamado de Finn nos surpreende, Jack está parado, o lenço escorregando de suas mãos para o chão empoeirado da despensa. O colar de ouro escorrega para fora, separa-se do tecido. Nós dois olhamos para ele, e estou prestes a me lançar sobre meu marido, pegar o colar em minhas mãos agora trêmulas, quando Jack o recolhe, mais rápido do que eu pensava, e eu franzo a testa.

Meu coração está acelerado e não sei se ele percebeu, não sei quanto tempo me resta.

— Ah, isso é meu — digo rapidamente, estendendo a mão, esperando que ele não veja como estou tremendo, mas ele se afasta, mantendo o colar apertado na palma da mão.

Com o semblante sombrio, ele segura o colar contra a luz. É bonito, mas bem pequeno, com um fecho de ouro e um pingente em forma de coração. Quando ambos olhamos para o coraçãozinho sólido, ele desloca o olhar para mim.

— Não comprei isso para você.

Estou prestes a me adiantar, inventar algo sobre ser um presente de um antigo namorado. Mas que tola eu sou. Ele abre a portinha lateral do pingente

Meu corpo inteiro começa a tremer. Agarro o cotovelo de Jack, belisco a pele entre os dedos, levo-o para longe das crianças, para a sala de estar, onde um longo fio de luzes de fadas brancas está emaranhado no chão. As crianças já estão clamando por uma árvore, mas eu já disse que precisamos esperar um pouco. Exatamente por causa da bagunça. O Natal significa trabalho extra para manter a casa arrumada, outra forma de aprisionar as mulheres.

Jack sacode o braço para longe do meu, fecha a porta atrás de nós para que o som das conversinhas das crianças seja bloqueado, e nós estamos sozinhos. Ele fechou o punho esquerdo ao redor do colar, para escondê-lo da minha vista.

— Jack, me devolva isso — eu lhe digo e, ainda assim, ele não diz nada, apenas estica o punho na minha direção e abre a palma da mão.

— Jack, por favor me dê o colar — digo novamente, mantendo a voz calma, a taça de vinho que tomei no almoço ajudando.

Ele ainda não fala, só me olha esperando para ver como vou reagir. Nunca fui muito boa em saber o que Jack está pensando. Isso sempre me incomodou, desde o momento em que nos conhecemos. As esposas da cidade de Stepford juram saber o que seus maridos estão pensando o tempo todo, agrupadas em torno da mesa da minha cozinha, relatando o que está dentro da cabeça de seus parceiros, mas me conformo com o fato de que a maioria delas está errada de qualquer forma. O marido de Sandra Roger tem um caso com uma das professoras do ensino fundamental há uns dois anos; eu os vi uma vez quando fui buscar Finn depois de uma aula extra. A vaca tola nunca ligou os pontos. Há tantas coisas que nenhum de nós vê.

Olho para o colar. Virei esta casa de cabeça para baixo nas minhas faxinas semanais, vasculhando cada quarto em busca dele. As minúsculas letras douradas piscam para mim de dentro do coração, formando o nome dela. O presente de dezesseis anos de Clare. A peça do quebra-cabeça que a polícia não conseguiu encontrar.

É bastante bonito, na verdade.

Jack está me encarando como se nunca tivesse me visto antes.

— Estava no meio dos chapéus e das luvas — diz, sua voz estranhamente rouca. — Por que estava lá, Jane? Por que o colar dela está na nossa casa? Nunca toquei nela. Você sabe que eu não a toquei. — Faz uma pausa. — Ficou preso em suas luvas quando você a estava ajudando? — Olho para o lado por um segundo, tentando pensar. — Deve ter sido — ele diz. — É tão delicado, veja, você não deve ter notado. — Sua voz ganha um tom quase suplicante. — Foi isso que aconteceu, Jane? Me diga a verdade.

Sinto meu batimento cardíaco nos ouvidos, *trum trum trum trum*.

Nunca vi muito sentido em confissões. Não sou como Jack. Quero que isto termine; por isso fiz o que fiz na feira dos namorados. Se ficarmos no limbo, nenhum de nós vai seguir em frente. E precisamos. Nós merecemos.

— Jane...?

A luz em seus olhos mudou, escureceu.

Constato, então, que acabou. Está na hora de dizer a verdade. A verdade toda desta vez. Então, que Deus me ajude.

Capítulo 49
JANE

Segunda-feira, 4 de fevereiro, 17h30

Clare está deitada no chão, com o pescoço em um ângulo um pouco esquisito. Ouço os passos de Jack, muito fracos, mas a grama gelada abafa o som e eles rapidamente desaparecem no nada. Penso no tempo que ele levará para chegar em casa, imagino-o abrindo nossa porta da frente, olhando para a casa exatamente como a deixei. O que será que ele vai fazer? Aposto que vai tomar uma bebida.

Há um suave gemido. Ela está voltando a si, como nós dois sabíamos que aconteceria. Aquele empurrão não foi suficiente para matá-la, não realmente, não a menos que ela seja muito azarada. É uma infelicidade. Tudo isso é profundamente infeliz. Isso era o que os professores costumavam dizer sobre mim. *Uma criança infeliz. Uma educação infeliz.*

As pálpebras de Clare tremem, mas ela ainda não está totalmente consciente. Posso ver meu hálito se espalhando pelo rosto dela, nuvens brancas se formando na escuridão. Não temos muito tempo. Duvido que alguém mais venha aqui hoje à noite, mas nunca se sabe. Eu vim. Jack veio. Clare também veio.

Fui encontrá-lo depois do trabalho, como ele sugeriu. Eu estava pronta para um passeio e uma conversa, uma chance de sermos o antigo casal, assim como ele queria esta manhã. Nós costumávamos vir aqui o tempo todo. Com Sophie e às vezes com Finn; ocasionalmente Jack e eu caminhávamos aqui de noite, quando eu estava grávida de Sophie, quando ela era apenas um grão no meu ventre. Eu me lembro de sentir isso, já à época. A sensação de que tínhamos cometido um erro. Vir para cá, para esta cidade no meio do nada. Desistir de nossas vidas em Londres. Comprometidos um com o outro, com uma vida em que não nos encaixávamos. Eu podia ver o futuro à minha frente e isso me assustava. Acho que esse sentimento nunca desapareceu de verdade. *Você vai adorar isto aqui,* disse ele.

— Clare — digo, minha voz calma, mas firme. Não toco nela, não quero movê-la ainda. Está respirando, fraca, mas respirando, e, então vejo seus olhos cintilarem de novo, abertos completamente desta vez. Nós olhamos uma para a outra na escuridão: ela deitada, eu agachada. O momento parece estar quieto, como se alguém tivesse pausado em um filme.

— Ele me empurrou — diz ela. A voz tem uma qualidade estranha, sem fôlego, e posso perceber a surpresa em seus olhos à medida que se dá conta do que aconteceu. Não achei que se lembraria tão rápido. Ela desloca o corpo levemente, mas vejo a dor passar por seu rosto, como uma sombra sobre a lua. Estudo suas feições, os lábios cheios, as maçãs do rosto altas, o cabelo loiro. Ela é linda, como a mãe.

— Ele não queria te empurrar, Clare — digo, tentando um sorriso mesmo que meu rosto esteja gelado e meus lábios também. — Foi um acidente. Você foi atingida sem querer.

Ela está franzindo a testa para mim, e observo uma pequena centelha de indignação. Estou tentando ajudá-la, tentando explicar.

— Está tudo bem com a sua cabeça? — pergunto, tentando uma tática diferente, mas ela não responde, apenas olha para mim, como se atrás dos olhos dela sua mente estivesse rodopiando e eu não pudesse ler.

— Você e o dr. Goodwin — diz Clare devagar, e agora se mexe, desloca o corpo, tentando se apoiar nos cotovelos para ficar de frente para mim à mesma altura. Seus olhos são castanho-escuros. — O que vocês estavam fazendo?

— Estávamos só discutindo, Clare — respondo, tentando dar à voz um tom leve, natural, mas isso soa estranho, até mesmo para meus ouvidos. Preciso impedir essa conversa, ela está muito perto de mim, está muito perto de nós. Alguém pode passar: um passeador de cães, qualquer um. Mesmo que esteja escuro, não é tão tarde assim. Acho que percebo um movimento, para o lado direito da minha visão, mas é apenas um *flash* na escuridão e depois desaparece. Poderia ser só minha imaginação, de qualquer maneira.

Clare sacode a cabeça, outro chicote de dor cruzando o rosto.

— Não — diz —, vocês estavam brigando. Ele gritou. Vocês estavam... você parecia que ia bater nele também. — Outra pausa. — Você ia?

Não digo nada.

Clare encolhe-se ainda mais. Ela me olha nos olhos, um olhar duro, mais sábia que sua idade.

— Você não tem filhos?

A raiva dentro de mim volta a brilhar, começa a se acender. Respiro fundo. Ainda posso consertar isto, ainda posso nos salvar. Não trabalhei tanto estes anos todos para que tudo fosse destruído pela palavra de uma adolescente que viu mais do que devia.

— Clare — digo —, você bateu a cabeça. Acho que não está se lembrando das coisas direito. Nenhum de nós bateu na sua cabeça. Foi um mal-entendido.

Lágrimas estão começando a se formar em seus olhos.

— Não foi — sussurra ela, sua voz agora está baixa. O rosto parece muito pálido. Eu me pergunto sobre a parte de trás da cabeça dela, quanto sangue pode estar perdendo enquanto falamos. — Eu vi você. Eu ouvi você. Seus filhos também vão ver, ouvir.

— Como se atreve? — digo, a faísca dentro de mim crescendo em chamas, subindo, me consumindo, me tentando. — Você não sabe do que está falando.

— Eu vou contar — diz Clare, como se eu não tivesse falado nada. — Não vou deixar você fazer isso com outra criança. A sua criança. Você não tem ideia do quanto isso nos machuca.

Eu me sinto doente de repente, quando ela começa a se mexer como se tentasse ficar de pé. Não consigo entender o que está dizendo. Não posso permitir que ela conte para ninguém. Imagino primeiro os rumores, depois as perguntas. Anos escondendo o que somos. Anos de trabalho para esconder o que somos. Anos de terapia e aulas e tentando, tentando, tentando controlar essa doença dentro de nós dois. Batalhei pelo que temos. Jack também. Trabalhei para minha vida ser bem-sucedida, me construí do nada, e esta garota está prestes a arruinar tudo.

Não posso deixar isso acontecer.

Capítulo 50
CLARE

Segunda-feira, 4 de fevereiro, 17h35

A dor na parte de trás da minha cabeça é latejante, mas meus pensamentos são surpreendentemente claros. Quando vi Jack pulando pelo campo, algo estranho aconteceu — não foi Jack que vi, mas papai, e não foi Jane Goodwin, mas mamãe. Minha boca está seca e tem um gosto um pouco metálico, mas não gosto da maneira como Jane está falando comigo, como se eu fosse uma criança, uma criança bobinha que está com um galo na cabeça e confundiu as coisas. Fingi ser assim por anos. Acho que ela está mentindo. E não vou fingir mais.

Estou me preparando para ficar de pé mesmo que uma das minhas pernas esteja doendo também, acho que caí em cima dela com todo o peso do corpo, mas de repente há um pouco de movimento no ar frio do inverno e Jane está bem perto de mim, agachada. Há um olhar engraçado em seus olhos e eu sinto uma pontada de medo.

Digo "não", mas, antes que eu possa continuar falando, as mãos dela estão no meu cabelo. Ela está me puxando, puxando minha cabeça para cima, e então há uma explosão de dor enquanto ela bate minha cabeça para baixo contra o tronco da árvore. Por um momento, não consigo ver nada.

Mexo as pernas, tentando chutá-la para longe de mim, mas minha perna esquerda não está se movendo direito, parece torcida, e estou arranhando seus braços com as mãos, mas ela está usando um casaco de inverno grosso e não consigo segurar direito. A outra mão dela está afastando a minha para longe, agarrando-se à minha jaqueta e cachecol para me levantar para a frente novamente, e ela prende algo ao redor do meu pescoço, a corrente que mamãe me deu de aniversário, e o metal dourado está puxando contra a minha pele até quebrar, estalar, uma pequena sensação de alívio que desaparece no minuto em que minha cabeça se choca com o tronco da árvore pela terceira *vez. O gosto metálico na minha boca é muito pior; tudo parece girar, tudo parece lento, como se eu estivesse embaixo d'água, exceto que não estou embaixo d'água, estou aqui em Sorrow's Meadow, vou ver Owen e não quero que isso aconteça, não quero morrer assim, não antes de ver Owen, não antes de ver a mamãe.*

Não quero morrer de jeito nenhum.

Capítulo 51
JANE

Segunda-feira, 4 de fevereiro, 17h45

Quando tiro as mãos dela, estou respirando muito rápido, muito alto. Ela não está se movendo. Imediatamente eu me levanto, embora minhas pernas estejam estranhas e duras por eu ficar agachada tanto tempo. Por um momento ou dois, olho para ela, seu cabelo loiro ainda brilha na escuridão, sua respiração não mais embaça o ar. Eu me agachei novamente, coloquei dois dedos de luvas na lateral do pescoço dela, cuidando para não chegar muito perto, para evitar que qualquer parte do meu corpo toque o dela. Meus dedos descansam ali por um breve momento, não há sinal de pulso. Eu espero. Meu corpo formiga. Por um momento, sinto como se ela ainda estivesse me observando, como se alguém estivesse olhando através da escuridão, um par de olhos observando cada movimento meu, mas, quando olho ao redor do campo, não vejo ninguém, nada. Verifico a pulsação novamente. O pescoço dela é macio, maleável. Nada. Fico de pé, desvio os olhos para longe da terrível quietude de seu rosto.

Ela será encontrada imediatamente. É melhor assim? Olho ao redor pela quinquagésima vez, verificando o campo escuro e a fileira de árvores que o contornam. Não há ninguém à vista. Checo meu corpo, mas não há pele à mostra — meu casaco me cobre do pescoço ao joelho, minhas longas botas pretas cuidam do resto. Meu cabelo está preso num coque. Jack também usava luvas. Não tenho razão para estar aqui fora. Nenhum de nós tem.

A mochila dela está ao seu lado, meio aberta no chão. Cuidadosamente, abro o outro bolso, vejo a sacola de papel do consultório, com o nome dela escrito ao lado. Ele deve ter prescrito uma receita para ela. Não posso deixar ninguém ligá-lo a ela. Pego a sacola e a enfio no bolso do casaco, as pílulas chocalhando uma contra a outra por dentro. Meu coração está batendo tão alto que mal consigo ouvir meus pensamentos. O celular dela está no chão, ao lado do bolso da jaqueta, caiu no meio da confusão. Eu o pego; ainda está levemente quente na minha mão, mesmo através das luvas.

Rapidamente, antes que eu possa pensar mais sobre isso, eu me afasto do corpo no chão, forço-me a caminhar na direção em que Jack saiu apenas dez minutos antes. Enquanto ando, faço um plano, racionalizo como sempre faço depois de ter perdido a calma. Agora tenho jeito para isso.

Ela teria denunciado aos serviços sociais, sussurro para mim mesma, eu tinha de fazer isso. Não tive escolha. Meus pensamentos se espalham um sobre o outro, a raiva que ardia dentro de mim se foi, agora que sua causa está em silêncio. Penso nas crianças, no jeito como Harry caminha, em Sophie e Finn, na maneira como afago os cabelos deles quando vão para a cama, na maneira como as mãozinhas cabem nas minhas enquanto voltamos da escola para casa. Ninguém pode me afastar deles. Realmente não tive escolha.

Ando rapidamente pelo campo, agarrando firmemente o celular de Clare em minha mão enluvada. Tiro a capa, me perguntando se deveria jogá-la fora, depois vejo um cartão de identificação enfiado na parte de trás, preso na parte de trás da capa dourada. Clare Edwards. Não, o melhor é manter tudo junto, em algum lugar seguro. Quando subo o caminho que leva de volta para nossa casa, ouço um som e viro, meu estômago se agitando.

Eu o vejo enquanto sua lanterna me atinge; seus olhos castanhos me olham do outro lado do campo. É Nathan Warren. Graças a Deus é só ele. Minha mente se acelera — pense, Jane, pense. Volto para trás e ando em direção a ele, sorrindo, sacudindo meu cabelo solto ao redor dos ombros. É um risco, mas um risco calculado.

— Nathan — digo —, preciso que você faça algo por mim.

No momento em que coloco a chave na fechadura, Jack está correndo, correndo em direção à nossa porta da frente, uma garrafa meio vazia de Jack Daniels ainda em sua mão. Eu estava certa sobre a bebida.

Entro e me vejo no espelho do corredor; meu nariz vermelho vivo do frio.

Ele está na minha frente, o desespero estampado no rosto. Suavemente, pego sua mão, ponho a garrafa de uísque de lado, levo-o do corredor para a sala de estar, guiando-o até o nosso sofá macio, caro. Há brinquedos de Finn no chão; parecem deslocados, como se fossem de outra vida. Alguns bonequinhos Playmobil, um caminhãozinho azul. Muito brilhante. Colorido demais.

— Jack — estou segurando as mãos dele agora, olhando para ele. Estou respirando devagar e profundamente, do jeito que Diane me ensinou, sabendo quão cruciais são esses poucos momentos. Mandei uma mensagem para Sandra a caminho de casa, disse a ela que iria buscar as crianças em dez minutos. Isso vai dar a ele uma chance de se acalmar.

— Ela está bem? — pergunta ele, que mal consegue falar porque está muito nervoso. — Você falou com ela? Ela vai contar para alguém o que aconteceu? Você disse, você disse a ela que foi um erro, que eu não queria fazer isso, que é apenas como nós somos e que nós nunca machucaríamos as crianças, que nós somos estúpidos e doentes e...

Ele começa a soluçar como uma criança.

— Jack, tenho que te dar más notícias — digo, e o puxo na minha direção, encosto sua cabeça em meu peito como se ele fosse uma das crianças. Ainda estou usando minhas luvas; meus dedos macios acariciam sua testa. Imagino o pânico do meu marido fazendo-o antecipar hipóteses: Clare foi direto para a polícia. Clare foi direto falar com o padrasto. Está no hospital por causa do ferimento na cabeça. É muito pior do que ele pensa.

Mas não digo nada disso. O que eu digo é:

— Jack, Clare está morta.

No começo, ele acha que me ouviu mal. Ele se senta, tira o rosto manchado de lágrimas do meu abraço. O uísque fez seu coração bater rápida e irregularmente; sinto seu batimento cardíaco, o cheiro do álcool no seu hálito.

— O quê? — sussurra.

Também estou tremendo agora, mesmo contra a vontade, meu corpo está tremendo contra o dele. Seguro sua mão, entrelaço meus dedos nos dele. Nossas alianças se apertam uma contra a outra, grossas, através das minhas luvas.

— Sinto muito, Jack — digo. — Eu esperei, fiquei ali sentada com ela, mas ela não acordou, não voltou. Senti o pulso dela novamente, três vezes, tentei tudo o que pude pensar para trazê-la de volta. Mas ela... ela estava morta. Ela... olhei para a cabeça dela e ela bateu direto na têmpora, ao lado, e então desmaiou e estava tão fria e... não sei. Jack, ela não acordou.

Ele está me encarando, seu rosto completamente branco.

— Sinto muito, Jack — repito. Ele parece em choque. Contou-me sobre algo parecido, aconteceu com um de seus colegas no ano passado. Um paciente que morreu em decorrência de um coágulo depois de uma batida na cabeça. Eles parecem bem, mas depois acordam na manhã seguinte sentindo-se sonolentos e confusos, pioram com o passar das horas e o coágulo no cérebro cresce. São os azarados que batem com a cabeça nos ângulos errados; os que sofrem uma lesão intracraniana e chocam entes queridos morrendo subitamente. A falta de sentido disso. O terrível desperdício. Eu me preocupava que isso acontecesse com as crianças, observava-as como um falcão sempre que as levávamos para o playground. Claro, não foi bem isso o que aconteceu aqui, mas é plausível. Jack sabe que é.

— E você a deixou lá? — Ele empostou a voz, tirou a mão da minha. — Temos que voltar, Jane. Temos que fazer isso direito. Nós temos de fazer a coisa certa.

Sua voz parece robótica, e só posso imaginar o que está passando por sua cabeça. Ele acha que matou alguém, tirou a vida de Clare. Em seu destempero. Em sua ação irrefletida. Sua lamentável e patética tentativa de me impedir de esbofeteá-lo, de impedir nossa estúpida discussão de se tornar uma de nossas horríveis brigas. E, de certa forma, ele o fez.

Há um som de gemido vindo de algum lugar, e leva alguns segundos para que eu perceba que é ele. É baixo, gutural, um gemido. Meu marido coloca os punhos na cabeça e começa a bater, batendo no crânio, puxando o cabelo, infligindo minúsculas doses de dor. Ele se levanta de repente, tropeça no corredor, vai em direção à porta e a abre. Sinto a rajada de vento frio que corre na minha direção.

Instantaneamente, estou ao seu lado.

—Não, Jack, não. Não há nada que possamos fazer. Foi um acidente, você sabe que foi. Um acidente horrível e trágico. Você não queria machucá-la. Se você contar para alguém agora, sabe o que vai acontecer?

Ele para, com a mão na porta aberta. Passo por ele, dou pequenas pancadas em seu corpo, arranco as luvas e faço delas uma bola preta apertada. Estamos sozinhos no corredor, cara a cara.

— Eles vão levar as crianças embora, Jack. Eles não vão deixar você morar aqui, conosco. Eles podem me implicar também. Pense em Sophie. Pense em Finn e Harry. Só Deus sabe o que vai acontecer com eles.

Eu o vejo engolir em seco.

— Você não vai ser implicada — sussurra ele, a voz rouca. — Eles vão me prender. Eu mereço. As crianças não merecem ter um pai como eu.

Coloco os braços em volta dele então, deslizando-os pela cintura, como fiz em Sorrow's Meadow, há menos de uma hora. Eu tinha ido até lá para surpreendê-lo depois do trabalho, dizer que pensaria no aconselhamento. Mas ele não estava com o humor certo. Não estava me escutando. Ele sabia que eu estava com raiva, lá no fundo. E então ele a empurrou. Ele empurrou Clare.

— Nós precisamos de você, Jack — digo. Pressiono a boca contra seu peito, minha boca quente contra seu corpo ainda frio. — Preciso de você. As crianças precisam de você. Você não pode jogar sua vida fora por causa de um acidente, de um erro. Você não merece ir para a cadeia.

Ele está chorando, as lágrimas escorrendo para o meu cabelo escuro.

Ele sempre adorou o meu cabelo. Sempre me amou. Esse é o seu problema.

— Não vou suportar isso — diz, e então meu corpo começa a tremer também, de modo que estamos chorando juntos, parados no corredor, soluçando e chorando na desgraça que fizemos, a vida que tirei.

Capítulo 52
JANE

Sábado, 7 de dezembro

— Acho que você deveria colocar isso de volta onde encontrou, Jack — digo a meu marido, estendendo a mão para que meus dedos abracem os dele, dobrando-os um no outro até a palma da mão dele fechar novamente, o colar de Clare escondido da vista. Não notei quando me afastei de Nathan Warren, deixando-o com instruções para chamar a polícia, dizer a eles o que ele tinha encontrado. Não notei quando tirei o casaco naquela noite, eu o pendurei no gancho entre todos os outros, tirei o cachecol, o gorro e as luvas e os embolei antes de tomar um banho muito quente.

Vi a matéria no jornal.

Eu me lembro do dia em que li a fala sobre o colar. Estava ao lado de uma foto do rosto de Rachel, suplicante e manchado de lágrimas. "Nós demos a Clare quando ela completou dezesseis anos, há duas semanas. Ela nunca o tiraria." Eu me lembrei de vê-lo ao luar, seu brilho contra o pescoço branco delicado. Mas não o notei quando caiu, preso em minha luva, me seguindo para casa como um pequeno lembrete de culpa.

Durante meses, pensei que iriam encontrá-lo em Sorrow's Meadow, sem ligar ninguém e nada à sua morte.

Durante meses, vasculhei a calçada enquanto levava as crianças para a escola, aterrorizada que ele tivesse ido parar perto de casa, que tivesse encontrado seu caminho para o nosso passeio, para o nosso carro, para a rua logo em frente à nossa casa. Procurei em todos os lugares — no nosso quarto, nas coisas de Sophie, pensando que ela poderia ter visto e ficado com ele, sem saber o seu significado. Procurei na despensa, verifiquei as luvas que calçara, não consegui encontrá-lo. É minúsculo, delicado. Eu o perdi. E agora ele sabe a verdade.

— Como você pôde? —diz Jack, e sua voz está cheia de um ódio tão puro, tão genuíno, que sou tomada de surpresa, só por um segundo.

Olho para a porta. Não consigo mais ouvir as vozes das crianças, elas devem ter ficado entediadas, voltaram lá para cima para brincar.

Harry está no futebol, alheio a tudo.

— Como *eu* pude?

Não tenho medo do meu marido; nunca tive. Tenho medo do que ele me faz fazer.

— Você me deixou acreditar, Jane, você me deixou acreditar que eu a tinha matado! Você sabe como tenho me sentido, você sabe que Ian está na cadeia! E todo o tempo era você; você nem precisava!

Senti um arrepio.

— Claro que eu precisava, Jack. Quem você acha que estaria atrás das grades agora se eu não o tivesse feito? Eu? — Quase rio, o pensamento é tão ridículo.

— Jack, se Clare Edwards tivesse se levantado e escapado, ela teria nos denunciado às autoridades. Poderia até ter chamado a polícia, prestado queixa porque você a empurrou. Isso teria começado uma investigação, eles teriam nos afastado, nos separado, como fizeram com Rachel. Eles teriam levado as crianças. E não finja que seria diferente, porque você sabe que é verdade.

Eu me afasto, espero pela resposta dele. Não sei o que está pensando.

— Você não precisava matá-la — sussurra, e aquele olhar horrível no rosto dele ainda está lá, um olhar que nunca vi antes em todos os altos e baixos da nossa convivência. Repúdio. Ódio. Repugnância.

— Não olhe para mim assim — digo, e percebo uma a ponta de desespero na minha voz, aquela coisa que passei tanto tempo tentando evitar. Preciso de Jack. Preciso dele ao meu lado. Não preciso dele arruinando tudo agora, não depois de eu ter trabalhado tanto. Não posso deixar isso acontecer.

— Não posso viver assim, Jane — afirma ele, balançando a cabeça, abrindo a mão novamente para ver o maldito colar temos que nos apresentar à polícia. Temos que criar coragem.

Eu me afasto dele. Ainda estou segurando as luzes de Natal na mão esquerda, apertando o fio de arame. O momento se prolonga. Eu permito.

— Nós?

Estou parada perto da janela agora. Lá fora, um carro passa. O céu está cinza, a previsão é de neve. Se ele não nos levar para as compras logo, será tarde demais.

— O quê? — Jack está olhando para mim, mas mantenho o rosto ligeiramente virado, meus olhos na estrada.

— Eu disse *nós* termos que criar coragem? Não acho que seja realmente o caso, Jack. Você foi o único que a empurrou. Foi você quem causou a ferida na cabeça dela.

Eu me viro da janela, me aproximo dele novamente, me inclino bem de perto para ver cada poro do seu rosto, o rosto tão familiar com o qual me deparei a cada dia em que acordei nos últimos dez anos. Conheço esse rosto tão bem quanto conheço o meu. Mas Jack não me conhece tão bem quanto ele pensava. Ele não sabe da missa a metade.

Tentei fazer isso sutilmente, para deixar a polícia tirar suas próprias conclusões. Mas as coisas não estavam andando rápido o suficiente; eles são lentos, estúpidos. Continuaram a ir pelo caminho errado. E tentando vir atrás de Harry; bem, isso não foi nada menos do que ridículo.

Os registros que meu filho encontrou da consulta médica de Clare me deixaram mais nervosa. Depois que confrontei meu marido sobre isso no carro, salvei a gravação no celular — um áudio dele reiterando que eram pílulas contraceptivas, eu o encorajando a ir à polícia. Eu a cortei no ponto em que ele me perguntou que joguinho doentio eu estava fazendo, me perguntou por que eu o estava fazendo repetir o que eu já sabia. A gravação está no meu celular, para o caso de eu precisar. Você pode me ouvir claramente dizendo para ele ir à polícia, a confusão simulada na minha voz.

A pobre Danielle, a secretária, agora ela era um problema. Quem diria que ela teria as chaves das nossas vidas. Acontece que um depósito da nossa conta conjunta foi suficiente para mantê-la em silêncio. Dez mil é um preço pequeno a pagar pela liberdade. No fim, o único registro de Clare Edwards visitando o consultório de Ashdon foi aquele que queimei em nossa churrasqueira. E, curiosamente, Danielle nunca viu Nathan Warren no campo de flores, afinal de contas. Não depois de conversarmos, pelo menos. O serviço de saúde realmente deveria pagar mais aos seus funcionários, mas não posso fazer muito a respeito. Estou feliz por ter sido capaz de liberá-lo também. Ele é um homem doce, honestamente.

Foi Sandra quem me deu a ideia, embora nunca o saiba. Acho que preciso agradecer a ela pela boca grande, no fim das contas. O dinheiro que Mark deixou para Clare foi decisivo; a única coisa que me faltava. Motivação. Ian mata Clare, Ian recebe o dinheiro.

Mesmo assim, a polícia estava relutante. Praticamente tive de lhes passar tudo mastigado. Ian poderia não ser um cara tão decente, colocar a culpa nele foi mais difícil do que pensei. Estava com o celular de Clare na minha bolsa desde fevereiro; pensei em me livrar dele, mas com a maneira como as coisas estavam indo, eu tinha de ser esperta. No dia da feira dos namorados, entrei na escola e o coloquei na mochila de Ian, bem onde ele a deixou na sala de aula. Saúde e segurança, e tudo isso. Uma *oportunidade*, podemos ver dessa forma. *Nós criamos nossas próprias oportunidades*, Diane costumava dizer.

Você realmente pensaria que isso seria o suficiente, não é mesmo? Eu me sinto mal em usar Nathan uma última vez, mas no final não tive escolha. Não é como se aqueles detetives não estivessem desesperados por uma pausa. O depoimento dele como testemunha foi o toque final, por assim dizer. Meu passaporte de saída da cadeia.

Meu marido está me encarando.

— O que você acha que a polícia vai fazer, Jack, quando você contar o que fez?

Ele encontra meus olhos agora, e eu vejo isso, a velha efervescência da raiva que nos trouxe aqui em primeiro lugar. Desta vez ela é dirigida a mim.

— Eu não a matei — afirma através de dentes cerrados, e eu sorrio para ele, estendo minha mão livre para tocar seu rosto. Há uma migalha de comida em seu queixo, aquele queixo forte que sempre amei, e de perto o hálito dele não está bom. Ele não tem cuidado bem de si mesmo ultimamente. Tentei dizer a ele.

— Em quem você acha que a polícia vai acreditar, Jack? — pergunto, mantendo a voz baixa, quieta, como eu costumava fazer quando estávamos na cama. — Num homem com um histórico de violência e falta de álibi? Ou em mim? Uma mãe, pilar da comunidade, com lugar no comitê do jardim em memória de Clare?

O rosto dele empalidece por um momento.

— Do que você está falando, Jane? Se a polícia descobre sobre Albion Road, nós dois seremos suspeitos.

Pouso sobre ele um longo olhar. Depois, dou um passo à frente. Eu lhe dou minha última cartada.

— Prazer — digo, estendendo a mão em direção à dele — Meu nome é Rebecca.

Demora um minuto. Observo seu rosto, minha mão ainda estendida em direção a ele, as engrenagens girando em seu cérebro. Vejo a memória chegar até sua mente; o olhar em seu rosto muda, cai. Deixo minha mão cair ao longo do meu corpo e sorrio para ele.

— Então você se lembra da Rebecca. Nunca disse em Albion Road meu nome verdadeiro, Jack. Não estou em nenhum dos registros deles. Também não estou em nenhum dos registros da minha terapeuta. Eu queria tudo anônimo. Pensei que você tivesse feito o mesmo.

Ele me olha fixamente, sem compreender. Para um médico, ele é lento às vezes.

— É confidencial — diz, mas até ele sabe que está falando besteira agora.

— Confidencial até o envolvimento da polícia. O mesmo que um consultório médico. Você sabe disso, Jack. — Eu o deixo, volto para a janela novamente. Cuidadosamente, ligo as luzes, vejo como a pequena fileira de lâmpadas se acende.

— O que você estava dizendo sobre ir à polícia? — pergunto, e ele me olha fixamente, aqueles olhos familiares queimando nos meus.

— Você está louca — sussurra. — Você está completamente louca.

Ajusto um pouco as luzes, então elas cintilam um pouco. As crianças vão amá-las. Todos poderão vê-las pela janela: as luzes mais brilhantes da cidade.

— Não vou fazer isso — diz Jack de repente, e tenho de admitir, suas palavras me surpreendem. Não achei que ele tivesse isso dentro de si. — Não vou mais brincar de família perfeita. Vivi no inferno por meses, meses em que acreditei que sou um assassino, pelo amor de Deus, por meses você manteve isso em cima de mim, controlando todos os fios. É isso aí, Jane. Vou te deixar. Quero o divórcio.

Não é muito diferente do que ele disse na noite em que Clare morreu. Eu não permiti daquela vez, e não vou permitir agora.

Permaneço de costas o tempo todo em que ele fala, mas na última palavra me viro. Seus olhos estão frios, pedras de gelo no rosto, e seu corpo inteiro está rígido de raiva.

— Você não quis dizer isso, Jack — digo calmamente. — Você não sabe o que está dizendo.

Ele vem em minha direção e eu recuo, meu corpo batendo no vidro da janela, um impacto que se espalha pelas minhas costas.

— Nunca falei tão sério na vida — diz, e me segura pelos ombros, seus dedos cavando cada vez mais fundo na minha pele. Começo a ranger os dentes, aguentando firme.

— Não vou deixar você, Jack — afirmo. — Não vou deixar você tirar tudo de mim. — Minha respiração está alterada. — Eles te levariam para longe dos seus filhos. Especialmente quando descobrirem como você pagou a Danielle Andrews. Eu amo uma conta conjunta.

Ficamos parados, imobilizados um preso ao outro, a pressão das mãos dele ainda nos meus braços. Gradualmente me afasto, sem deixar de encará-lo. Vejo o momento exato em que ele cede, resigna-se a mim. Eu riria se não estivesse tão cansada. Realmente, ele não tem escolha.

Conheço meu marido e sei que a culpa o tem devorado vivo nos últimos onze meses, que sua sanidade tem estado por um fio. De certa forma, fiz a coisa mais gentil ao assumir o comando da situação, ao libertá-lo da culpa. Se eu assumir a culpa, ele pode tocar a vida. Ele não vai à polícia por algo que não fez. Não Jack. E, se tentar me culpar, vou restabelecer a culpa dele. Vou dar datas, lugares, incidentes do nosso passado. Todas as nossas brigas, tudo girando na cabeça da polícia. Vou contar às meninas o que "ele tem feito comigo", como eu disse a Karen. Peça para verificarem os registros do hospital, onde fui atendida por ter caído da escada. Aposto que as enfermeiras de lá se lembram de nós.

Veja, não sou nada se não estiver preparada. Uma estrategista arrojada, se você quiser. Com o colar desaparecido, este sempre foi um resultado possível. Mas, com os hematomas que Madeline viu, e as dicas que espalhei, a ausência numa reunião do clube do livro, o corte na bochecha, autoinfligido com minha faca escondida nas páginas do *Wolf Hall*. Acho que há o suficiente para que todos fiquem do meu lado. Liberte o pobre e velho

Ian, devolva à rainha do gelo o seu homem. Se chegar a isso, é claro. Plano B, acho que podemos chamar assim.

Se Jack me deixar agora, vou colocar a polícia na direção oportuna de certo grupo de controle de raiva na Albion Road. E, se nada disso funcionar, vou dar a eles o colar, coberto com suas impressões digitais. Ainda nem toquei nele. Então vou pegar a pilha de notas de vinte libras aninhadas nos livros de culinária e sumir com as crianças.

Mas ele não vai me deixar. Ele não se atreveria.

Empate. Sempre adorei um jogo de poder, afinal de contas. Você poderia dizer que é isso que me faz tão persistente.

Capítulo 53
JACK

Domingo, 8 de dezembro

Ainda está escuro quando acordo, pouco antes das seis horas, deslizo os pés para fora da cama no chão frio do quarto de hóspedes. Ao menos ela não se opôs a que eu dormisse aqui esta noite. Eu a deixei sozinha nos lençóis de algodão egípcio, os lençóis que ela comprou para si no meu cartão de crédito logo depois que nos mudamos para cá. Ela me disse que era para compensar eu tê-la empurrado escada abaixo. O que ela não gosta de pensar é que, se eu não a tivesse empurrado, provavelmente eu estaria morto. Jamais quis que ela caísse da escada, e ela sabe disso. Sempre soube.

Ainda posso vê-la às vezes; seu olhar naquele dia na nossa antiga casa, a ponta da faca de cozinha prateada em sua mão. Ela estava furiosa comigo, particularmente furiosa naquele dia, me acusando de todo tipo de coisa. Dizendo que eu era infiel, que eu acabaria a deixando, como seu pai fez. Bem, ela está certa sobre isso. Finalmente, finalmente, estou. Estendi a mão para me defender, e foi aí que ela escorregou escada abaixo. Ou resolveu escorregar. Ela adora usar isso contra mim, já faz anos. Um trunfo, apesar de agora ser apenas mais um de tantos. Desde a noite em que ela veio me encontrar no campo já preparada para a briga, colocou uma adaga sobre minha cabeça, como um pingente de gelo letal prestes a cair.

Não tenho muito tempo. Eu me permito um momento fora dos quartos das crianças, imagino que posso ouvir a respiração delas através das portas bem fechadas. Minha mala, feita depois que ela foi para a cama triunfante, está bem segura na minha mão direita, nela apenas o essencial. O celular pulsa na minha mão esquerda. Vou pegar o trem das 6h35 para a London Liverpool Street e de lá vou para a casa da minha irmã Katherine, a irmã que parou de falar comigo no dia em que me casei com Jane. Ela me disse que era muito doloroso me ver cometer um erro tão grande. Tenho certeza de que vai ficar feliz em saber que estava certa, embora, é claro, ninguém jamais vá saber a extensão total do erro.

Eu também quero o melhor para os meus filhos. Mas não posso mais suportar minha esposa.

Na casa de Katherine, vou começar a fazer planos. Passei a noite toda pensando neles, mal preguei o olho. Vou procurar um advogado, descobrir quais são as minhas opções. O divórcio é uma certeza, mas preciso ver como as crianças ficarão. Conhecendo Jane, a guarda compartilhada é o máximo que posso esperar nesta fase. Mas tenho dinheiro, e o dinheiro vai me garantir um bom advogado. Um ótimo advogado que, com o tempo, pode trazer meus filhos de volta. Livre de Jane e livre desta vida miserável.

Saio silenciosamente de casa, a pesada porta se fechando atrás de mim pela última vez. Eu me permito um olhar em direção aos Edwards, sinto novamente a onda de tristeza que tem estado comigo desde aquela noite. Desta vez, porém, é sem a terrível culpa, o que me deixa quase eufórico. Não matei Clare. Quaisquer que sejam meus defeitos, e são muitos e sérios, não fiz Clare dar seu último suspiro. Minha esposa sim.

Não vou contar à polícia o que ela fez. Não sou um assassino, disso tenho certeza, mas também não sou um homem particularmente bom. Lidei com meus demônios o melhor que pude durante aquelas longas sessões na Albion Road, mas, durante todos esses meses, eu me mantive em silêncio enquanto outro homem era acusado do assassinato de Clare. Santo eu não sou. Mas me consolo, pois me sinto capaz de fazer isso agora, depois de todos esses meses de tortura. Não sou tão mau quanto minha esposa.

O trem para Londres está lotado, cheio de passageiros bocejando, com os olhos avermelhados na frente de seus laptops. O e-mail que escrevi ontem à noite para o consultório está salvo no rascunho, pronto para ser enviado; o meu próprio laptop silenciosamente dentro da minha mala. Uma vez na casa de Katherine, vou enviá-lo: minha demissão com efeito imediato. Encontrarei um novo emprego em Londres, em algum lugar grande e anônimo, e, quando Katherine se cansar de mim, encontrarei um apartamento, com quartos de sobra para as crianças virem me visitar. Porque ela vai permitir, ela será racional, uma vez que se conforme com o fato de eu ter partido; ela tem que fazer isso. Vai aceitar que a nossa parceria, tal como está, não pode mais continuar. É o fim, a ruína, nosso casamento morreu com Clare.

Londres se levanta ao meu redor, arranha-céus cinzentos apontando para o sol matinal. Enquanto observo a ponta do edifício Shard London Bridge, apenas visível no ar de dezembro, algo dentro de mim se liberta, apenas um pouco. Devagar, desembarco e abro caminho entre as barreiras, perdendo-me na multidão de Londres. Não olho para trás. Desta vez não.

O apartamento de Katherine em Bethnal Green é pequeno mas quente, o aquecimento central fazendo barulho à nossa volta. Acordo no meu terceiro dia de liberdade e pego imediatamente o celular, desesperado por notícias das crianças. Mas o silêncio continua. O impasse de Jane. Nem mesmo Harry respondeu às minhas mensagens, e uma pontada de mal-estar começa a subir pela minha espinha. Durante as últimas 48 horas, eu me permiti acreditar que Jane se aproximaria, que sua raiva inicial pela minha partida se dissiparia, que ela encontraria alívio na liberdade que dei a nós dois. Com certeza ela agora não tem escolha.

Há um som, uma batida na porta do apartamento. Ainda estou de cuecas, mas minha irmã já saiu para o trabalho, então visto um moletom e uma camiseta velha. Preciso comprar roupas novas, não trouxe quase nada comigo e estas estão começando a cheirar mal.

São dez passos para chegar à porta da frente, e, quando olho para trás neste dia, são esses dez passos em que me encontro pensando, pois eles representaram o último momento *antes* do resto da minha vida. Esse resto, bem, o resto é uma vida que não vale a pena ser vivida.

São duas pessoas, homens. Desejei por um breve momento que uma fosse mulher, depois me repreendi por isso. Nenhum dos dois está sorrindo.

— Jack Goodwin?

Meu primeiro e terrível pensamento é o de que algo aconteceu com uma das crianças. Os pensamentos correm pela minha mente — eu nunca deveria tê-los deixado com ela, ela é perigosa, isso está provado —, mas respiro fundo e me forço a pensar friamente. Jane nunca faria mal aos nossos filhos. Mesmo em seus momentos mais sombrios, ela nunca tocou num fio de cabelo deles. Eles são o mundo dela.

— Sim — respondo. — Sou o dr. Jack Goodwin. Como posso ajudá-los?

— Um deles dá um passo à frente.

— Jack Goodwin, você está preso pelo assassinato de Clare Edwards, por tentar fugir da polícia e por obstruir o curso da justiça. Você pode permanecer em silêncio, mas pode prejudicar a sua defesa se omitir algo quando questionado e que mais tarde declare no tribunal. Qualquer coisa que você diga pode ser usada contra você.

Há o toque do metal frio nos meus pulsos, a sensação de cair.

— Isso é loucura — digo, as palavras me vêm em um impulso breve, os oficiais param de se mexer. Uma esperança cresce no meu peito, eles estão errados, perceberam isso, mas então o mais alto dos dois agarra meu queixo, vira meu rosto bruscamente para o dele. Minha mandíbula faz um clique.

— Pode desistir, *dr.* Goodwin. — A palavra é quase um escárnio.— Sua esposa nos contou tudo.

Essas palavras ecoarão na minha cabeça por quinze anos.

Capítulo 54
NATHAN

Quatro meses depois

Nathan Warren é um homem gentil. Todos os dias da semana, ele fica na esquina onde a Ashdon High Street encontra a Brook Lane, não muito longe da placa da cidade com três ovelhas e uma espiga de milho. Na maioria dos dias, ele está com seu cone — um equipamento laranja e branco, emprestado pelo conselho depois que seu antigo foi quebrado. Não há muitos carros que sobem e descem esta rua, mas os que o fazem receberão uma saudação amistosa de Nathan, um aceno de mão e um sorriso alegre. Vai colocar o cone no chão se precisarem estacionar, mas, na maioria das vezes, estão apenas de passagem. O verão está se aproximando agora; há um novo cheiro no ar, inebriante e doce. As flores em Sorrow's Meadow estarão desabrochando, ele sabe, mas ainda evita andar por lá. Todos evitam.

Na maioria das manhãs, ele vê Jane Goodwin com seus dois filhos mais novos, levando um em cada mão. No caminho, ela normalmente não presta muita atenção em Nathan porque está conversando com uma das outras mães ou ouvindo algo que uma das crianças está dizendo. Eles estão maiores agora, especialmente a garota. Ela deu uma esticada.

Nathan prefere a volta, quando Jane passa por ele sozinha, as crianças estão seguras na escola. Ela vive sozinha com os filhos agora, depois do que aconteceu com o marido. Mas ele viu um homem algumas vezes, um novo homem, um pouco mais baixo do que Jack, com cabelo loiro cor de areia. Ele chega em um carro esportivo, e às vezes Jane sai para encontrá-lo, beija-o nos lábios. Nathan não gosta muito disso. Ele gosta quando ela está sozinha, andando — é quando ela sorri para ele; os olhos deles se encontram e Nathan sente isso — a agitação quente da excitação. Isso pode acontecer a qualquer dia agora. Ela poderia se voltar para ele e falar, os dois poderiam ter uma conversa apropriada, como já fizeram antes. Ele quer isso há tanto tempo. Ele sempre gostou de Jane. Ela é muito, muito bonita.

Ele disse isso à polícia, mas não pareceram muito interessados. Tudo o que perguntavam era o que ele queria com aquela garota mais nova, Clare, a de cabelo loiro. Isso o confundiu, o confundiu muito. Ele não queria nada com Clare, nem sequer a conhecia. Mas ele viu Jane com ela, naquela noite há mais de um ano, em Sorrow's Meadow. Tinha ido lá dar um passeio, como faz na maioria das noites, não há muito mais o que fazer aqui. Nathan não gosta de beber, então o pub não é uma opção e, mesmo que sua mãe lhe dissesse que Ashdon era uma cidade amigável, ele não vê as coisas dessa maneira. Lembra-se da suave sensação da mão de sua mãe quando ela morreu — ela pegou sua mão com força, na casa que ele herdou, e disse para ele cuidar da cidade, para se manter seguro.

— É um lugar adorável — murmurava ela—, amigável, Nathan. — Aproveite-o ao máximo. Você vai adorar isto aqui.

Ele tinha cumprido a sua palavra, todos estes anos. Mas as pessoas de Ashdon estão ocupadas, não estão interessadas nele, e é claro que aquele incidente na feira dos namorados não foi nada agradável.

Nathan estremece um pouco com a lembrança involuntária. Aquele homem gritando para ele. Gritando sobre Clare.

A única pessoa que foi amigável com ele foi Jane, desde aquela noite, quando ela lhe disse o que fazer.

Jane Goodwin está voltando da escola agora; seus passos estão se aproximando de onde Nathan está parado. Está a caminho de casa, da casa grande. A casa vizinha tem agora uma placa de "Vende-se", as cores brilham contra a sebe. Está demorando muito tempo para vender. Ele sorri para ela, um sorriso tímido, esperançoso, mas *amigável*, e desta vez ela sorri de volta, um sorriso apropriado. Seus olhos se encontram. Ele agarra o cone de forma desajeitada, um rubor começando pelo pescoço. Ela é tão bonita. Ele se lembra de como ela o olhava na feira dos namorados, a maneira como sorria enquanto ele voltava para casa, de cabeça baixa. O toque da mão dela atrás dele, o rosto dela levemente corado. Deve ter andado rápido.

Ele reparou no jeito como ela lhe pediu, pediu o segundo favor.

— Só um favorzinho, Nathan — disse, tão perto dele que era possível sentir o perfume dela, o cheiro florido e limpo que o fazia sentir todo formigamento por dentro. Ele não tinha entendido bem no começo, mas, depois que ela explicou novamente, ele entendeu. Ela havia dito o quanto ele a ajudaria, pediu que repetisse tudo de volta para ela, tudo o que ele precisava fazer. Nathan não conhecia Ian muito bem, mas conhecia Jane. Ele queria ajudar Jane, e o fez. Ela tentou fazer isso sem envolver ninguém, explicou, realmente tentou, mas a polícia queria um nome e Ian era o único a dar a eles. Era importante. Era o trabalho dele. Mesmo assim, ele ficou tão aliviado quando deixaram Ian ir embora. Não tinha sido ele. E agora Nathan não precisa se sentir tão culpado. O homem está livre.

— Obrigada, Nathan — diz Jane, acenando para o cone, e ele para quieto, deleitando-se como se tomasse o chocolate quente que sua mãe costumava fazer.

— De nada — ele murmura, e ela faz um pequeno aceno, um aceno rápido e breve que pode significar qualquer coisa, mas que Nathan toma como *um agradecimento*, mais uma vez. É o segredo deles, então. Ela reconhece, e ele nunca, nunca vai contar. Nathan observa enquanto ela caminha em direção à casa, e, enquanto ele olha, a grande e pesada porta se abre para revelar o homem de cabelo cor de areia sorrindo, seus braços abertos. Jane entra em seu abraço, e a porta se fecha atrás deles. Um novo começo, pensa Nathan, e Jane merece. É tão bonita, afinal de contas. Ele está feliz por ela ter ficado com a casa. Dessa forma, eles podem compartilhar seu segredo para sempre.

Capítulo 55
JANE

Um mês depois

Quinze anos é muito tempo, para ser honesta, é uma pena mais longa do que eu esperava. Mas eu dificilmente poderia ficar sozinha para sempre, não é mesmo? Além disso, Jack me deixou sem escolha. Ninguém acreditou quando ele protestou sua inocência; nem sequer tive de falar com Madeline e seu chefe, toquei para eles a gravação de Jack admitindo que deu o contraceptivo a Clare. Eu disse a eles que sempre reparei no modo como ele olhava para a garota, que pensei que a ideia de ela estar com alguém poderia tê-lo levado ao limite. *Ele tinha essas raivas, impulsos ciumentos,* eu disse a eles, tocando meu braço, lembrando Madeline do dia em que viu meu machucado. *A raiva dele o traiu,* eu disse com tristeza, mostrando-lhes minha pulseira de identificação médica do dia em que fui hospitalizada. *Ele tentou controlar,* expliquei, dando-lhes os detalhes de contato da Albion Road. *Mas ele não conseguiu, no final. A pobre Clare foi um dano colateral.* Eles recolheram o colar de ouro com cuidado. Será que será devolvido a Rachel?

No geral, achei o inspetor Sturgeon o mais receptivo dos dois. Para ser franca, há algo em Madeline que não me deixa confiar muito nela. Ou talvez seja ela que não confia em mim. Mas vou ganhá-la, meu convite para vir aqui para tomarmos um vinho continua de pé.

Ninguém gosta de ser deixado de fora, não é mesmo?

A população de Ashdon tem sido maravilhosamente solidária durante toda esta provação. Uma das mães até me trouxe uma lasanha no outro dia, as crianças e eu a compartilhamos. As flores estão crescendo em Sorrow's Meadow agora; talvez eu leve Sophie até lá um dia. Afinal de contas, agora é seguro. Teríamos o lugar só para nós.

Não olhe para mim dessa maneira. Se você fosse eu, teria feito o mesmo. Eu sei que você faria. É cada um por si, no fim das contas. Ou cada uma, eu suponho.

AGRADECIMENTOS

Escrever este livro foi um processo muito gratificante, e quero agradecer à minha maravilhosa editora e amiga Charlotte Mursell por fazer um trabalho tão brilhante nas edições, respondendo às minhas muitas perguntas, e pelo seu entusiasmo e apoio a cada passo. Começou na nossa viagem à Sheepwash! Obrigada também à extraordinária agente Camilla Wray — você me ajudou a realizar meu sonho. Serei sempre muito grata a você por ter apostado no meu livro em 2014.

Obrigada ao restante da equipe da HQ Stories; tenho muita sorte por estar em mãos tão seguras. Vocês são todos super-heróis. Obrigada a Anna Sikorska por desenhar capa original tão divina. Amo esta ainda mais do que a do meu primeiro livro, o que deve significar alguma coisa. Obrigada à adorável Lucy Richardson por cuidar da publicidade. Obrigada à Jennifer Porter por fazer um trabalho excelente de marketing. Sarah Goodey, Lisa Milton, JP Hunting, Georgina Green, Clio Cornish e Celia Lomas, obrigada a todos vocês por toda a disposição e entusiasmo — vocês são um time incrível. Obrigada à Laura Gerrard pela habilidade de edição de olhos de águia e à Clare Wallis pela revisão.

Mary Darby, Kristina Egan, Emma Winter, Rosanna Bellingham, Philippa Archibald e Roya Sarrafi Gohar da Darley Anderson, obrigada a todas vocês por venderem meus livros em outros países, me aconselhando a gastar meu adiantamento em sapatos e vinhos, e por lidar com intermináveis perguntas. Vocês são maravilhosas.

Obrigada a todos da Equipe Avon pelo incentivo. Prometo que não vou fazer aquilo na minha mesa! Obrigada a Anna Derkacz por toda a orientação, vinho e conselhos.

Um agradecimento especial às minhas amigas Anna Garrett, Delphine Gatehouse, Lizzie Ashley-Cowan, Gigi Woolstencroft e Flo Gillingham pelo apoio incrível; Remi, muito obrigada por ser o bebê mais bonito que eu já vi.

Obrigada a Sabah Khan por ser minha publicitária lunar; a Helena Sheffield pelos contínuos conselhos e amizade; a Eloise Wood, por estar sempre presente e disposta a ouvir; e a todos os incríveis autores que tão gentilmente endossaram este livro. Isso realmente me deixou muito feliz.

A jornada de escrever este livro teria sido muito menos gratificante sem os Doomsday Writers — obrigada por tudo, e que possamos continuar juntos por muito tempo!

Obrigada a Alex, por me dar ideias de tramas, celebrar tudo comigo e me fazer tão feliz.

Obrigada à minha família por seu incrível amor e apoio — meus irmãos Owen e Fergus, meu pai, minha avó e minha mãe. Vocês são os melhores.

E, finalmente, obrigada aos meus leitores! A todos os que compraram meu primeiro livro, *The Doll House*, e dedicaram um tempo para me enviar uma mensagem, rever o livro ou recomendá-lo aos seus amigos... OBRIGADA. Ele realmente faz tudo valer a pena, e espero que você goste de *A garota da casa ao lado* também!